U0083484

民國文化與文學^{研究文叢}

十四編

李 怡 主編

第 1 冊

「我們由中世紀跨進了現代」
——民國文學簡論（上）

賈振勇 著

國家圖書館出版品預行編目資料

「我們由中世紀跨進了現代」——民國文學簡論（上）／賈振勇
著 -- 初版 -- 新北市：花木蘭文化事業有限公司，2021〔民
110〕
目 4+164 面；19×26 公分
（民國文化與文學研究文叢　十四編；第 1 冊）
ISBN 978-986-518-512-1（精裝）
1. 中國當代文學 2. 文學評論
820.9　　　　　　　　　　　　　　　　110011206

特邀編委（以姓氏筆畫為序）：

丁　帆　　　王德威　　　宋如珊
岩佐昌暲　　奚　密　　　張中良
張堂錡　　　張福貴　　　須文蔚
馮　鐵　　　劉秀美

ISBN-978-986-518-512-1

9 789865 185121

民國文化與文學研究文叢
十四編　第一冊　　　　　　　　　ISBN：978-986-518-512-1

「我們由中世紀跨進了現代」
——民國文學簡論（上）

作　　者　賈振勇
主　　編　李怡
企　　劃　四川大學中國詩歌研究院
總 編 輯　杜潔祥
副總編輯　楊嘉樂
編　　輯　許郁翎、張雅淋、潘玟靜　美術編輯　陳逸婷
出　　版　花木蘭文化事業有限公司
發 行 人　高小娟
聯絡地址　235 新北市中和區中安街七二號十三樓
　　　　　電話：02-2923-1455／傳真：02-2923-1452
網　　址　http://www.huamulan.tw 信箱 service@huamulans.com
印　　刷　普羅文化出版廣告事業
初　　版　2021 年 9 月
全書字數　293106 字
定　　價　十四編 26 冊（精裝）台幣 70,000 元　　版權所有 · 請勿翻印

「我們由中世紀跨進了現代」
——民國文學簡論（上）

賈振勇　著

作者簡介

　　賈振勇，男，山東省濱州市人，文學博士，山東師範大學文學院教授、博士生導師、副院長，山東師範大學教授委員會副主任委員，第四批山東省「齊魯文化英才」，兼任中國茅盾研究會副會長、中國郭沫若研究會常務理事、中國魯迅研究會理事。已在人民出版社等出版《理性與革命：中國左翼文學的文化闡釋》等學術專著 11 部，在《文學評論》《文史哲》等刊物發表論文 100 多篇（《新華文摘》主體轉載 3 篇），主持國家社科基金項目、教育部社科規劃基金項目、山東省社科重點項目等多項課題，獲山東省社科優秀成果一等獎、山東省高校優秀科研成果一等獎等多項學術獎勵，主持第七批國家精品視頻公開課《郭沫若的〈女神〉與〈屈原〉》。

提　　要

　　《「我們由中世紀跨進了現代」——民國文學簡論》一書作者，受過嚴格的學術訓練，成長於改革開放年代，有啟蒙創新之情懷。本書借鑒人文學科前沿理論資源（包括部分自然科學理念），主要從文、史、哲等多維視野，探索與闡發中國現代文學領域的文學史觀建構、文學史現象的緣起與生成、作家精神與藝術世界的構造、文本創造機制的奧秘等重要學術命題：1. 以較為準確、明晰、凝練的筆觸，探討中國現代文學研究的詩、史、哲學諸品質，在理論與實踐的有效結合中尋求中國現代文學研究的創新支點。2. 以較為開闊的視野和深刻的洞識，探究中國現代文學史重要現象的內在生成機制與複雜展現，發掘中國現代文學研究的學術生長點；3. 以點與面的融會貫通，反思既有文學史寫作與編撰的利弊得失；探究文學史寫作和編撰何以實現自身的學術經典化；重估中國現代文學研究的固有知識譜系、價值理念與意義系統；立足中國現代文學史寫作與編撰，探究中國文學一體化和內生型學術研究範式；重新追索並闡釋中國現代文學史的深層價值內涵與人文訴求；4. 探索現代中國經典作家的自我完型與創造源的生成，發掘「莎士比亞之所以成為莎士比亞的東西」；5. 在現代經典作品的「詩與真」中，發掘歷史本事、價值取向與藝術虛構等維度的氤氳互生，在歷史、文本、觀念的多維視野中提煉中國現代文學重要作品的創造內涵、複雜底蘊與經典品質。

研治文學史的方法與心態——代序

李　怡

　　我曾經以「作為方法的民國」為題討論過中國現代文學研究的「方法」問題，最近幾年，「作為方法」的討論連同這樣的竹內好－溝口雄三式的表述都流行一時，這在客觀上容易讓我們誤解：莫非又是一種學術術語的時髦？屬於「各領風騷三五年」的概念遊戲？

　　但「方法」的確重要，儘管人們對它也可能誤解重重。

　　在漢語傳統中，「方」與「法」都是指行事的辦法和技術，《康熙字典》釋義；「術也，法也。《易‧繫辭》：方以類聚。《疏》：方謂法術性行。《左傳‧昭二十九年》：官修其方。《注》：方，法術。」「法」字在漢語中多用來表示「法律」「刑法」等義，它的含義古今變化不大。後來由「法律」義引申出「標準」「方法」等義。這與拉丁語系 method 或 way 的來源含義大同小異——據說古希臘文中有「沿著」和「道路」的意思，表示人們活動所選擇的正確途徑或道路。在我們後來熟悉的馬克思主義哲學中，「世界觀」與「方法論」的相互關係更得到了反覆的闡述：人們關於世界是什麼、怎麼樣的根本觀點是「世界觀」，而借助這種觀點作指導去認識世界和改造世界的具體理論表述，就是所謂的「方法論」。

　　在我們的傳統認知中，關於世界之「觀」是基礎，是指導，方法之「論」則是這一基本觀念的運用和落實。因而雖然它們緊密結合，但是究竟還是以「世界觀」為依託，所以在「改造世界觀」的社會主潮中，我們對於「世界觀」的闡述和強調遠遠多於對「方法」的討論，在新中國改革開放前的國家思想主流中，「方法」常常被擱置在一邊，滿眼皆是「世界觀」應當如何端正的問題。這到新時期之初，終於有了反彈，史稱「1985 方法論熱」，

一時間，文藝方法論迭出，西方文藝社會學、心理學、語言學、原型批評、接受美學、結構主義、解構主義、新批評、現象學、存在主義、解釋學、以及借鑒的自然科學方法（系統論、控制論、信息論、模糊數學、耗散結構、熵定律、測不準原理等等），這些令人眼花繚亂的「新方法」衝破了單一的庸俗社會學的「舊方法」，開闢了新的文學研究的空間。不過，在今天看來，卻又因為沒有進一步推動「世界觀」的深入變革而常常流於批評概念的僵硬引入，以致令有的理論家頗感遺憾：「僅僅強調『方法論革命』，這主要是針對『感悟式印象式批評』和過去的『庸俗社會學』而來的，主要是針對我們把握世界的『方式』而言的。『方法論革命』沒有也不能夠關注到『批評主體自身素質』的革命。」〔註 1〕

平心而論，這也怪不得 1985，在那個剛剛「解凍」的年代，所有的探索都還在悄悄進行，關於世界和人的整體認知——更深的「觀念」——尚是禁區處處，一切的新論都還在小心翼翼中展開，就包括對「反映論」的質疑都還在躲躲閃閃、欲言又止中進行，遑論其他？〔註 2〕

1960 年 1 月 25 日，日本的中國研究專家竹內好發表演講《作為方法的亞洲》。數十年後，他已經不在人世，但思想的影響卻日益擴大，2011 年 7 月，溝口雄三《作為方法的中國》在三聯書店出版。〔註 3〕 此前，中文譯本已經在臺灣推出，題為《做為「方法」的中國》。〔註 4〕而有的中國學者（如孫歌、李冬木、汪暉、陳光興、葛兆光等）也早在 1990 年代就注意到了《方法としての中國》，並陸續加以介紹和評述。最近 10 年的中國思想文化與文學批評界，則可以說出現了一股「作為方法」的表述潮流，「作為方法的日本」、「作為方法的竹內好」、「亞洲」作為方法，以及「作為方法的 80 年代」等等都在我們學術話語中流行開來，從 1985 年至 1990 年直到 2011 年，「方法」再次引人注目，進入了學界的視野。

這裡的變化當然是顯著的。

雖然名為「方法」，但是竹內好、溝口雄三思考的起點卻是研究者的立場和研究對象的特殊性。中國何以值得成為日本學者的「方法」總結？歸

〔註 1〕吳炫：《批評科學化與方法論崇拜》，《文藝理論研究》，1990 年 5 期。
〔註 2〕參見夏中義：《反映論與「1985」方法論年》，《社會科學輯刊》，2015 年 3 期。
〔註 3〕溝口雄三：《作為方法的中國》，孫軍悅譯，北京：三聯書店，2011 年。
〔註 4〕林右崇譯，國立編譯館，1999 年。

根結底，是竹內好、溝口雄三這樣的日本學者在反思他們自己的學術立場，中國恰好可以充當這種反省的參照和借鏡。日本學人通過中國這樣一個「他者」的來參照進行自我的批判，實現從「西方」話語突圍，重新確立自己的主體性。竹內好所謂中國「迴心型」近現代化歷程，迥異於日本式的近代化「轉向型」，比較中被審判的是日本文化自己。溝口雄三批評那種「沒有中國的中國學」，其實也是通過這樣一個案例來反駁歐洲中心的觀念，尋找和包括日本在內的建立非歐洲區域的學術主體性，換句話說，無論是竹內好還是溝口雄三都試圖借助「中國」獨特性這一問題突破歐洲觀念中心的束縛，重建自身的思想主體性。如果套用我們多年來習慣的說法，那就是竹內好－溝口雄三的「方法之論」既是「方法論」，又是「世界觀」，是「世界觀」與「方法論」有機結合下的對世界與人的整體認知。

事實上，這也是「作為方法」之所以成為「思潮」的重要原因。在告別了 1980 年代浮躁的「方法熱」之後，在歷經了 1990 年代波詭雲譎的「現代－後現代」翻轉之後，中國學術也步入了一個反省自我、定義自我的時期，日本學人作為先行者的反省姿態當然格外引人注目。

如果我們承認中國當代學術需要重新釐定的立場和觀念實在很多，那麼「作為方法」的思潮就還會在一定時期內延續下去，並由「方法」的檢討深入到對一系列人與世界基本問題的探索。

在中國現當代文學的領域中，我堅持認為考察具體的國家社會形態是清理文學之根的必要，在這個意義上，「民國作為方法」或「共和國作為方法」比來自日本的「中國作為方法」更為切實和有效。同時，「民國作為方法」與「共和國作為方法」本身也不是一勞永逸的學術概念，它們都只是提醒我們一種尊重歷史事實的基本學術態度，至於在這樣一個態度的前提下我們究竟可以獲得哪些主要認知，又以何種角度進入文學史的闡述，則是一些需要具體處理、不斷回答的問題，比如具體國家體制下形成的文學機制問題，國家觀念與民族意識的互動與衝突，適應於民國與共和國語境的文學闡述方法，以及具體歷史環境中現代中國作家的文學選擇等等，嚴格說來，繼續沿用過去一些大而無當的概念已經不能令人滿意了，因為它沒有辦法抵近這些具體歷史真相，撫摸這些歷史的細節。

「民國作為方法」是對陳舊的庸俗社會學理論及時髦無根的西方批評理論的整體突破，而突破之後的我們則需要更自覺更主動地沉入歷史，進

入事實,在具體的事實解讀的基礎上發現更多的「方法」,完成連續不斷的觀念與技術的突破。如此一來,「民國作為方法」就是一個需要持續展開的未竟的工程。

對文學史「方法」的追問,能夠對自己近些年來的思考有所總結,這不是為了指導別人,而是為自我反省、自我提高。自我的總結,我首先想起的也是「方法」的問題,如上所述,方法並不只是操作的技術,它同樣是對世界的一種認知,是對我們精神世界的清理。在這一意義上,所有的關於方法的概括歸根到底又可以說是一種關於自我的追問,所以又可以稱作「自我作為方法」。

那麼,在今天的自我追問當中,什麼是繞不開的話題呢?我認為是虛無。

在心理學上,「虛無」在一種無法把捉的空洞狀態,在思想史上,「虛無」卻是豐富而複雜的存在,可能是為零,也可能是無限,可能是什麼也沒有,但也可能是人類認知的至高點。是一個複雜的概念。在今天,討論思想史意義的「虛無」可能有點奢侈,至少應該同時進入古希臘哲學與中國哲學的儒道兩家,東西方思想的比較才可能幫助我們稍微一窺前往的門徑。但是,作為心理狀態的空洞感卻可能如影隨形,揮之不去,成為我們無可迴避的現實。這裡的原因比較多樣,有個人理想與社會現實感的斷裂,有學術理念與學術環境的衝突,有人生的無奈與執著夢想的矛盾……當然,這種內與外的不和諧本來就是人生的常態,對於凡俗的人生而言,也就是一種生活的調節問題,並不值得誇大其詞,也無須糾纏不休。但對於一位以實現為志業的人來說,卻恐怕是另外一種情形。既然我們選擇了將思想作為人生的第一現實,那麼關乎思想的問題就不那麼輕而易舉就被生活的煙雲所蕩滌出去,它會執拗地拽住你,纏繞你,刺激你,逼迫你作出解釋,完成回答,更要命的是,我們自己一方面企圖「逃避痛苦」,規避選擇,另一方面,卻又情不自禁地為思想本身所吸引,不斷嘗試著挑戰虛無,圓滿自我。

這或許就是每一位真誠的思想者的宿命。

在魯迅眼中,虛無是一種無所不在的「真實」,「當我沉默著的時候,我覺得充實;我將開口,同時感到空虛」(《野草》題辭)「絕望之為虛妄,正與希望相同」(《希望》)「於浩歌狂熱之際中寒;於天上看見深淵。於一

切眼中看見無所有；於無所希望中得救。」(《墓碣文》) 所以，他實際上是穿透了虛無，抵達了絕望。對於魯迅而言，已經沒有必要與虛無相糾纏，他反抗的是更深刻的黑暗——絕望。

虛無與絕望還是有所不同的。在現實的世界上，盼望有所把捉又陡然失落，或自以為理所當然實際無可奈何，這才是虛無感，但虛無感的不斷浮現卻也說明在大多數的時候，我們還浸泡在現實的各自期待當中，較之於魯迅，我們都更加牢固地被焊接在這一張制度化生存的網絡上，以它為據，以它為食，以它為夢想，儘管它無情，它強硬，它狡黠。但是，只要我們還不能如魯迅一般自由撰稿，獨自謀生，那就，就注定了必須付出一生與之糾纏，與之往返。在這個時候，反抗虛無總比順從虛無更值得我們去追求。

於是，我也願意自己的每一本文集都是自己挑戰虛無、反抗虛無的一種總結和記錄。

在我的想像之中，每一個學術命題的提出就是一次祛除虛無的嘗試，而每一次探入思想荒原的嘗試都是生命的不屈的抗爭。

回首這些年來思想歷程，我發現，自己最願意分享的幾個主題包括：現代性、國與族、地方與文獻。

「現代性」是我們無法拒絕卻又並不心甘情願的現實。

「國與族」的認同與疏離可能會糾結我們一生。

「地方」是我們最可能遺忘又最不該遺忘的土地與空間。

「文獻」在事實上絕不像它看上去那麼僵硬和呆板，發現了文獻的靈性我們才真的有可能跳出「虛無」的魔障。

如果仔細勘察，以上的主題之中或許就包含著若干反抗虛無的「方法」。

2021 年 6 月於長灘一號

目次

上編　在觀念世界探索理論奇點

第一章　文學史的限度、挑戰與理想

　　近年來「重寫文學史」波瀾再興。我們的文學史編撰在積累了豐厚經驗的同時，也遇到了難以克服的學術瓶頸。實際存在的學術障礙和諸多熱點問題的探討，比如西方理論的「話語牢籠」現象、國民教育與意識形態的影響等，既凸顯了「重寫」行為的混亂與無序，又蘊含著創新的可能性與可行性。當前的文學研究、文學史編撰，存在著過於偏離文學研究本身、學科內部分工過於細化、藝術和美學使命弱化、學術倫理意識薄弱等問題。只有回歸「文學」基點，圍繞發現、選擇和品評傑作，統籌協調各項研究職能，才有可能實現「印證心靈，傳承不朽」的學術使命。

一、文學史及其不滿

　　現代文學學科主要奠基人王瑤教授有句話廣為人知：幾乎每一位研究中國文學學者的最後志願，都是寫一部滿意的中國文學史。治古典文學的鄧紹基教授亦曾將一篇討論文學史編撰的文章題名曰《永遠的文學史》。考諸中國文學研究的史實和發展脈絡，實事求是說，濃厚的文學史編撰情結異乎尋常地彌漫於中國文學研究界。自 1980 年代中後期以來，學術熱點一輪又一輪，可謂風水輪流轉，你方唱罷我登場。如果說許多轟動一時的所謂學術熱點，猶如走馬觀花，來也匆匆、去也匆匆；那麼唯獨文學史編撰方面的議題，尤其是「重寫文學史」，長盛不衰、歷久彌熱。

　　據張中良教授估計，現代文學學科有文學史著作 260 部以上。〔註1〕據

〔註1〕秦弓：《現代文學研究 60 年》，《文學評論》2009 年第 6 期。

洪亮博士統計，截至 2011 年底有 563 部（不包括當代文學史）。〔註2〕據許子東教授統計，截至 2008 年 10 月內地有當代文學史 72 部，〔註3〕據我所知還有好幾部當代文學史不在其列，海外和內地近年出版的也在其外。大致來看，各類中國現、當代文學史大約有 650 部左右。如果擴展到整個中國文學史編撰，數量更是驚人：據說有 1600 餘部，也有的說是 2000 多部，〔註4〕更有學者說「3000 部以上的各類中國文學史是一個不容忽略的客觀存在」。〔註5〕僅僅從這些數字來看，自上世紀初黃人、林傳甲一南一北各自編著《中國文學史》以來，修史、撰史的熱情、衝動與實踐，造就了一百多年來中國文學研究的一道靚麗風景線。所以王瑤教授那句話，不過是幾代中國文學研究者擋不住撰史誘惑的簡筆寫真。從國人模仿西人編撰第一部中國文學史開始，到如今的 1600 部或 2000 部甚至 3000 部，才用了大約一百年多一點的時間。這個儘管不大準確的產量，讓「文學史」這個舶來品原產地的學者們情何以堪？

量變並不總是意味著質變。學術大躍進風光背後的暗影，或許更值得回味。並不是所有的學者都熱衷於文學史編撰，不少的學者將懷疑的目光投向文學史編撰。比如陳平原教授認為：「有關『文學史』的課程及著述，只是我們進行文學教育的拐杖，並藉以逐步進入文學殿堂。如今，教材儼然學問，丫鬟變成了小姐，真是有點伺候不起了。」〔註6〕陳平原教授有著深厚撰史經驗，他的《二十世紀中國小說史：第一卷（1897～1916）》是名重一時的現代小說專門史，他也經常撰文探討文學史的有關命題，「伺候不起」之說確乎發人深省。再來看吳福輝教授的質疑：「我看我們一個世紀的文學史，都是從紛紜複雜的歷史現象中提煉出一個『主流』現象來，然後將其突出（實際也是孤立），認為它就可以支配全體，解釋全體。無論是『進化的文學史』、『革命的文學史』或『現代性的文學史』，在這一點上都發生『同構』。……到今天為止，我們現代文學史界也還沒有提供出真正的『二十世紀中國文學史』的樣

〔註2〕洪亮：《中國現代文學史編纂的歷史與現狀》，《中國現代文學研究叢刊》2012年第 7 期。

〔註3〕許子東：《當代文學中的「遺產」和「債務」》，《華東師範大學學報》2010 年第 2 期。

〔註4〕張泉：《現有中國文學史的評估問題——從「1600 餘部中國文學史」談起》，《文藝爭鳴》2008 年第 3 期。

〔註5〕鄧紹基：《永遠的文學史》，《文學遺產》2008 年第 4 期。

〔註6〕陳平原：《假如沒有「文學史」……》，《讀書》2009 年第 1 期。

本來。」〔註7〕他的《插圖本中國現代文學發展史》被視為近年文學史編撰的一大亮點，該書序言依然堅持質疑：「我認為從提出『二十世紀中國文學』這個概念始，我們就在做已有現代文學史的分解工作了，時至今日，仍沒有到可以歸納的時候。……當一本文學史被凝固成一個想像的完整結構時，它是被歸納的結果；而當文學史受到質疑而露出巨大的空隙，進一步呈現出駁雜多樣的狀態的時候，它是被分解了。」〔註8〕至於與溫儒敏教授、吳福輝教授合著《中國現代文學三十年》這部近30年來現代文學史編撰「扛鼎之作」的錢理群教授，同樣直截了當：「原有的文學史建構已經形成了、已經穩定下來了，現在人們對它不滿，又找不到一個新的東西來替代它」。〔註9〕

　　如果說上述三位教授主要從文學史研究及編撰的內在學術理路發出質疑，那麼亦有學者從外在的文學史的社會功用，比如學術和教學效果層面發出批評之聲，李怡教授就認為：「所謂的文學史已經不可避免地被教育體制架空了，架空於一切基本的文學現象之上，架空成為自說自話的『理論的演繹』。一個凌駕於文學現象之上的知識傳輸，最終形成了這樣一種教育的現狀與知識增長的現狀：人們已經習慣於脫離具體的文學事實來接受精英知識分子的『結論』，並把這樣的結論當做不容置疑的『知識』。久而久之，我們在不斷接受『文學史』教育的同時在事實上已經越來越遠離了『文學』。」〔註10〕文學史教育的後果，竟然是讓人遠離文學，這豈不是文學史編撰的悲哀？

　　在古典文學研究領域，對文學史編撰諸命題的質疑也屢見不鮮，比如針對董乃斌教授的「文學史無限論」觀點，徐公持教授從「文學史觀念的有限性」、「文學史材料的有限性」、「文學史體式的有限性」、「研究者學識的有限性」四個層面來強調「文學史有限論」，指出：「不能設想一個獨立的學科，需要以其他學科的方法來充當主力；如果文學史真的需要借用其他學科的方法，而缺乏與自身相匹配的基本方法，那麼這個學科的成熟度或生命力本身也就成了問題。」〔註11〕再結合相關的文學史討論來看，古典文學研究界同樣存

〔註7〕吳福輝：《「主流型」的文學史寫作是否走到了盡頭？》，《文藝爭鳴》2008年第1期。

〔註8〕吳福輝：《插圖本中國文學發展史》自序，北京：北京大學出版社，2010年。

〔註9〕錢理群、國家瑋：《生命意識燭照下的文學史書寫》，《東嶽論叢》2008年第5期。

〔註10〕李怡：《文學史是什麼史？——關於「中國現代文學史」的新思考》，《陝西師範大學學報》2010年第9期。

〔註11〕徐公持：《文學史有限論》，《文學遺產》2006年第6期。

在著對文學史編撰的疑惑、焦慮乃至不滿。

古典文學研究界關於「文學史無限論」和「文學史有限論」的探討，和現代文學研究界關於學科是「成熟」還是「年輕」的討論異曲同工。陳思和教授對現代文學學科發展前景的憂慮，自然包含文學史編撰：「一個學科如果稱得上『成熟』，至少在理論上解決了關於這個學科的基本問題，建立起較為穩定的學科範疇和學科觀念，以後新的資料發現，可能在局部修正和補充學科觀念，但不會引起根本性的變動。而以這樣的標準來看我們的學科的現狀，它確實『還很年輕』，還處於初級階段，還有許多涉及到學科發展的材料和領域，正在逐漸被發掘和重視，還沒有找到適當的理論方法來做出有說服力的解說，奠基性的學科理論還沒有完全建立起來，而如果我們不去思考和關注這些問題，我們的學科就有可能遭遇到根本性的挑戰與困境。」〔註12〕考諸近年有關文學史編撰問題的爭鳴，不難看到，如上述諸位學者那樣對以往文學史編撰乃至學科基本命題有所質疑的學者大有人在，只不過解構的方向、懷疑的立場、不滿的方式各有側重而已，但問題都指向一個目標：文學史這種形式的有效性何在？

事實上，對文學史這種文學歷史敘事體裁的質疑，並非侷限於當今遭遇文學史編撰困境的我國學界。在文學史這一文學歷史敘事體裁原產地的歐美學界，質疑之聲亦是屢見不鮮，而且往往還上升到「元文學史」的高度。比如接受美學的開山人物姚斯，在 1967 年康茨坦茨大學教授應聘和就職典禮上，發表了轟動一時的演說《研究文學史的意圖是什麼？為什麼？》，這篇演講稿出版時更名為我們熟知的《文學史作為向文學理論的挑戰》，他在開篇就抱怨：「在我們時代，文學史日益落入聲名狼藉的境地，這絕不是毫無緣由的。在過去的 150 年中，這一有價值的學科的歷史，毫無疑問是走過了一條日趨衰落的歷程。19 世紀是文學史登峰造極的時代，對於杰文納斯、舍勒爾、德·桑克提斯和郎森來說，寫作一部民族文學史，是作為一位語文學家的極其榮耀的工作。這一學科的創始人認為他們的最高目標是在文學作品的歷史中展現民族個性的復歸。這一最高目標業已湮入遙遠的記憶。文學史的既定形式在我們時代的理智生活中幾乎已無地容身了。」〔註13〕無獨有偶，同樣為我

〔註12〕陳思和：《我們的學科還很年輕》，《文學評論》2008 年第 2 期。

〔註13〕〔德〕H·R·姚斯：《走向接受美學》，H·R·姚斯、R·C·霍拉勃：《接受美學與接受理論》，周寧、金元浦譯，瀋陽：遼寧人民出版社，1987 年，第 3 頁。

國文學研究界所熟知的韋勒克，在 1970 年寫過一篇題目頗為刺眼的文章《文學史的衰落》，直接懷疑「文學史是否能夠解釋文學作品的審美特點」。〔註 14〕身處歐美異地的兩位大牌學者，幾乎不約而同發出對文學史這一文學歷史敘事體裁的質疑，似乎不僅僅是為各自的著書立說進行預設並掃清理論障礙。顯然，他們的異地同聲，不是空穴來風的孤立學術個案，而是文化發生、發展的同步性原則的具體展現。最近美國聖地亞哥加州大學張英進教授，撰文研究北美學界和中文學界對文學史編撰的不同態度和價值取向：「我們面臨著文學史學在中文學界和英文學界分道揚鑣的一個奇特現象：研究『現當代中國文學』的中文學界擁有眾多的文學史著作，而北美學界的這個領域卻幾乎無人問津大型文學史著述，而更關注特定的作家、群體、時期和主題的研究。」〔註 15〕該文以知識考古的方式列舉和分析了 20 世紀後半段北美學界有關綜合文學史編撰已經日趨「衰落」、已經過時、是一個「不可能的體裁」的眾多論述，比如《文學史還可能嗎？》《文學史過時了嗎？》《文學史和文學現代性》。而這個北美學界質疑綜合文學史的時段，恰恰是是我國「重寫文學史」熱火朝天的年代。

　　顯然，質疑文學史編撰的弊端，尤其是文學史敘事的可能性、可靠性和合理性問題，在中西學界都有各自的學術史淵源和發展脈絡，更有各自的現實背景、問題意識和學術指涉。西學對文學史這一文學歷史敘事體裁的不滿之聲，或許我們只有洗耳恭聽的份，因為我們的文學史理論本來就是舶來品和仿製品，還沒有強大到去影響西方學界的文學史理論。但是以中國文學史為志業者的不滿，就需審慎對待。這種不滿，既可能是深刻的切身經驗教訓之談，更可能是對文學史觀念重構的開放式展望，我們應注意從中辨別和發掘建構更加有效文學史理論的潛在學術資源。柯林伍德有言：「人類思想或心靈活動的整體乃是一種集體的財富，幾乎我們心靈所完成的一切行動都是我們從已經完成過它們的其他人那裡學著完成的。」〔註 16〕作為一個現代文學研究者，面對幾代前輩學者建構的現代文學史體系，應該持有充分敬意。對

〔註 14〕〔德〕瑙曼等：《作品、文學史與讀者》，范大燦編，北京：文化藝術出版社，1997 年，第 181 頁。

〔註 15〕張英進：《歷史整體性的消失與重構——中西方文學史的編撰與現當代中國文學》，《文藝爭鳴》2010 年第 1 期。

〔註 16〕〔英〕R.G.柯林武德：《歷史的觀念》，何兆武、張文杰譯，北京：中國社會科學出版社，1986 年，第 257 頁。

他們累積的學術成果、經驗和教訓，至少有三點應該重視：第一，無論是認為學科已經成熟也好還是年輕也罷，如果沒有幾代學者在坎坷歷史境遇中的孜孜以求，沒有他們在那樣的時代限制中依然堅持探索和突破，現代文學史編撰絕不會達到今天這個水平和高度，況且年輕一代的現代文學史從業者，大多是讀著並激動著他們的著述走上學術之路的。第二，幾代學者也是在「建構─解構」的螺旋式上升中推動現代文學研究前行的，從繼承新文學傳統、建構進化論模式的文學史，到改造新文學傳統、建構以新民主主義為底色的文學史，到重拾「五四」精神、解構「革命」宰制、重構啟蒙主義的文學史，再到如今以「現代性」為主要標誌的多元景觀的文學史，其間所展現的不僅是侷限，更蘊含著他們創新的衝動和力量。第三，所謂對文學史的不滿，目的不是斷裂和顛覆，而是在舊有基礎上的擴展與推進，是力求對文學歷史的梳理、描述、解讀和闡發更為符合歷史真相，同時又在述史中賡續學術傳承、弘揚人文精神；其實率先發出不滿之聲的，很多就是當年文學史編撰成就卓著的學者，他們的現身說法，為新一輪的「重寫文學史」提供了更為有力的支撐。

對前輩學者的尊敬，並不意味著全盤接受。對已有文學史編撰的不滿，本來就是學術史自我更新和發展的內在邏輯和必然要求。不滿之聲應當繼續豐富和發揚，否則文學史研究就會裹足不前。事實上，「重寫文學史」之所以名之曰「重寫」，這一命名的現象本身，就蘊含著對過往文學史編撰的不滿，以及在不滿基礎上生發的創新意願與再整合衝動。如果說近30年前，一代學者憑藉對「五四」啟蒙精神的薪火相傳，在最大可能的程度上使現代文學史編撰擺脫了黨史、國史等政治意識形態述史理念的強力束縛，那麼今天要做的則是「重寫文學史」的二次革命：進一步質疑各類宏大敘事，夯實微觀研究，本著「學術乃天下公器」的信念，讓文學研究和文學史編撰更加符合那個久已逝去的文學歷史的自然原生態，〔註17〕去喚醒蟄伏已久的現代文學的真精神。

然而，即使理想的新型的文學史編撰觀念已經廓清和釐定，也替代不了具體而複雜的文學史編撰實踐，更何況穩定而理想的文學史理念系統尚未成

〔註17〕 拙作《追復歷史與自然原生態的「民國機制」》（《文藝爭鳴》2012 年第 3 期）
　　　　 對文學史的自然狀態命題以及後文提及的現代與古典關係命題，曾有較為詳
　　　　 細論述，故不再贅言。

型。「寫一部文學史，即寫一部既是文學的又是歷史的書，是可能的嗎？」
〔註18〕韋勒克之問同樣也是我們的難題：如何進一步擺脫各種意識形態的
偏見與束縛，從而準確衡估文學史和中國社會真實狀態的內在互動與關聯？
如何擺脫其他類型宏大敘事的制約，以免文學史淪為思想史、觀念史、社會
史、政治史等外部力量的附庸？如何避免史料的堆積與述史的膨脹，準確地
發現、選擇與品評傑作？如何避免「剪刀加漿糊」的庸常編撰、尤其是有 N
部文學史著作就有第 N＋1 部的無效複製，從而建構起經得住歷史檢驗、內
含某種高規格價值目標和學術尺度、令時代感到榮耀的理想文學史景觀？實
事求是說，困難不僅來自學術內部，外部社會環境依然有著異乎尋常的制約
和同化能力；自由學術境地的夢想，依然遙遙無期。但是我們必須做我們能
做的：是一直不滿和解構下去，直至碎片化的、不確定性的文學史建構？還
是帶著鐐銬跳舞，期待新的整合機制，實現那個「永遠的文學史」的夢想？

二、寫什麼，怎麼寫

　　如果說 1980 年代中後期先鋒派文學引發的那場「寫什麼」和「怎麼寫」
的討論中，「怎麼寫」成了一個耀眼主題；那麼「二十世紀中國文學」、「重寫
文學史」實際上也是現代文學史編撰的「怎麼寫」命題。口號的提出，標誌著
現代文學研究及文學史編撰同步達到了時代精神的先鋒位置。我認為經過近
30 年的學術積累，現代文學史編撰又推進到一個新的輪迴：經過歷史經驗的
沉澱、社會變遷的磨練和時間之神的汰洗，文學史編撰的期待視野變的更為
開闊和深刻，我們應該重返原點進行深度的整體思考，「寫什麼」和「怎麼寫」
在新一輪「重寫」實踐中，應該成為同等重要的命題。

　　就近年具體學術熱點來看，如果說通俗文學、臺港澳文學、少數民族文
學如何入史等問題屬於「怎麼寫」範疇，那麼起點與邊界的爭論、舊體詩詞
和海外華文文學可否入史等問題則屬於「寫什麼」範疇，而文學史分期、價
值標準、述史體系、邏輯框架、文學史總體命名等問題，實際上是在元文學
史層面對這兩個範疇具體問題的概括與提煉。比如范伯群等教授以《海上花
列傳》為例提出的現代文學史起點前移、嚴家炎等教授以《黃衫客》等為例
提出的現代文學史起點應追溯到 19 世紀 80 年代末 90 年代初、朱壽桐等教授

〔註18〕〔美〕勒內・韋勒克、奧斯汀・沃倫：《文學理論》，劉象愚、邢培明、陳聖
　　　　生、李哲明譯，南京：江蘇教育出版社，2005 年，第 302 頁。

倡導的「漢語新文學」等問題，實際上是現代文學史編撰的價值標準命題的一個具體呈現，背後更體現著學人們的不同價值立場和價值選擇。〔註 19〕

　　亂花漸欲迷人眼，草色遙看近卻無。之所以拈出現代文學史編撰的「寫什麼」和「怎麼寫」命題，是因為諸多具體爭論儘管很有學術價值、也很有必要，但是如果不上升到元文學史的形而上層面審視，就容易陷入周而復始、循環上演的各說各話、各唱各調，因為文學史編撰實踐中會有層出不窮的具體問題需要解決。我們是否可以像姚斯不滿歐洲文學史那樣質疑：編撰中國文學史的意義是什麼？為什麼？在起源和發生意義上回溯與追問問題，「重寫文學史」的視野或許就能變得豁然開朗，「寫什麼」與「怎麼寫」亦會就此摸到合理、合法的門徑。

　　如果說已有不少學者從知識考古層面對中國文學史編撰的緣起與流變做了較為詳盡的考察，〔註 20〕那麼本文則力圖從元文學史層面介入這個命題，選擇幾個潛在視角來理解「怎麼寫」與「寫什麼」。從中國文學史這種文學歷史敘事體裁的發生和發展來看，有三個限制條件使它先天不足、後天失調：

　　第一，中國文學史的理論建構和編撰實踐，是西學東漸的產物。比如被不少學者稱為中國第一部的林傳甲的《中國文學史》，就參考日本笹川種郎的《支那歷朝文學史》而成。從那時起，我們就告別了文苑傳、藝文志等傳統的文學歷史的敘事體裁，轉而以西方的理論、概念、方法、體系、框架、模式來梳理、評判和建構中國文學的歷史。時至今日，我們的文學史編撰乃至文學研究的知識譜系、價值體系和意義系統，不但依舊赫然打著西方的標籤，而且來自西方的影響與焦慮，呈現有增無減之趨勢。西方的理論、概念、方法、體系、框架和模式，本身是對西方文學和文學史編撰的獨特經驗、價值

〔註 19〕陳國恩、范伯群、周曉明、湯哲聲、何錫章、譚桂林、劉川鄂、徐德明：《百年後學科架構的多維思考——關於中國現代文學史起點問題的對話》（《學術月刊》2009 年第 3 期）一文，就以起點問題為具體學術表象，集中、生動展現了學界不同的價值立場和價值傾向。

〔註 20〕比如論文有郭延禮《19 世紀末 20 世紀初東西洋〈中國文學史〉的撰寫》（《中華讀書報》2001 年 9 月 21 日），王峰《「文學」的重構與文學史的重釋——兼論 20 世紀早期「中國文學史」書寫的意義》（《華東師範大學學報》2008 年第 2 期），李舜臣、吳光正《〈中國文學史教學大綱〉的產生及其影響》（《文學遺產》2009 年第 1 期），陳立峰《中國現代文學學科之發軔》（《人文雜誌》2010 年第 3 期）等；著作有黃修己《中國新文學史編纂史》（北京大學出版社，1995 年），戴燕《文學史的權力》（北京大學出版社，2002 年），董乃斌、陳伯海、劉揚忠主編《中國文學史學史》（河北人民出版社，2003 年）等。

和意義的概括、總結和應用，並非具有完全的普世價值和通用性，把它拿來搜集、梳理、闡釋、評判和建構中國文學的歷史，其對中國文學的獨特經驗、價值和意義的適用性和有效性到底有幾許呢？悖論在於歷史的田園早已荒蕪而不得歸，我們已經無法返回文苑傳、藝文志那樣的中國文學的治史流程了，即使當年深深懷戀傳統的錢基博的《中國文學史》《現代中國文學史》，也深受西學理念之浸染，由此我們只能借鑒、運用西方那一套理論體系和話語模式，以「代位言說」的方式去研究我們的文學、建構我們中國文學的歷史。問題的關鍵在於，這種「代位言說」布滿了話語牢籠和理論陷阱，我們如何避免並突破西方理論與話語東移中國之後產生的話語牢籠和理論陷阱？如何將以往以西學為摹本的外源型文學研究、文學史編撰的學術模式，轉化為以後的真正以中國文學現象為中心的內生型的學術創造機制？

　　第二，中國文學史編撰的出現與沿革，直接來自於國民教育的需要。比如 1904 年「癸卯學制」確立的當年，林傳甲為國立北京大學編撰的《中國文學史》、黃人為私立東吳大學編撰的《中國文學史》就應運而生。事實上，應國民教育的需要編撰文學史，不但不應該成為一種束縛和負擔，反而應該說是一種責任和榮耀。考諸西方文學史編撰的源與流，十九世紀的文學史編撰之所以如姚斯所說達到巔峰，很大程度上是因為文學史編撰在整合社會認同、凝聚國家意志和提升民族精神方面得到了社會整體評價系統的高度認可，文學史家也就享有了高度的成就感和榮耀感。問題要害在於，文學史的編撰來自於什麼樣的國民教育需要。民國時代的國民教育尤其大學教育，具有較高程度的自治能力，國民黨的黨化教育不但得不到大多數從事教育的文人知識分子的認同，甚至也沒有得到多數國民的認可，國民黨推行黨化教育的結果是抵制和抗拒之聲愈演愈烈，且有效阻止了國民黨黨化教育對國民教育尤其是大學教育的滲透與擴張。所以那個時代的文學史編撰者們，儘管政見歧異、人言人殊，但是基本上都能本著「獨立之意志，自由之精神」原則編撰符合自己價值理念和學術期待的文學史。比如陸侃如教授的反思，其實就是經驗之談：「抗戰前，沒有兩校中文系的教學計劃是相同的。後來課程名稱雖然部分地『劃一』了，但也沒有兩校所開同一課程的內容是相同的。我教過二十年的『中國文學史』，都是詳於周秦，略於唐宋，到明清就根本不講了，我所認識的擔任這門課的朋友們，講授的進度都不一樣；對於每一個作家、每一部作品的評價，不但『仁者見仁』、『智者見智』，而且以『獨出心裁』為貴，

絲毫沒考慮到是否符合真理。」〔註 21〕陸侃如教授反思的或許是那樣做是否「符合真理」，但就中國文學史編撰遭遇的歷史波折來看，我們更應該警醒的是，尊重真相比符合真理更重要。在陸侃如教授發表這段言論的兩年後，在教育部統一部署下，由游國恩、馮沅君、劉大杰、王瑤、劉綏松等具體負責編寫的《中國文學史教學大綱》就問世了。而署名「老舍、蔡儀、王瑤、李何林草擬」的《中國新文學史教學大綱》，則早已在 1951 年《新建設》雜誌第 4 卷第 4 期上發表了。在新政權國民教育目標指導下，中國文學研究和中國文學史編撰翻開了新的一頁。也就是在這個時期，制約中國文學史編撰的另一個重要因素——政治意識形態，成為國民教育的指導思想，並迅速整合國民教育各領域，督促中國文學史編撰走向大一統狀態。

第三，政治意識形態對文學史編撰的滲透與宰制。在民國時代，政治意識形態對文學史編撰的入侵，無論是規模還是深度，都實績了了。北洋軍閥政府連意識形態為何物，似乎都無從說起。1928 年上臺執政的國民黨儘管形成了初步的、鬆散的意識形態體系，但是從內在理論和運作機制來看，它專制獨裁的實踐傾向與「三權分立、五權憲法」的政治理想背道而馳；從外部實施效果來看，這個初步形成的鬆散的意識形態，連說服、教育普通民眾的話語能力都很匱乏，遑論去占領大學教育、學術領域等思想文化高地。不要說左傾的文人知識分子將抵制和反對這個意識形態系統視為正義行為，就是右傾的胡適、羅隆基、梁實秋、胡秋原等人都強烈抨擊國民黨的思想統一企圖。蓋在民國時代的民眾和文人知識分子心目中，民國乃是全體中國人的民國，而非國民黨的黨天下。亦正因為如此，另一種政治意識形態思潮才能在民國時代引領風潮，以至於蘇雪林憤慨說：「五卅以後，赤焰大張，上海號為中國文化中心，竟完全被左翼作家支配。所有比較聞名的作家無不沾染赤色思想。他們文筆既佳，名望復大，又慣與出版事業合作。上海除商務印書館、中華書局、世界書局幾個老招牌的書店以外，其餘幾乎都成了他們御用出版機關。他們灌輸赤化從文學入手，推廣至於藝術（如木刻、漫畫）戲劇電影等等，造成清一色的赤色文化；甚至教科書的編製，中學生的讀物，也要插進一腳。」〔註 22〕然而，隨著民國體制坍塌、新的國家體制建立，曾經挺立潮

〔註21〕陸侃如：《關於大學中文系問題》，《人民教育》1952 年 2 月號。
〔註22〕胡適、蘇雪林：《關於當前文化動態的討論（通信）》，《魯迅研究學術論著資料彙編》第二輯，北京：中國文聯出版公司，1986 年，第 691 頁。

頭、具有強烈批判功能的左翼意識形態，很快就順勢變成了國家意志，成為國家機器的重要組成部分，快速完成了由批判型意識形態到統攝型意識形態的轉化。借助於國民教育體系、思想宣傳體系和文化建設體系等一系列領域的重建，依靠國家機器的強大威懾力和實際控制力，建構並完成了前所未有的思想統一局面。在這樣一個政治背景下，文學研究、文學史編撰不但要服務於這個意識形態的理論預設，而且還要化為這個意識形態系統的一個組成部分。如果說中國文學史編撰中的古典部分受宰制的程度略為輕度一些，比如再怎麼編撰你都不能說李白、杜甫詩歌中的民生觀念是受馬列主義啟發，只能說那是出於樸素的階級感情和唯物觀；那麼中國文學史編撰中的現代部分，則在相當長時間內化身為新民主主義革命的文學版本。1949 年後政治意識形態對中國文學研究和中國文學史編撰的宰制，絕大多數治中國文學者多深有體會，毋庸多言。即使在今天，意識形態的滲透和宰制對現代文學史編撰的影響，依然強大而有效，不但是言說空間的限制，而且還內化為許多文學史編撰者的主體意識；這種內化式禁錮，會轉為學科機制的惰性有機組成部分，從而具有更長的監控時效。

指出問題並不意味著有能力解決問題。關於國民教育、政治意識形態與中國文學史編撰的關係，需要進行深度專題研究，至於能探討到什麼範圍、分析到什麼程度，既要看具體學術個體的學識和膽識，更需要時間之神的助力。但是，由起源意義上的先天條件限制所帶來的文學史編撰的實際負面效果，則已經引起學術界的重視並得到一定程度的反思，比如絕大多數文學史著的眾口一聲、千編一律、大同小異、敘事單調、面目刻板；像陸侃如教授所說的「見仁見智」、「獨出心裁」的文學史編著，則少之又少。當然，造成 60 多年來文學史編撰千人一面狀態的原因，當然不止於西學影響、國民教育、意識形態等顯在原因，中國古典時代集權專制統治的長期教化與奴化而造就的民族性格、文化心理、實用心態、八股腔調等具體潛在原因也實現了現代轉換。而傳統文化中「有教無類」、「因材施教」等思想，在我們的文學史體系中卻很少得以繼承與展現，就更不必說「朝聞道夕死可矣」的追求真理精神了。所以，作為文學研究、文學史編纂者，面對歷史、現狀和未來，當然需要深深追問：文學史編著究竟給我們帶來了什麼？又讓我們喪失了什麼？

需要特別提及的，還有一個可以劃歸「怎麼寫」範疇的文學史編撰技術層面的問題，也需要我們進行深度反思，這就是我們的文學史編著難道就不

能生動有趣、興味盎然嗎？「文學史不僅是一門學科，而就其發展而言，它本身也是總的歷史的一部分」，〔註23〕所以它和它的研究對象文學一樣，也是歷史精神和人文精神的體現者，也有其獨立的存在方式、功能和品位，它在講述文學的歷史和文學的精髓的同時，是否應該沾染文學精靈的一些影子？

　　曾經讀過一部《西方文學的故事》，感觸頗深，只看目錄第 1 頁的篇章標題，就足以激發閱讀興趣：「**第一章　樹蔭下的神奇**　任何一本書的任何一頁白紙上的黑字以及書籍本身，都屬於一個從古至今並永無結局的故事。**第二章　人類童年的呀呀之語**　在人類的歷史和每個人心中，文學是從詩開始起步的。最聰明的詩人往往在心中保留著一種童貞般的夢幻般的東西。**第三章　東方，博大而神奇的文化**　博大而神奇的東方在有著美妙的陶瓷和絲綢的同時，也有著歷史悠久的文學。但對於西方人來說，神奇的東方文學仍是一本只打開了幾頁的書。儘管如此，中國、日本、印度和阿拉伯的文化仍然滲進了西方文學中。**第四章　猶太人的聖經**　人們的思想和語言常常被《聖經》貫穿著，這源於宗教而不是文學。《聖經》，最初其宗教價值遠遠超過其文學價值。但隨著時間的推移，《聖經》中的成語成為我們日常語言的一部分。〔註24〕反觀 60 多年來的中國文學史編撰歷程，有多少部文學史編著能帶來愉悅的閱讀體驗呢？至少「八股文學史」和「文學史八股」也非編撰者所願吧？人們論及文學本身時，總是要辨別其是否具有審美性，探究其是否是有意味的形式，難道文學史編撰就不必講究和強調這些嗎？中國古人的發蒙讀物《三字經》《千字文》《千家詩》《鑒略》等，還注重借押韻等藝術形式來「載道」呢。絕大多數文學史編撰者都具有深厚的文學造詣，撰史的目的絕非讓人卒不忍讀，而是讓人理解和接受。即使研究型文學史著也未必一定要高深莫測，因為學問的精髓未必需要晦澀艱深的術語、名詞和理論來展示。那麼，60 多年來的大多數文學史著作是不是少了些文采、意蘊和趣味呢？如果把文學的歷史比喻為風景優美的自然風光和名勝古蹟，那麼文學史著作應該是導遊和旅游手冊，是引導閱讀者「慢慢走，欣欣賞啊！」

〔註23〕〔德〕本雅明：《經驗與貧乏》，王炳均、楊勁譯，天津：百花文藝出版社，1999 年，第 244 頁。

〔註24〕〔美〕J·梅西：《西方文學的故事》，目錄，熊建譯，西安：陝西師範大學出版社，2009 年。

三、「重寫文學史」的二次革命

　　所有逝去的一切，都已化為我們的傳統。無論好的還是壞的、新的還是舊的，我們都無法逃離蕪雜的傳統的掌心。過去之神提供了一個精神家園，卻不是一個自由自在的家園，我們當然希望將它改造得適合我們的美好願望。但是，傳統的薪火相傳，自有它內在的賡續機制和不可控的再現方式，難以一廂情願的實現「取其精華、去其糟粕」：「摩西死了，並且因為過去過去了，我們不能理性地犧牲現在來讚揚它或者通過與現在比較而譴責它。我們不應該稱過去比現在好或壞，因為我們不是被要求去選擇它或拋棄它，喜歡它或厭惡它，贊同它或譴責它，而只是去接受它。」〔註 25〕我們是站在數千年歷史遺留下的豐厚而蕪雜的全部文學遺產之上，而不是根據我們的嗜好和偏見來編撰它的歷史，否則就有違「學術乃天下之公器」的天職。無論舊傳統還是新傳統，當它壓抑了我們的學術創造力的時候，必須奮起打碎因襲和束縛；當我們的學術創造力無所適從之時，應該喚醒傳統的能量去招魂。毫無疑問，晚清五四時代不僅是曾經存在的歷史實然狀態，還是中國文藝復興的時代，「思想自由、兼容並包」的胸襟與氣度，正是那個時代「貫通古今、融匯中西」的象徵。作為治現代文學史者，應該站在這樣一個精神境界上來審視、描述和闡發一百多年來中國文學的歷史，而不是侷限在中國文藝復興發動者們的歷史情境和話語邏輯中，儘管他們的人文願景遠未實現，依然需要我們去繼承。

　　統觀近年關於現代文學諸多具體命題的探討，比如起點與邊界，舊體詩詞和海外華文文學可否入史，通俗文學、臺港澳文學、少數民族文學如何入史，分期問題，命名問題，乃至二級學科的地位問題，其實都密切關涉到述史者的文學史觀和價值傾向。正如溫儒敏教授所強調的：「前提是要建立新的文學史觀，以及相應的新的價值評價體系」，〔註 26〕「重寫文學史」理想能否較為圓滿實現的最大瓶頸也在於此。儘管新的文學史觀和價值評價體系的建立，並不意味著這些問題能迎刃而解，還需要具體的文學史編撰技術層面的創新，但是至少問題的解決有了方向，而不是無休止的各說各話。與建立新

〔註 25〕〔英〕柯林武德：《歷史循環理論》，《新史學》第三輯，鄭州：大象出版社，2004 年，第 40 頁。
〔註 26〕溫儒敏：《現代文學研究的『邊界』及『價值尺度』問題——對中國現代文學研究現狀的梳理與思考》，《華中師範大學學報》2011 年第 1 期。

的文學史觀和價值評價體系的對等命題，我以為是這段文學史的命名問題，兩者其實是體用和表裏關係。詞的秩序如果不符合歷史和事物的本來秩序，就是所謂名不正言不順。這些年來學者們有關這段文學史命名問題及其背後文學史觀和價值體系的爭論，其學術目標毫無疑問是名實相符，而且也以有效的工作為「重寫文學史」積累了至關重要的經驗。但是，無論是稱之為中國現代文學史、現代中國文學史，還是二十世紀中國文學史或者漢語新文學史，乃至那個彆扭的中國現當代文學史，都會遇到不可克服的名實邏輯陷阱和時光效力。因為總不能一直「現代」下去，「現代」的內涵總不能一成不變，錢基博的「現代」和我們理解的「現代」迥然不同，再過多少年後來人也會用古怪的眼光打量我們的「現代」竟然和他們的理解不一樣。我們也似乎還不能來個「後現代中國文學史」來延續或者發展我們的所謂「現代」，畢竟不能永遠「後」下去。在較長的歷史時段中，「現代」這一觀念最大的弊端在於無法區分不同歷史階段的重大差異，比如民國和共和國的內在機制的不同。「20世紀中國文學史」貌似以公正的時間為標示，但20世紀已經結束，這段文學史的獨特內在能量並沒有隨著一個時段的結束而終結。而「漢語新文學」、「精英文學與通俗文學雙翼說」等觀念，有人為切割和分裂文學歷史的嫌疑，貌似「新」的文學未必不舊，貌似「舊」的文學未必不新，精英與通俗之分更是畫地為牢，倘若說立場、態度可以有新舊雅俗的取捨，那麼藝術效力、審美趣味、文脈傳承等等卻難分雅俗、無論新舊。

問題的關鍵在於，現有的絕大多數命名及其背後的文學史觀、價值評價體系，大都是建立在與中國傳統文學的歷史分道揚鑣的立場之上的，或者說是站在當年中國文藝復興發動者們價值傾向延續的軌道上。所謂「新」的、「現代」的觀念，是對「舊」的和「非現代」文學史事實的排斥與否定；漢語新文學既是對少數民族語言文學的躲避，又是對所謂漢語舊文學的拋棄。現代社會斷然不是全部由新的和現代的元素組成，新的和現代的元素，只不過在我們的理念預設中占據優先位置；舊的和非現代的元素，依然在我們的日用人倫中潛移默化地發揮作用，比如1949年之後，很多所謂「新」的、「現代」的文學作品，尤其是那些「歌德」派文學，和古典時代的「載道」文學有多少本質差別呢？因為誇大了新與舊、現代與非現代的差異而忽略了其共同性，以至於我們只看表象不問內裏。如果說19世紀末20世紀初中國文藝復興的倡導者們，需要摧毀舊的偶像，掙脫傳統「名」與「教」的束縛，才能為

中國文學的更生開闢新路；那麼我們需要繼承的不僅僅是他們塑造的新傳統，更應該再現那個時代「思想自由，兼容並包」的氣度與格局。

自從「二十世紀中國文學」和「重寫文學史」口號提出以來，現代文學研究界積累的豐厚經驗已經對現代文學史編撰提出了新的要求。倘若說近30年前兩個口號的提出，是文學研究、文學史編撰的一次革命性學術成就；那麼近年學術界熱議的「民國文學史」，則吹響了文學研究、文學史編撰「二次革命」的號角：

第一，它凸顯了尊重文學歷史真實性是第一學術原則，符合學術機制創新的理論期待。「民國文學史」及其包孕的文學史觀和價值體系，並非無懈可擊，但是它是目前我們所能提出來的最接近文學歷史的自然原生態的述史觀念與體系。毫無疑問，真實性原則不僅是面對歷史所應秉持的第一原則，而且我們精神世界的所有運作機制也必然以它為邏輯根基，虛假性在無意或有意為之時，背後也必然是一種不可告人的或不自覺的真實性在發生效力。主觀與客觀是否統一，既是人與歷史、人與世界、人與自我關係的哲學提煉，也是檢驗真實性與否的必由之路，所以保羅‧利科認為：「我們從歷史那裡期待某種客觀性，適合歷史的客觀性……在這裡，客觀性應該在其狹義的認識論意義上被理解：理性思維所產生的、整理的和理解的東西，理性思維能以這種方式使人理解的東西是客觀的。……這種期待包含另一種期待：我們從歷史學家那裡期待某種主觀性，不是一種任意的主觀性，而是一種正好適合歷史的客觀性的主觀性。」〔註27〕近30年來的文學研究和文學史編撰儘管積累了豐厚的學術成果，的確在某些層面、某種程度上把握住了文學史的部分本真，但又是以遮蔽和丟棄文學史的其他本真狀態為代價的。人為再創造文學歷史的學術運作超過了合理的閾限，不但會落入自我想像和觀念預設的陷阱，最終會偏離歷史的真實性越來越遠。前文所述諸位學者對文學史的「不滿」，所體現的正是已有文學史述史體系的學術創新能量已臻於極限。我們需要追求一種新的「正好適合歷史的客觀性的主觀性」，來展現更為完整的歷史真實性。之所以判定「民國文學史」是一個「適合歷史的客觀性的主觀性」的觀念，在於它和以往的文學史觀念存在著歷史哲學和元文學史層面的重大不同：以往的文學史觀念大都起步於先驗理念想像，具有理論的預設色彩和強

〔註27〕〔法〕保羅‧利科：《歷史與真理》，姜志輝譯，上海：上海譯文出版社，2004年，第3～4頁。

大的整合功能，在文學研究和文學史編撰的實際運作過程中，首先滿足的是自身理論和概念的內涵統一與外延周整，否則文學史建構就難以合目的性；即使勉強成立，巨大的文學史罅隙也無法抹平，比如以啟蒙主義和現代性等標尺蓋棺魯迅，那麼如何評估《山海經》《毛詩品物圖考》《百美圖》等非現代的、舊的讀物對魯迅藝術經驗和文學世界的激發和生成作用呢？啟蒙、現代性等尺度等未必能準確闡釋魯迅作品的魅力吧？而「民國文學史」觀念得以確立的唯一基礎，是曾經存在的文學歷史的本真狀態，它首先是對已逝歷史的客觀陳述而非理念建構和理論預設，它首先是真相而非真理。儘管它的本真狀態需要我們不懈的勘探，甚至最終也難以達成一致，但是文學歷史的存在是這個觀念的唯一原點和起點。只有在原點重新出發，眾說紛紜的文學史真實性才能有可靠的基礎與統一的平臺；而且它是一個不必建立強勢整合功能的平等的平臺，承認並尊重歷史本身的多元性、多面性；它最大的要務在於通過無數個體的學術研究的合力機制，在最大程度上追復和展現文學歷史的各種真實性。

　　第二，它致力於建構一個多元、開放的價值平臺，而非單一的價值體系或標準。以往的文學史編撰，大概都會宣稱自身是對文學史的真實反映，絕不會認可自身的虛構性和非真理性，誠如凱利所言：「人們一直在不同的時代與地點，處於不同的條件，為不同的目的，從不同的立場來撰寫歷史。一部『歷史』自身的歷史，可以根據各種可變因素——包括特定歷史學家的心理特點、社會地位、政治立場、以及所處的文化環境——來撰寫，也可以按照歷史體裁自身的現象學方法以及已經成為歷史學家基本表達手段的心理意識組成部分的現存準則來撰寫。這些準則最常見的形式就是聲稱具有真實性、準確性、貼切性、闡釋能力、文字技巧、政治或哲學上的功用性，以及能為學者或大眾所接受。」〔註28〕然而以往的文學史觀念及編撰，由於其價值標準在相當大程度上具有排他性和不兼容性，往往導致它在剪裁歷史事實的真實性和歷史精神的真實性時出現疏漏和失真。作為文學研究和文學史編撰學術機制頂層設計的「民國文學史」觀念，目的在於建立一個具有包容性的價值平臺和富有張力的學術機制，擴展目前狹窄的學術格局和單一的學術氣象。庫爾提烏斯在《歐洲文學與拉丁語中世紀》中有言：「『永恆的現在』是文學的一個基本特點，指的是過去的文

〔註28〕〔美〕唐納德·R·凱利：《多面的歷史：從希羅多德到赫爾德的歷史探詢》，前言，陳恒、宋立宏譯，北京：三聯書店，2003 年。

學總是活躍在現在的文學之中。」〔註29〕對現代中國的文學而言，從《詩經》
《楚辭》乃至更早時代以來的整個文學依然鮮活地存在於我們的內心，數千年
來形成的中國文化的精神血脈也依然流淌在現代中國文學長河的底層，現代中
國的文學是以這個文學的共存狀態為根基成長起來的。因為現代中國融入了世
界，因此世界文學的平臺同樣構成了現代中國文學生長、發展的另一個支點。
古今中外的文學，同時存在於我們的世界感中，構成了完整的我們對文學及其
歷史進行感知、理解和闡釋的共存秩序與事實平臺。這既是我們對文學及其歷
史的歷史感，同時也是我們對文學及其歷史的現實感。這個共存秩序和事實平
臺的歷時性與共時性特點，對文學研究和文學史編撰的要求是包容而非排斥、
多元而非獨尊。而「民國文學史」所指涉的那個歷史時代的文學對象，本身就
是「貫通古今，融匯中西」的成果；它實際上也是在碰撞、兼容中初步完成了
中國文藝復興第一階段的使命，從而確證了自我不同於古今中外其他文學樣態
的本質。「民國文學史」不過是對這一歷史事實的追認和確證，而不是對它所指
涉的文學歷史樣態的本質概括與總結。所以，這一觀念不是一個自足的、封閉
的線性結構和進化模式，它的視野不必拘泥於政治的民國和歷史的民國，它的
上下限不必較真於哪一年，當然它的所謂本質也就可以有多樣展現和表述。因
此，過去爭論不休的現代文學的起點與邊界，舊體詩詞和海外華文文學可否入
史，通俗文學、臺港澳文學、少數民族文學如何入史，分期和價值標準，乃至
所謂主流或本質的判定，都可以降格為文學史編撰的次級乃至技術層面的問
題，也就是說如何操作和實踐這些命題，比如是以新文學為主體還是以現代性
為指針，是每一個文學史編撰者的學術權力，只要能自圓其說就獲得了存在的
理由。

　　第三，它凸顯了歷史發展的正義原則，將有效抵制各種政治意識形態對文
學研究和文學史編撰的誘惑與滲透、監控與宰制。談論正義原則，不能不提及
羅爾斯對「正義」先在性和不證自明性的認定：「正義是社會制度的首要價值，
正像真理是思想體系的首要價值一樣。一種理論，無論它多麼精緻和簡潔，只
要它不真實，就必須加以拒絕或修正；同樣，某些法律和制度，不管它們如何
有效率和有條理，只要它們不正義，就必須加以改造或廢除。每個人都擁有一
種基於正義的不可侵犯性，這種不可侵犯性即使以社會整體利益之名也不能逾

〔註29〕〔英〕拉曼・塞爾登編：《文學批評理論——從柏拉圖到現在》，劉象愚、陳
　　　　永國等譯，北京，北京大學出版社，2003 年，第 413 頁。

越。……作為人類活動的首要價值，真理和正義是決不妥協的。」〔註30〕儘管歷史的正義和政治的正義、法律的正義、道德的正義、制度的正義等等有運用領域的重大區別，但是歷史的延續和發展同樣有不以某個個體或某個群體的意志為轉移的「正義」之道，也就是我們的主觀性所努力尋找的那個客觀性。尊重真相比符合真理更重要，是因為尊重真相是邁向真理的奠基石。尋找和再現歷史正義之道的首要原則就是尊重歷史真實，亦即歷史事實的真實和歷史精神的真實，其次才是邁向真理之境。在某個歷史時期，或因某些人、某些群體、某些黨派的特殊需要而以真理的旗號遮蔽或抹煞歷史真實，但是歷史發展的正義原則會在時機成熟之時啟動自身的辯證法，矯正某個時代的偏頗與狹隘。人類歷史的發展經驗也屢次證明，歷史自身的多元性、多面性最終會浮出水面，歷史發展的正義原則終將扯去虛假性、欺騙性的面紗。這裡必須再次強調，「民國文學史」是文學的民國，是一個以研究文學的民國而不是以政治的民國為基點的學術觀念。有這樣一個前提，在歷史發展的正義原則範疇內談論文學的歷史，才有效且切實可行。只有堅守歷史發展的正義原則，才擁有一個堅實支點去抵制各種意識形態對文學研究、文學史編撰的誘惑與滲透、監控與宰制。縱觀一百多年來文學及緊隨其後的文學研究和文學史編撰，不知有多少政治意識形態在張網以待。比如民國時代，國民黨違背對全體國民的民主承諾和自由契約，動用暴力機器迫使異見者屈服，妄圖將文學被納入意識形態規訓目標；但是，所有秉持正義的文人知識分子，無分左右、不論南北，幾乎一致吼出抗議和抵制之聲，因為背後有歷史發展和社會進步的正義原則在支撐。

四、印證心靈，傳承不朽

「針對近年來重寫文學史的熱潮與文學史編纂工程項目的日益擴張，學界在不斷的『創新』呼聲中疲於奔命而找不到自己的目標。綜觀當下的中國現代文學（1917～1976）研究，我們可以看到這樣一種現象和趨勢：研究者幾乎把所有的目光凝眸定格在文學史的邊緣史料發掘和一些原來不居中心的作家作品翻案工作上，這無疑是一個錯誤的治史路向。」〔註31〕丁帆教授的批評，印證了當前現代文學研究的一個突出特點：越來越像歷史研究、文

〔註30〕〔美〕約翰·羅爾斯：《正義論》，何懷宏、何包鋼、廖申白譯，北京：中國社會科學出版社，1988 年，第 1～2 頁。
〔註31〕丁帆：《關於建構百年文學史的幾點意見和設想》，《文學評論》2010 年第 1 期。

化研究、社會研究、政治研究等等，就是不大象文學研究。第二個突出特點：學科內部的分工與細化日趨嚴重，群雄割據、爭相圈地，條塊分割有餘、視野通達不足。且不說有多少研究者熟稔整個中國文學，即使狹窄的現代文學研究格局內有時也隔行如隔山，有多少學者只問秦漢、無論魏晉？是否專而又專的專家太多、通人鳳毛麟角呢？第三個突出特點：實證主義成風，趨於獨尊，擠壓甚至排斥其他研究範式。本來是學術基本功的實證，卻上升為趨之若鶩的典範與標準；紮實的實證研究當然是學術必不可少的根基，這些年來不少學者的實證成果為現代文學研究做出了顯著貢獻，對過去的粗疏學風起了重要糾偏作用；但是一窩蜂式的陶醉於實證，不但易陷入瑣碎考據主義的一葉障目，更容易滑入實證主義進而犬儒主義的陷阱。溫儒敏教授的憂慮不無道理：「學問的尊嚴、使命感和批判精神正日漸抽空。現代文學研究很難說真的已經『回歸學術』，可是對社會反應的敏感度弱了，發出的聲音少了。」〔註32〕這些問題及類似的癥結，不但違背了「學術乃天下之公器」的正義原則，也讓我們越來越遠離作為學術原點的「文學」，以至於我們不能不反躬自問：現代文學研究的目的和意義究竟何在？

如果說有效參與社會爭鳴、向社會發聲，要看外部環境的眼色，屬於學術倫理意願與責任；那麼學術系統內部的問題，只能自我消化、直面解決，這本來就是學術自治的天然職責。從學術內部生態系統來看，這些年我們的文學研究和文學史編撰呈現出的遠離「文學」的趨勢，在近年諸多熱點命題的討論中可見一斑，那就是很少見到如何發現、選擇和品評傑作的蹤影。殊不知夏志清《中國現代小說史》真正令人佩服的並非是立場、視角、方法之類，而是「發現並品評傑作」的深厚功底。毋庸置疑，文學史的核心是文學，而文學最基本、最重要的存在方式就是作品，尤其是傑出作品。所有文學的外圍元素，比如社會、歷史、文化、制度、運動、思潮、流派、社團乃至作家本事等等，都是因為作品這個文學的第一存在形式而被納入到我們的研究視野，基於此它們才能夠生成自身的價值與意義，最終也就能成為相對獨立的研究對象。所有文學的那些所謂內部元素，比如文體、結構、風格、類型、敘事、音律、象徵、意象等等，其存在的唯一方式就是蘊含於作品中，是我們從作品中抽象出來，加以分類、整理和理論總結後，用來認識、感受、分析、理

〔註32〕溫儒敏：《現代文學研究的『邊界』及『價值尺度』問題──對中國現代文學研究現狀的梳理與思考》，《華中師範大學學報》2011 年第 1 期。

解、判斷和闡釋文學作品的手段。顯而易見，所有這些內外文學元素的研究，只能有一個終極學術旨歸，這就是文學作品。皮之不存毛將焉附，脫離乃至偏離了文學作品這個終極學術目標，我們的文獻整理、史料勾陳、理論擴容、方法更新等，諸如此類研究的自證方式、自治能力乃至存在的意義就顯得疑雲重重。

　　當然要充分肯定上述層面的研究：它不但極大豐富和擴展了現代文學研究的視野，而且在以後的研究中也將發揮重要作用。問題在於，當發現、選擇和品評傑作的基本學術職能出現集體性缺失傾向時，就應該引起學界的重視與反思。「整個文學研究領域的問題皆反映到文學史的問題之中」，〔註33〕上述問題在文學史編撰領域的確尤為明顯，我們對主流、本質、框架、結構、模式、邏輯等層面的關注，遠勝過作家作品。在文學史著對作品尤其傑作的理解、分析和闡釋中，能達到我們時代所應達到的高度且水平精準者，並不多見；作家作品品評模式化，陳腔濫調、人云亦云乃至相互複製者也不在少數。按照瓦萊里的說法，「藝術史與社會史之間的區別在於：前者的產品猶如『相互面貌不同的兒女』，而後者則『每個孩子都有數千個父母』」，〔註34〕現代文學史遺留的作品儘管不都是傑作，但都是「相互面貌不同的兒女」，都是一沙一世界、一花一天堂。比如大多數文學史著述所採用的「內容＋形式」或「主題思想＋藝術特色」模式，再具體分解為邏輯清晰、層次分明的特點一、二、三，是否能準確品評這「一沙」、「一花」的獨特性呢？是否標準化有餘而靈活性、針對性不足呢？有時，一句到位的評判勝似千言萬語的面面鋪陳，古典時代的某些精彩點評就是絕好例證。文學史編撰的宏觀布局和架構固然重要，文學史著作的微觀「肌質」也絕非等閒，更非似有若無；細節往往決定成敗，再好的框架如果不借助「肌質」來展現，學術效果也至少要大打折扣。實事求是說，現代文學史編撰中遠離「文學」的實際情形，遠遠不止於此類。當我們執著於作品之外各種元素的探索，忽略乃至輕視作品本身的理

〔註33〕〔加拿大〕伊娃・庫什納：《文學的歷史結構》，〔加拿大〕馬克・昂熱諾、〔法國〕讓・貝西埃、〔荷蘭〕杜沃・佛克馬、〔加拿大〕伊娃・庫什納主編：《問題與觀點：20世紀文學理論綜論》，史忠義、田慶生譯，天津：百花文藝出版社，2000年，第136頁。

〔註34〕〔德〕H・R・姚斯：《走向接受美學》，H・R・姚斯、R・C・霍拉勃：《接受美學與接受理論》，周寧、金元浦譯，瀋陽：遼寧人民出版社，1987年，第57頁。

解、分析與闡釋，久而久之「文學」就會在不知不覺間遠離我們。

　　事實上，所有歷史現象包括學術研究，都面臨著「一切歷史都是當代史」的「拿來主義」篩選法則。文學史不但是當代人的文學史，也是後來人的文學史，當我們穿越歷史的漫漫塵埃，不再以李白、杜甫們的糾結為糾結，只為「李杜文章在，光焰萬丈長」歎服時，後來人有同樣的理由不為我們的是是非非、思想糾葛、學術癥結所困擾。可以想像：當有了充足的歷史距離和充分的審美視野，我們今天的文學研究和文學史編撰還能產生怎樣的價值與作用？至少一點可以確定，猶如我們已經在內心深處遠離了古典時代，後來人所要求我們這個時代的，將主要是遺留下了多少傑作，以及多少發現、選擇和品評傑作的「權威證詞」。

　　鑒於此，文學史編撰的最重要的任務，就莫過於通過發現、選擇和品評過往時代和所處時代的傑作，為當今時代提供審美的資源和精神的支持，為後來者留下有關傑作的可信、可用的「權威證詞」。文學史和一般歷史的不同之處在於：文學史的主要遺留物——文學作品，能夠脫離曾經擁有的歷史規定性，借助語言這個載體的傳承與變遷，毫不間斷地釋放藝術魅力，從而在以後的時代延展甚至擴大自己存在的意義與價值。圍繞作品而產生意義的那些特定的文學內外元素，將和其他歷史現象一樣，隨著歷史情境的逐漸消失，不但會失去自證與自治的能力，而且也將逐漸被淘汰、被遺忘。本雅明有言：「在藝術作品的可技術複製時代中，枯萎的是藝術作品的氛圍。」〔註35〕如果可以借鑒本雅明對「氛圍」一詞的運用，那麼，我們的文學研究、文學史編撰之所以要整理、辨別、分析、判斷和闡釋那些依賴文學作品而發生意義的文學內外元素，目的就主要在於通過這些研究，恢復和重建那個曾經圍繞作品的產生、傳播、影響和接受而存在、又因歷史的流逝而枯萎的「氛圍」，打撈起文學史的深層結構和深層內容，以期更完整全面、更合情合理、更準確有效地理解和闡釋文學作品。正如保羅·利科所謂「歷史一貫忠實於自己的詞源學：歷史是一種探索（ἱστορία）」，〔註36〕文學史編撰也會因為自身「探索」的成果——「權威證詞」，而奠定自身存在的價值和意義。

〔註35〕〔德〕本雅明：《經驗與貧乏》，王炳均、楊勁譯，天津，百花文藝出版社，1999 年，第 264 頁。

〔註36〕〔法〕保羅·利科：《歷史與真理》，姜志輝譯，上海：上海譯文出版社，2004 年，第 7 頁。

　　文學作品是人的認知、感覺、情感、理性、意志、欲望、潛意識等所有精神元素，通過語言文字進行想像與表達的結晶。所有的傑作都是因為出色地整合與表達了人類的個性、智慧、經驗、品質，賦予生命對象以不朽的意義與尊嚴，從而具有了偉大的印記。它獨一無二、不可替代，因此也成為光彩奪目的文學不朽、人性不朽和歷史不朽的見證。歷史無情，隨著時光流逝，它將帶走無數曾經星輝燦爛一時的場景，湮滅無數存在者的痕跡；歷史有義，隨著塵埃落定，它又為探索者埋下曲徑通幽的路標，遺留下那些不朽者的偉大印記。那個曾被我國幾代學人奉為文學史編撰典範的勃蘭兌斯有言：「文學史，就其最深刻的意義上來說，是一種心理學，研究人的靈魂，是靈魂的歷史。」〔註37〕對人類乃至每一個個體而言，文學的歷史在某種意義上，是通過持續不斷的文學的審美創造活動，來展現人們共同擁有的心靈的某些不朽標誌。因此，文學史編撰的主要學術目標，就應該是探索文學以審美創造來承載心靈史的那個過程，激發並復活過往文學創造所遺留的那些不朽結晶的不朽魅力。

　　在 J·梅西那本文學史封面折頁內，寫著這樣一段話：「文學因時間、地域、視野、觀念、民族、宗教的不同，呈現出多姿多彩的風格與流派。《西方文學的故事》向我們闡述了文學在歷史的發展中重要的作用與意義。文學帶給我們無窮的想像、喜悅與憂傷、思考與啟迪……這些都讓我們深深地愛上文學。」惟其愛上文學，惟其讓人因閱讀文學史而愛上文學，我們的文學史編撰才有可能抵達「印證心靈，傳承不朽」的境界。

〔註37〕〔丹麥〕勃蘭兌斯：《十九世紀文學主流》第一冊，引言，張道真等譯，北京，人民文學出版社，1997 年。

第二章　民國文學史：新的研究範式在崛起

關於民國文學史及相關諸觀念的討論，正在逐步發酵，質疑之聲日漸增多。比如：提出民國文學史是替後人擔心名稱問題，太早了，沒有必要；比如：從歷史、文化等角度研究現代文學並沒有停滯，為什麼還要提出民國視角？有關民國機制的探討和已有的文化研究有什麼不同？民國文學和現代文學三十年的指涉有何差別？再比如：民國文學只是現代文學的一部分，不應以民國文學史取代現代文學史，否則會丟失價值尺度，導致歷史虛無主義和相對論。諸如此類的疑問，不但說明現代文學研究界已經不再忽視民國文學史及相關諸觀念帶來的學術影響，而且對民國文學史及相關諸觀念的補充、深化與豐富將會大有裨益。

隨著越來越多的學者和刊物就民國文學史及諸觀念發表意見，一個圍繞民國文學史的良性學術爭鳴氛圍正在形成，而且相關的思考和討論也越來越迫近中國現代文學研究核心地帶的問題。沉悶已久的中國現代文學研究現狀需要突破，所有認真而嚴肅的學界同仁也都在思索這個迫在眉睫的問題。可是，切實有效的突破口在哪裏？以民國文學史為核心觀念的研究範式能否能擔當此任？

面對現代文學研究界同仁諸多有益的疑問，尤其是涉及了民國文學史及諸觀念的弱項和漏洞的那些問題，從中國現代文學研究的內在結構、機制和發展前景等層面來說明民國文學史及諸觀念的可行性，尤其是它推動中國現代文學研究實現重大突破的可能性，就顯得尤為必要和迫切。這也是獲得中

國現代文學研究學術共同體的理解乃至支持的重要環節。本文首先要申明的前提是：第一，我們的研究無論怎樣上天入地，核心總歸是作家作品及其周邊的文學現象；第二，我們研究的目的，是為了更好的理解文學、體悟文學、闡發文學，最終讓人喜歡上文學；第三，追求真理固然是應有之義，但任何真理得以成立的前提，是應該且必須首先尊重真相——文學的真相、社會的真相、歷史的真相和時代精神的真相。

一、既有研究範式創新乏力

　　中國現代文學研究既有知識譜系、價值秩序與意義系統的創新能力日漸匱乏，已經是不爭的學術事實。自從上世紀 80 年代中後期「20 世紀中國文學」和「重寫文學史」口號之後，中國現代文學研究界迄今再也未曾出現過令學界同仁共鳴且倍感振奮的學術思想和理念。期間不少學界同仁也提出了一些新的學術觀念和研究思路，但學術實踐效果總是難以達到預期目標。中國現代文學研究的實際狀態，倒是印證了上世紀 90 年代「思想淡出、學問凸出」那句名言。越來越多的學者呼籲回歸學術，企盼用紮實、嚴謹、可靠的學術成果，來證明中國現代文學研究是一門經得住歷史檢驗的「學問」。學術成果的紮實、嚴謹與可靠，本來就是學術安身立命的基本條件，無論學術潮流怎樣變換，政治風雲如何動盪，都是學界同仁應該遵循和堅守的底線。「思想淡出、學問凸出」思潮的出現，有嚴酷而逼仄的現實原因，也有反撥以往空疏學風的學術糾偏動機，但無論什麼原因，都不應將學問偏狹地理解為書房裏的把玩品賞和圈內的自說自話。世間的學問，大致要實現兩種功能：一是滿足學術自身發展與延續的需要，所謂承上啟下、繼往開來；二是有益於社會人生，所謂格物致知、經世致用。目前中國現代文學研究在這兩方面的表現如何呢？

　　上世紀 90 年代，還有一句流行語「三十年河東，三十年河西」，彷彿隨著時光流變，風水自然轉。如果單從論文、著作、項目、從業者的數量來看，現代文學研究自然依舊風光。可是實際學術狀態和學界大部分同仁的共同感受是，現代文學研究經過將近 30 年的累積，不但已經從中國人文學術的前沿位置撤退到邊緣地帶，就是所謂回歸學術也很難說名至實歸。現代文學研究既有知識譜系、價值秩序和意義系統的創新乏力現象，表明從上世紀 80 年代中後期以來漸次形成的研究範式，已經完成了它的歷史使命。必須強調，以

「20世紀中國文學」、「重寫文學史」、「現代性」為核心觀念的既有知識譜系、價值秩序和意義系統，是現代文學研究界的一項重大革命成果。它有力地促進了現代文學研究的深化與拓展，輻射並影響到相關人文學科；更重要的是它初步將現代文學研究從政治意識形態婢女的位置上解放出來，使現代文學研究獲得了自給自足的精神生產動力。儘管還無法徹底祛除意識形態的政治慣性影響，但它是中國現代文學學科自正式創立以來第一次依靠學者的「自由之精神、獨立之思想」來完成自身的整體變革與推進。我們對此應該致以深深的敬意。但是又不能不看到，以「20世紀中國文學」、「重寫文學史」、「現代性」為核心觀念的現代文學研究知識譜系、價值秩序和意義系統，不但已經變為完成自身歷史使命的階段性研究範式，其負面效應也開始顯現。

　　比如呼應「回歸學術」潮流而身價倍增的實證研究和文化研究。在以「20世紀中國文學」、「重寫文學史」、「現代性」為核心觀念的現代文學研究知識譜系、價值秩序和意義系統中，實證研究和文化研究是成就較為顯著的兩種研究方式，其成果對現代文學研究的貢獻有目共睹，而且這兩種研究方式還應該繼續開花結果。但我們又不能不看到在實際的研究進程中，這兩種研究方式的限度乃至弊端也日益突出。以近些年風頭正健的實證研究來說，即使不談它在學術目標上是否滑入實證主義思潮進而淪入犬儒主義泥坑，即使不談它能在多大程度上解決文學研究的基本命題，至少在方法論層面我們也應該清楚：第一、實證研究不一定能將我們導向事實與真相，扯遠些比如那個宣稱運用了多少可靠數據的所謂「幸福」指數研究；第二、實證研究只是文學研究和文學史述史的一個層面，只是文學研究和文學史述史的一個基礎，甚至可以說實證研究的領域不是文學研究和文學史述史大放光彩的地帶，因為那是歷史考據發揮優長的場所。以史料發掘、文獻整理為重頭戲的實證研究，即使能夠像蔣介石日記帶來改寫中國現代史的學術契機那樣的效應，我們也應該清楚文學研究、文學史述史和歷史研究的重大差異何在。如果說歷史研究的終極使命是發掘和回歸歷史的本真狀態，那麼文學研究和文學史述史則還要在文學的歷史本真狀態基礎上去選擇和品評文學傑作。這不是否定實證研究幫助我們更接近文學的歷史真實狀態的作用，也不是否定實證研究為文學研究和文學史述史建立堅實、可靠學術基礎的能力，而是強調：即使抵達了文學的歷史真實狀態，我們也面臨一個文學研究和文學史述史無法躲避的美學任務和藝術使命問題。

　　文化研究熱帶來的學術效應，也類似於此。文化研究方法著眼於文學和外部因素之間的互文性關聯，強調歷史、社會、政治、法律、文化、教育、性別、族群、國家等外部因素對文學的影響以及文學對這些外部因素的反饋，這些豐富和拓展了現代文學研究的視野，提升了現代文學研究的水準。但是一不小心，文學就會成為思想史、社會史、政治史、文化史等等外圍因素的注腳和標本。這固然是對前些年學界熱衷的「文學性」命題的一個補正與糾偏，但文化研究方法介入現代文學研究，終歸是為了更好實現文學研究和文學史述史的美學任務與藝術使命，而不是讓文學作品、文學現象淪為思想史、文化史、政治史、革命史、性別史等等外圍事務的材料。當然，如果為了文化研究而研究現代文學則另當別論。

　　丁帆教授將目前現代文學研究存在的問題，歸納為三個方面：「其一，就是用西方的各式各樣的研究方法對作家作品、文學現象和文學思潮進行反覆重新闡釋，有的甚至是過度闡釋」，「其二，研究的路徑向著邊緣拓展，不斷發掘邊緣作家作品和邊緣史料（包括一些與作家作品有關的非文學性材料），殊不知，這些作家作品倘若置於大文學史之中，置於文學史的長河當中的話，是必將要遭到無情的淘汰的，我們已經到了對文學史中作家作品、文學現象，甚至是文學思潮的二次篩選的關鍵時刻」，「其三，是近幾年來逐漸走熱的刊物研究，除去一些有一定價值的深度研究之外，如對通俗文學中的報刊研究應視為有意義的研究，而更多的研究卻是針對無甚學術意義的盲目無效研究，尤其是一些小報小刊的研究，一旦成為風氣，那只能說是對文學史研究生態的破壞。」〔註1〕我以為這不僅僅是指某些具體的研究現象，更主要是針對學界主流研究風氣的有的放矢。實證研究、文化研究等方法和模式，的確給現代文學研究帶來了很多令人耳目一新的具體成果；但趨之若鶩式的集體性學術時尚，也帶來了現代文學研究整體上的買櫝還珠效應：文學研究和文學史述史的實證功能的確大大加強了，文獻史料的發掘與整理、文學史事實的梳理與考證成就斐然；可是詩學的和哲學的功能卻日漸萎縮，尤其是審美疲勞症日益加重；不要說參與社會文化建設的熱情和能力弱化了，就是文學研究和文學史述史的基本問題和基本目標也逐漸變得模糊不清了。經過近30年的學術實踐，既有知識譜系、價值秩序和意義系統中包括實證研究和文化研究

〔註1〕丁帆：《關於建構百年文學史的幾點意見和設想》，《文學評論》2010年第1期。

在內的很多研究方法和模式，固然需要繼續深化與夯實，但是否還能繼續推進現代文學研究的整體變革和創新呢？

將現代文學研究的創新乏力狀態和繁榮的學術產量對比起來看，如果說現代文學研究處於「滯漲」階段，似乎並非言過其實。在經濟學中，滯漲產生的原因主要來自政府和決策者錯誤的經濟政策；那麼現代文學研究的「滯漲」現象，主要原因來自何處？文學研究和文學史述史無非面對三個層面的內容：一是那個已經杳然逝去的文學的真實歷史狀態；二是那個真實歷史狀態遺留下來的文本材料，包括作品、史料和文獻等等；三是針對前二者的書寫過程和書寫結果，也就是研究的歷史與現狀。文學的真實歷史狀態已經不可能完整而準確的復原與重建；除非有意掩蓋或曲解，遺留下來的文本材料也只是一種客觀存在；問題當然出在後來的書寫過程和書寫結果中，也就是研究者自身。學界同仁大都深切感受到現代文學研究創新的必要性和緊迫性，創新呼聲雖高，卻難以找到令人滿意的創新途徑。問題在於，隨著研究疆域的日益拓展和深入，隨著文獻、史料的漸趨增多與豐富，既有知識譜系、價值秩序和意義系統，已經越來越不能滿足說明、闡釋文學的真實歷史狀態和遺留文本材料的實際學術需要；美學任務與藝術使命，乃至經世致用的學術目標，自然也就更難躊躇滿志。

指出現代文學研究處於滯漲階段，指出既有研究範式創新乏力，絕不是否定以往研究方法和模式帶來的成就。恰恰相反，正是在以往研究不斷累積有效成果的基礎上，我們才有了實現整體範式轉換與創新的可能。說到「範式」這個術語，不能不使人想起在 1980 年代中國一度炙手可熱的庫恩，和他的《科學革命的結構》《必要的張力》兩部著作。在那個期盼開放、變革和創新的年代，突破舊範式才有可能取得科學革命的見解，獲得了學界同仁的廣泛共鳴。範式這個術語，主要是指學術史上以某些重大學術成就為依託而形成的學術研究的內在結構、機制和社會條件，以及由這些結構、機制和條件構成的基本思想和信念框架。正如庫恩所強調的：「一種範式是、也僅僅是一個科學共同體成員所共有的東西。反過來說，也正由於他們掌握了共有的範式才組成了這個科學共同體，儘管這些成員在其他方面並無任何共同之處。」〔註 2〕一個學術共同體能夠形成與產生創造力，有賴於一種研究範式的凝聚

〔註 2〕〔美〕托馬斯・S・庫恩：《必要的張力》，紀樹立、范岱年、羅慧生譯，福州：福建人民出版社，1981 年，第 291 頁。

和示範。一種範式確立之後，往往為學術研究奠定基本的邊界、內容、向度和限度等，比如學術信念的確立、認同機制的形成、研究對象的確定、問題意識的醞釀、研究規則的運行和研究背景的約定等等，由此就形成了一個穩定而持續的學術共同體，從而也就進入常規學術研究的階段。

問題在於：一種研究範式一旦確立並固定下來，它的革命性能量就會逐漸轉化為常規性共識和慣性機制，從而構成一種先於具體學術研究的思想語境和組織背景。在另一個層面上說，也就形成了福柯意義上的以知識和真理等名義出現的一個穩定而有效的學術權力機制與結構。在庫恩學說中有一個關鍵詞：範式轉移（*Paradigm shift*），主要指：常規科學常常壓制創意，打擊那些動搖和違背固有範式的學術異常現象；但是，當學術異常現象層出不窮，舊有研究範式又無以應對時，科學共同體再也無法迴避那些顛覆舊有範式的學術異常現象，於是新的科學基礎就開始醞釀和形成，科學的革命也就產生了。學術的實際進程，是一個受範式引導的常規學術階段和突破舊範式的學術革命階段的循環交替過程，是通過範式的建構與解構來延續和發展的。本文重溫庫恩「範式」學說，自然不是指現代文學研究的舊有範式，為維護穩定的學術權力而壓制學術創新。事實上，率先拷問和質疑現代文學舊有範式學術創新能力匱乏的，恰恰是那些為現代文學研究既有知識譜系、價值秩序和意義系統做出貢獻的學者；正是他們以切身的治學經驗、敏銳的學術感覺和獻身學術的熱忱，呼籲學界同仁尋找和探索創新之路；這為現代文學研究尋求突破，奠定了一個良性而積極的學術氛圍。

正如庫恩在《必要的張力：科學研究的傳統和變革》一文強調的：「與一種流行的印象正好相反，科學中的大多數新發現和新理論並不僅僅是對現有科學知識貨堆的補充。為吸收這些發現和理論，科學家必須經常調整他們以前所信賴的智力裝置和操作裝置，拋棄他以前的信念和實踐的某些因素，找出許多其他信念和實踐中的新意義以及它們之間的新關係。」〔註3〕在突破以「20世紀中國文學」、「重寫文學史」、「現代性」為核心觀念的中國現代文學既有研究範式的學術探索過程中，首先是那些為舊範式建立過學術功績的學者，提出了諸多富有創意的替代性方案。也就是說目前現代文學研究的創新動力，主要來自於我們學術共同體內部，創新已成為我們這個學術共同體的

〔註3〕〔美〕托馬斯・S・庫恩：《必要的張力》，紀樹立、范岱年、羅慧生譯，福州：福建人民出版社，1981年，第224頁。

基本共識與努力方向。這種期盼和推動現代文學研究實現範式轉移的集體自覺意識，是現代文學學科整體創新的重要資源。所以，問題不在於舊有研究範式是否壓制創新，而在於依據什麼來創新，又如何來創新。那麼在現代文學研究界眾多創新方案中，以民國文學史為核心觀念的研究範式，是否能夠脫穎而出？是否有能力成為中國現代文學研究的新範式？

二、歷史觀的改造與文學觀的整合

　　針對現代文學研究既有範式存在的癥結和危機，陳思和教授認為：「在我看來，所謂『國學熱』、儒家熱、傳統文化復興、傳媒炒作流行快餐等等社會思潮，並不會構成本學科的生存危機，嚴峻的挑戰並非來自學科以外的力量，而恰恰是來自學科內部的學術研究的深入和學術視野的拓展，學術的發展必然會帶來內在矛盾：其內涵的日益豐富與理論外殼的不相容性又一次到了需要大調整的時機，所以說，這也是機遇，矛盾總是醞釀著新的突破，挑戰必然帶來新的機遇。」〔註4〕的確，在日益複雜而真切的歷史和文學現象面前，我們越來越感到捉襟見肘了，我們必須清醒地意識到危機和癥結的根源就在我們學術共同體自身，變革與創新的機遇正在悄然逼近。

　　為應對癥結和危機，我們的學術共同體推動現代文學研究的整體範式轉換，其實已頗有時日，一些新的研究範式或範式雛形被提出並得到關注，比如朱德發等教授的現代中國文學史說、陳思和教授的先鋒和常態說、范伯群教授的雙翼說、朱壽桐等教授的漢語新文學史說、丁帆教授的建構百年文學史說、王富仁教授的新國學說、楊義教授的重繪中國文學地圖說，等等。專門指出這些，是想鄭重說明：一，在學術共同體內部相互滲透與影響的百家爭鳴狀態中，現代文學研究整體範式轉換的創新氛圍已經奠定，創新機制正在醞釀、磨合與生成。二、不是以民國文學史為核心觀念的研究範式的提倡與實踐，才啟動了現代文學研究的整體範式轉換，它也是在我們學術共同體創新理想驅動下產生的，目前只是諸多學說中頗具學術競爭力的一種。

　　任何一種新學說，不能依靠對其他學說的貶低乃至打壓成為主流範式，而應該在學術的自然競爭和取長補短過程中創新，憑藉自身觀念體系的內涵豐富、外延周全和實實在在的學術成果贏得學術認同和公信力。本文無意評價上述各家學說的優劣得失，這既是出於對學界前輩和同仁的尊重；也因為

〔註4〕陳思和：《我們的學科還很年輕》，《文學評論》2008 年第 2 期。

上述各家學說的優長，都必將成為現代文學研究新範式的有機組成部分；還因為對各家學說的優劣得失，學界同仁已洞若觀火，與其重複解構，莫如完善或建構新的觀念與方法。這裡要強調一個認識論前提，即任何一種新的學術研究範式，都不可能解決學術共同體面臨的所有問題，都有鞭長莫及之處。問題關鍵在於，哪一種學說能夠建構新穎而有效的理論觀念，獲得紮實而豐碩的實踐成果，能夠為學科建立起較為穩定的學術範疇、體系、視野和方法，能夠更好、較完善地解決我們學科面臨的基本命題，為大多數學界同仁認可、傚仿乃至協力共進，它就最有可能在一定歷史時期內成為主流範式。

從概念本身來看，「範式」是一種經過預設和實踐的反覆循環上升過程而最終形成的理論體系或觀念系統，包含本體論、認識論和方法論等層面的內容，涉及世界觀、歷史觀、社會觀、價值觀、人生觀等等諸多領域的問題，內涵豐富而含混，外延寬泛而鬆散。對於作為具體事實和現象的「範式」而言，因所處特定時空的限制和所屬學科問題意識的需要，一般會先從幾個重要的實際內容或問題出發，進而賦予自身具體而特殊的階段性學術使命，經過預設、實踐的反覆修正和積累過程，取得權威性或經典性學術成果，它最終才能得以確立並被普遍傚仿。任何一種新範式的建構和確立，都不是一蹴而就的；對於新範式的成長，當然也不必求全責備。以民國文學史為核心觀念的研究範式的建構，目前正處於醞釀與起步階段。它所關注並試圖加以解決的首要問題，其實就體現在這個新範式雛形的命名中，即民國和文學，以及這兩個關鍵詞背後牽涉的大量結構性因素和建構趨勢。歸根結底，就是我們的歷史觀和文學觀問題，以及由二者結合而成的次級的文學史觀問題。從一個範式所應包含的主要內容角度來說，歷史觀和文學觀問題也就是認識論和方法論問題。

歷史觀的改造與落實，是以民國文學史為核心的研究範式的第一個重要支點。

是立場與價值還是事實與真相決定我們的歷史觀，這個基本而簡單的問題長期困擾我們的現代文學研究，迄今也未得到徹底清理與解決；現代歷史上真正影響和左右文學生成與發展的那些關鍵因素，有很大一部分還無法公開觸及和言說，而且有些關鍵因素還在繼續腐蝕和同化我們研究主體。1950至1980年代的現代文學研究，作為政黨意識形態和國家哲學的證明者和詮釋者角色，其歷史觀的統攝性對文學研究和文學史述史的影響毋庸多言。從1980

年代中後期開始建構的以「20 世紀中國文學」、「重寫文學史」、「現代性」為核心觀念的研究範式，為現代文學研究贏得學術自治做出了重要貢獻，但由於它和以往研究範式處於對立統一的二元關係網絡中，是在抵制、抗拒和扭轉以往研究範式的基礎上成長起來的；而且由於它在整體上側重對文學及其歷史的意義和價值的闡發，所以它在整體上並未擺脫立場與價值的制約；與更早的研究範式相比，只不過它是以自由的姿態和學術的方式在立場與價值的軌道上行走。

需要申明的是，徹底排除立場與價值的研究幾乎是不存在的，就是以民國文學史為核心觀念的研究範式，也絕不排斥立場與價值在學術實踐中的鮮明展現。但是我們必須在認識論和方法論層面，辨明、分清誰是研究的第一前提。眾所周知，即使一種立場與價值被視為真理，它也只是一種思想認識和主觀判斷，未必是事實和真相本身；實踐是檢驗真理的唯一標準，意味著真理將會隨著實踐的深入而隨時發生變化，宣稱真理的獨尊和永恆是徹頭徹尾的謊言，曾經的將文學史演繹為革命史、階級鬥爭史的前車之鑒，未必不會以另一種形式再現。

以「20 世紀中國文學」、「重寫文學史」、「現代性」為核心觀念的研究範式發展到今天，愈來愈突出的最大整體性癥結在於，它在認識論和方法論上是以價值和立場為第一前提來切入研究對象的，比如被視為「20 世紀中國文學」基礎的「新啟蒙」，被視為「重寫文學史」核心觀點的「文學性」，就存在濃重的抗拒主流意識形態的潛在意識形態意圖。價值與立場的首要任務不是追求事實與真相，以它為支點研究文學及其歷史，歷史觀的可靠性與準確性就要打上一個問號。如果說「20 世紀中國文學」和「重寫文學史」至少還在口號字面上保持價值與立場的中立，那麼在兩個口號基礎上演化而來的「現代性」問題與觀念，儘管已經基本摒棄了政治意識形態立場與價值的干擾，但它在更為寬泛的學術空間與視野，建構了一種以政治意識形態對應物形式出現的泛意識形態化的價值與立場，它對所謂「現代性」現象的界定與評判、對所謂「非現代性」現象的貶抑與排斥，意味著它和真實而複雜的文學史本身保持著相當的距離。不少學者已從不同角度指出過既有研究範式存在的這個癥結，比如張福貴教授認為：「從總體上看，現代文學的命名和界定，基本上還沒有脫離新文學之初確立的價值判斷標準，而且在新中國的教科書體系

之中得到了進一步的強化，意識形態屬性更加明顯。」〔註5〕再比如李怡教授認為：「長期以來，中國現代文學研究依託『新文學』、『近代／現代／當代文學』和『二十世紀中國文學』等文學史敘述概念加以展開，成就斐然，但也存在若干亟待反思的問題。其核心癥結在於，這些概念的敘述方式都有意無意地脫離了特定的國家歷史情態，從而成為一種抽象的『歷史性質』的論證。」〔註6〕一種研究範式的最重要特徵，主要體現在它的教科書系列和經典著作中，現代文學研究既有範式在整體上將指涉意義、價值、立場等範疇的「現代性」諸類觀念作為首要前提，意味著它對文學及其歷史的建構，是一個圍繞著是否具有現代性質而展開的等級森嚴的刪繁就簡過程。可是，我們歷史的現代性成分究竟有多少？那些被排斥在現代性之外的事務與現象對我們的安身立命就沒有價值與意義？我們文學的精華與優秀之處全然由現代性構成？沒有現代性之前文學不是照樣存在並且經典之作更令人高山仰止？

　　現代性作為現代文學研究座標和尺度的重要意義與功能，當然不容否定。但由於它是對歷史現象和歷史進程的一種價值與意義層面的概括與歸納，它也就必然在自己的限度面前難透魯縞。以民國文學史為核心的研究範式，倡導以事實和真相為第一前提來認識和理解歷史，不排斥價值、意義和立場，但決不把價值、意義和立場作為研究的第一前提。這就使它具有了一種開放性和包容性特徵，它將根據對文學史真相的認識程度來建構在認識論和方法論層面處於次級位置的價值、意義與立場，以不違背文學及其歷史的事實與真相為底線，以最大程度抵達歷史的真實和歷史精神的真實為最高目標。在建構以民國文學史為核心觀念的研究範式的言說中，李怡教授的觀點較有代表性：「新的文學史敘事範式需要致力於完整地揭示近現代以來中國文學生存發展的基本環境，這種揭示要盡可能『原生態』地呈現國家、社會、文化和政治等各種因素，以及這些因素如何相互結合、相互作用，並形成影響我們精神生產與語言運行的『格局』，剖析它是如何決定和影響了我們的基本需求、情趣和願望。這樣的揭示，應盡力避免對既有的外來觀念形態的直接襲用──雖然這些觀念的確對我們的生存有所衝擊和浸染，但最根本的觀念依然來自我們所置身的社會文化格局，來自我們在這種格局中體驗人生和感受世界

〔註5〕張福貴：《從「現代文學」到「民國文學」──再談中國現代文學的命名問題》，《文藝爭鳴》2011 年第 7 期。
〔註6〕李怡：《中國現代文學史的敘述範式》，《中國社會科學》2012 年第 2 期。

的態度與方式。」〔註7〕回到文學和歷史的本真狀態當然存在很大的虛妄性，但將事實和真相作為研究的第一前提，確保它在認識論、方法論中的優先地位，那麼我們的歷史觀就有了一個堅實而可靠的邏輯基礎。

現代文學研究既有知識譜系、價值秩序和意義系統，不僅在歷史觀問題上存在這樣一個認識論和方法論層面的限度與僭越問題；在對中國現代歷史真實狀態與文學互文性關係的把握上，也存在較大遺憾。我以為這個遺憾主要體現在，未將我們對現代歷史事實與真相的認識和我們對文學的理解與判斷，準確而有效地結合起來。比如，史學界對戊戌變法、辛亥革命以及抗日戰爭時段的歷史真相已有新的認識、把握與判斷，現代文學研究界同仁對這個時段的歷史真相，也有較深刻認識甚至是精闢見解，但是在我們文學研究和文學史述史的整體層面並未得到較好體現，尤其是作為教材的文學史體系中。劉納教授的《嬗變：辛亥革命時期至五四時期的中國文學》之所以獲得學界讚譽，我以為一個重要因素就在於對歷史真實、時代精神與文學互文性關係的把握和拿捏，較為準確和到位。比如左聯五烈士作為黨內鬥爭犧牲品問題、馮雪峰與黨的來往信函中關於如何「統戰」魯迅的那些言辭，難道不可以推動乃至改變我們對左翼文學的整體判斷與敘事嗎？再比如關於延安文藝的研究，資料搜集與整理的成果，已經足以推翻現有的諸多判斷與結論，包括所謂「解放區文學」在內的許多術語都應重新命名，延安文藝也不過是一個權宜稱謂；是後設的歷史視野、價值與立場，突出、放大和獨尊了這些術語所指涉的文學現象的某些特點。話語空間的限制固然是眾所周知的原因，但歷史觀的慣性與惰性，也是我們難以找到合適敘述方式來把握這一文學現象的重要因素。再比如陳思和教授提出的民間概念以及潛文本問題，不少學者由此得到了不少研究與敘述當代文學的新視角、新觀點。但是學界對這一概念的顛覆性能量迄今認識不足。如果說藉民間、潛文本等概念所闡釋的當代文學的這一面是正能量，那麼它所針對的顯文本、國家、廣場等層面的當代文學的那一面是什麼能量？這裡就凸顯了當代文學研究和述史的巨大裂縫，潛文本和顯文本所表徵出的對立性，是說明當代文學研究和述史的準確與豐富呢還是它本身就是一種虛假敘事？如果以現代性把握最近 60 多年的文學，將有多少反現代性乃至鮮明謳歌封建專制主義的作家作品需要剔除呢？總不能把反現代性的東西都定義為現代性吧？最近 60 多年的文學固然

〔註7〕李怡：《中國現代文學史的敘述範式》，《中國社會科學》2012 年第 2 期。

屬於共和國文學範疇，但它所凸顯的歷史觀問題，同樣也是民國文學史範疇所未得到徹底清理的問題，只是在民國文學史這一框架中相對容易清除而已。之所以涉及這些，是因為以民國文學史為核心的研究範式，並不僅僅著眼於民國時代的文學，僅僅是出於研究專長和相對容易操作等因素而選擇的一個突破口。

文學觀的整合與提升，是以民國文學史為核心的研究範式的第二個重要支點。

一個多世紀以來的中國文學史，也是一部圍繞「何為文學」這一命題展開的觀念建構史，比如五四新文學，就是以嶄新的現代文學觀了取代陳舊的古典文學觀，從而贏得自身歷史地位。將文學觀問題作為以民國文學史為核心觀念的研究範式的一個重要支點，並不意味著我們的研究將以重新定義文學的方式推倒重來。實事求是說，以「20世紀中國文學」、「重寫文學史」、「現代性」為核心觀念的研究範式，為整合與提升我們的文學觀奠定了一個重要基礎。最近30多年來既有知識譜系、價值秩序和意義系統一個很大貢獻，就是文學性和審美觀的提倡。可是緊隨其後的研究實踐存在偏離傾向：要麼將文學觀簡化為純文學觀、純審美觀，造成文學研究與社會現實的實質性割裂；要麼避開文學性和審美問題，或者躲入實證主義領域，或者將文學作為文化研究、社會研究、性別研究、族群研究等等領域的標本，從而將文學性問題加以泛化、淡化乃至擱置。

以民國文學史觀為核心觀念的研究範式，在文學觀問題上堅持首先回歸到文學性這樣一個基點。儘管民國文學史及諸觀念的提倡者與實踐者還未就文學性問題展開專門論述，但已有的論述已經蘊含著文學觀問題的思考，正如有研究者所敏銳看到的：「籠統看，『民國文學機制』研究大致屬於文學的『外部研究』，與立足文本並直接展開語言、情節分析的內部研究不同，但『民國文學機制』並未放棄『文學性』，而這一機制對『文學性』的理解，是在對『現代性』的質疑中展開的。」〔註8〕質疑「20世紀中國文學」、「重寫文學史」、「現代性」為核心觀念的研究範式，並不是與之決裂，相反是一種對以往研究優秀成果的繼承。由於文學觀問題的複雜性與流動性，以民國文學史為核心觀念的研究範式，無意建構一個所謂新的文學觀，而是力圖經過一個較長時段的學術實踐，

〔註8〕姚丹：《以「民國經驗」激活「民國機制」——中國現代文學史研究新的可能性》，《文藝爭鳴》2012年第11期。

促成一個較為完整而全面的文學觀的自然形成。目前它的主要任務，旨在從兩個層面推進文學研究和文學史述史對文學觀的整體理解與運用：

第一，它堅守文學性和審美是文學這種精神形式區別於其他精神形式的第一本質屬性，文學作品及其文學性和審美問題是文學研究和文學史述史的核心所在，正如筆者在《回答一個問題：為什麼要提出「民國文學史」》中所強調的，「它已經不是以收斂的方式從文學的外部回歸到文學的內部，而是以發散的形式去探求民國文學與文學外部要件之間的複雜互動，在中國文藝復興的更宏闊格局中審視民國文學的作用、價值與意義，用文學的眼睛去審視歷史、現在與未來，用文學的感覺去體驗中國與世界，最後點亮自己——返回到適合自身棲居的處所。」儘管關於何謂文學性、何謂審美從來就是一個流動的觀念建構歷程，迄今人們也未建構出一個得到公認的「何謂文學」的完善定義或概念。我們暫且也不論是否一時代有一時代之文學，但有一點必須清楚：我們的真實體驗和感覺，是我們理解我們時代文學的根本出發點，我們必須尊重我們的真實體驗和感覺。我們的感覺和真實體驗告訴我們：文學性和審美既不應該是其他精神形式的工具和手段，也不是躲進小樓成一統的孤芳自賞；它既有自足性的特質，又有開放性的一面；向內它有一個自律而獨立的空間，向外它是歷史、社會、人生和自我的一個重要組成部分。這意味著以民國文學史為核心觀念的研究範式，將整體統籌與審視文學及其歷史的所有內部要件和外部因素及其相互關聯，致力於將文學的自然屬性、社會屬性和精神特質盡可能較完整的揭示出來。

第二，基於研究現狀的考慮，它特別強調文學觀範疇的功能和價值層面，強調文學研究與社會現實的血肉關聯。既有研究範式的學術初衷，也非割裂文學研究、文學史述史與社會現實的緊密聯繫。但是由於各種內外部研究要件的制約，它在事實上形成了目前脫離現實關懷、難以回應社會問題的研究傾向。對於這樣一種可追乾嘉學派的研究風尚，儘管不乏津津樂道者，但不少學者並不認同這是學術的本位意識與功能，比如溫儒敏教授認為：「重新強調現代文學研究的『當代責任』，思考如何通過歷史研究參與價值重建，是必要而緊迫的。『回歸學術』不等於規避現實，這個學科本來就是很『現實』的，它的生命就在於不斷回應或參與社會現實。」〔註9〕以民國文學史為核心觀念

〔註9〕溫儒敏：《現代文學研究的「邊界」及「價值尺度」問題——對中國現代文學研究現狀的梳理與思考》，《華中師範大學學報》2011 年第 1 期。

的研究範式強調文學研究、文學史述史與社會現實的血肉相連，不意味著直接參與具體社會事務，而是重在以歷史的真相、文學的真相和時代精神的真相來實現參與當代文化建設的使命。在越來越職業化、專業化和科層化的境遇中，是沉湎於學術的自娛自樂，在狹隘的研究領域為獲得專業權威的頭銜而窮首皓經；還是努力突破話語空間限制，重塑文學研究和文學史述史的尊嚴，這並不是一個無足輕重的問題。這關係到我們的研究，是否具有存在的價值與意義這樣一個根本命題。正如海登·懷特在《歷史的負擔》中強調的：「不言而喻，在我們的時代，歷史學家的負擔是要重新確立歷史研究的尊嚴，據此與廣大知識分子群體的目標和目的達到一致，即是說，改造歷史研究，以便使歷史學家積極參與把現在從歷史的負擔中解放出來的活動。」〔註10〕以民國文學史為核心觀念的研究範式，強調文學研究與社會現實的血肉關聯，就是力圖在學術研究的價值和功能層面，重建中國現代文學研究的學術倫理責任。

三、中國文學一體化與內生型研究範式

　　歷史觀問題和文學觀問題，當然不是以民國文學史為核心觀念的研究範式的全部內容。之所以重點闡述這兩個問題，是希冀從認識論和方法論層面為新範式的確立，尋找具體的突破路徑與邏輯支點。除此之外，一種新範式的確立，更需要解決一個重要的本體論命題，即我們的研究本體是什麼？這種本體論研究的標誌性特徵應該是什麼？

　　以民國文學史為核心觀念的研究範式，顧名思義當然應該以民國時代的文學及周邊現象為研究本體。這就遇到一個命名與指稱的專屬性問題，即自然時空的邊界和限度。正如學界所疑惑的，如果以民國為限，那麼晚清文學、民國文學、共和國文學之間的內在連貫性如何處理？打通近代、現代和當代壁壘的學術設想豈不落空？學界同仁有此疑惑，一是因為以民國文學史為核心觀念的研究範式，正處於建構過程中，較為完備的觀念與方法尚未最終完型，還存在很多漏洞與偏頗；二是因為包括民國文學史及諸觀念的提倡者和實踐者在內的許多學者，或許尚未考慮這一研究範式如果獲得成功，將會帶來怎樣的學術後發效應。

〔註10〕〔美〕海登·懷特：《後現代歷史敘事學》，陳永國、張萬娟譯，北京：中國社會科學出版社，2003 年，第 50 頁。

　　毫無疑問，以民國文學史為核心觀念的研究範式，將和以往研究範式一樣，也是一個階段性的研究範式。提倡與實踐這一研究範式，不是以民國文學為旗號發起又一輪學術研究的封疆建土、圈地運動，也不意味著研究的目光止步於民國時代的文學及周邊現象。以民國文學史為核心觀念的研究範式在現階段的首要任務，自然是這一研究範式的有效自我建構：宏觀理論設計的不斷豐富與完善，微觀學術成果的不斷積累與支撐，最終形成一種可以傚仿並推廣的穩定研究範式。但是，作為一個被清醒意識到的階段性研究範式，它預設了在邊界和限度以內完成使命後的蟬蛻問題。它致力於建構一個包容性和開放性的研究平臺，不僅僅是為了解決本學科的內部事務，也將自身最終定位於研究疆域的前伸與後延，即以獲得成功後的研究範式為傚仿對象，從民國時代的文學逐步擴展到中國文學的其他歷史時段，最終建構中國文學生成與發展的整體序列。簡單說，以民國文學史為核心觀念的研究範式，只是建構中國文學一體化序列的一個實驗區。

　　或許有人認為為時尚早，或許有人認為不自量力。事實上，有關中國文學一體化的預設，並非空穴來風。筆者記得大約 1993 年和錢理群教授談論經典問題的篩選時，他就表達過中國現當代文學必將融入中國文學總體進程的想法。樊駿教授在 1995 年撰文明確指出：「如果說前輩學者為創建現代文學這門學科而努力，為奠定目前這樣的學科格局作出了貢獻；那麼今後年輕一代的學者的歷史任務，可能是消解現有的格局，把現代文學研究納入更大的學科之內，或者重新建構新的學科。從學科的發展來看，是遲早得這樣做的，並將因此把現代文學研究推向新的階段。」〔註11〕最近這些年黃修己教授在多個場合談及的「小學科難出大學者」問題，實際上也是中國現代文學研究格局狹小的另一種說法。更明顯的信號還在於，一些當年在中國現當代文學研究領域取得卓越成就的學者，紛紛轉向古典文學、外國文學、思想史、文化史、教育、新聞傳播等等人文社會科學的其他領域，並取得了相當可觀的學術成就。應該說，至少在 20 年前的那個時段，中國現當代文學研究的有識之士，就已經較為明確地意識到了自身研究領域的限度和拓展問題。

　　如果說從那時開始的有關中國文學一體化進程的理論設計，還一直處於

〔註11〕樊駿：《我們的學科：已經不再年輕，正在走向成熟》，《中國現代文學研究叢刊》1995 年第 2 期。

醞釀萌芽階段；如果說以往有關中國文學一體化進程的學術實踐，還一直處於各自為戰狀態；那麼以民國文學史為核心觀念的研究範式，更高遠的潛在目標，就是為這種學術願景搭建一座有效的通往現實學術實踐的橋樑。儘管當前實現中國文學研究一體化進程，既缺乏切實可行的操作手段，也缺乏有效可靠的學術積累，甚至連起步階段都談不上；但是，賦予以民國文學史為核心觀念的研究範式這樣一個潛在的高遠目標，並不是急於為實現中國文學一體化進程預設一種行之有效的方案；而是重在突出和強調一種學術自覺意識，以及這種學術自覺意識如何貫徹、滲透到現階段的學術實踐中。羅馬城不是一天建立的，學術研究必須有一種居安思危意識，應該及早為醞釀已久的中國文學一體化學術理想開山鋪路。

這就要求以民國文學史為核心觀念的研究範式，應該在具體學術實踐中具備一種追求融會貫通的學術主動意念和期待視野。民國時代的中國文學，是在中國古典文學、世界文學和當時文學實踐的共存秩序中脫穎而出的，是在與中國古典文學的抗爭、對世界文學的借鑒和自我銳意創新的過程中，實現了自我屬性的創生，具有了自身「融會古今、貫通中西」後的獨特性與獨創性，從而實現了自我本質的確證。這一進程的實現，自然還得益於晚晴乃至晚明時代就已出現的中國社會內生與自發的轉型因素。學界同仁一般將這個時段乃至當代中國文學的這種確證自我本質的獨特性和獨創性，命名為現代性。以民國文學史為核心觀念的研究範式，自然是要將這一時段中國文學確證自我本質的獨特性與獨創性作為研究本體，梳理、總結、歸納、概括中國文學由古典階段走向現代階段這一歷史進程中產生的經驗、智慧、價值與意義。必須看到，我們今天精神生活中文學的自然狀態和實際情境，絕不是中國現當代文學獨此一家，而是一個由中國現當代文學、中國古典文學和世界文學氤氳互生而構成的文學共存秩序，詩經楚辭、唐詩宋詞的韻律，依然迴響在我們心靈深處；世界文學的「影響焦慮」，依然是刺激我們創新的一個動力來源。這個古今中外各種文學資源匯聚、雜陳的文學共存秩序，才是我們文學研究和文學史述史的真正先在背景。

「我們人類在自己的一生當中，可以改變許多，然而卻永遠還是自己——這一點最讓我們驚歎。儘管自我同一性在不斷更新、在一切關係領域不斷拓展，儘管我們與周遭世界的關聯不斷變幻，我們的骨子裏始終有不變的本

色。」〔註12〕一個人的生命，歷經百變，依舊故我；一種文學的生命，歷經斗轉星移、物是人非，骨子裏也有始終不變的本色。中國文學在民國時代有了自身階段性的獨特品質，但是它終究是中國文學獨特品質和身份認證的一個組成部分，是中國文學骨子裏始終不變的本色，而且這種本色是在和世界文學的「交往」中凸顯出來的。以民國文學史為核心觀念的研究範式的提倡者和實踐者，對此必須有清醒而充分的認識，在明確自身學術實踐限度的同時，應當為或許並不遙遠的後發學術效應未雨綢繆，即：在探尋民國時代中國文學獨特性和獨創性的同時，注意縱向發掘文學及其歷史的內在連續性和後續性，並在中外文學的橫向關聯中注意發掘中國文學的獨特品性，從而為最終確立中國文學一體化進程建立一個良好示範區。

如果說這一學術願景的實現，需要一代人甚至幾代人堅持不懈的努力；那麼與這一學術願景相配套的，還應該有一個富有創造力的內生型研究範式的支撐。這是我們學術共同體必然要解決的一個自身學術能力的內部建構問題。這種理論自覺意識，也是一個檢驗我們這個學術共同體是否具有創新潛力的尺度，正如樊駿教授所指出的：「我們的每一步前進，每一個突破，都面臨著理論準備的考驗。任何超越與深入，都離不開理論的指引與支撐。理論又是最終成果之歸結所在，構成學科的核心。而且，衡量一門學科的學術水平、學術質量的高低，歸根到底，取決於它在自己的領域裏究竟從理論上解決了多少全局性的課題，得出多少具有重大理論價值的結論，有多少能夠被廣泛應用，經得起歷史檢驗，值得為其他學科參考的理論建樹。在走向成熟的道路上，需要牢記這一基本事實。」〔註13〕

當前我們最大的理論困境和遺憾在於，在相當長的時期裏，不僅僅是中國現當代文學研究，文學研究所覆蓋的所有學科，包括古代文學、外國文學、文學理論乃至少數民族文學，基本上都籠罩在西方的理論體系和話語模式中。我們的理論體系和話語模式，不是源於歐美就是來自蘇俄。我們尚未建構出適合中國文學自身經驗、智慧、價值和意義的原創性理論體系和話語模式。我們不得不在相當長的時間裏，以「代位言說」和「錯位運用」的方式，去研

〔註12〕〔瑞士〕維蕾娜·卡斯特《依然故我》，劉沁卉譯，北京：國際文化出版公司，2008年，第7頁。
〔註13〕樊駿：《我們的學科：已經不再年輕，正在走向成熟》，《中國現代文學研究叢刊》1995年第2期。

究我們的文學、建構我們中國文學的歷史。來自西方的理論體系和話語模式，鎔鑄的是西方文學的獨特經驗、智慧、價值、意義，很難說具有放之四海而皆準的普遍適用性，這就使我們難以掙脫「代位言說」和「錯位運用」帶來的話語牢籠和理論陷阱。如何避免並突破西方理論體系與話語模式東移中國之後產生的話語牢籠和理論陷阱，如何將以西學為摹本的外源型文學研究、文學史述史模式，轉化為以中國文學現象和經驗為中心的內生型研究範式，是擺在所有學人面前的一個沉重話題。

以民國文學史為核心觀念的研究範式，能否為此做出有效的探索，是一件值得期待的事情。一種新研究範式的建構與確立，當然不可能寄希望於一兩種理論或研究模式；包容性和開放性特徵也不允許以民國文學史為核心觀念的研究範式固步自封於一兩種理論或者研究模式。當年以「20 世紀中國文學」、「重寫文學史」、「現代性」為核心觀念的研究範式的崛起與確立，也是得益於各種思想和歷史的合力。以民國文學史為核心觀念的研究範式，秉持包容與開放的態度，就是力圖建構一種能博採百家之長的理論自覺視野，廣泛接受、吸納來自歷史深處的、社會現實的、異域的、其他人文社會科學領域的、乃至科學領域的影響。考慮到學術言說空間的限制，以民國文學史為核心觀念的研究範式的形成，可能需要較長的歷史時段；建構以中國文學一體化為目標、以內生型研究範式為標誌的學術體系，則可能需要上百年乃至數百年的積澱。我們對此應有充足的心理準備，學界同仁也應給予充分的理解與寬容。但是有一點我們能夠自主決定，這就是自身學術涵養與能力的塑造與提升。這是新的研究範式能否確立的基本前提，自然毋庸多言。

一種新研究範式的形成和崛起，顯然不是一件快刀斬亂麻的事情。庫恩為我國學界所熟知，可是沿著庫恩學說繼續前進的伯納德‧科恩，就沒有那麼高知名度了，因為他的《科學革命史》在 1990 年代翻譯到我國時，人們對「範式」的熱情已經逐漸消退。且不論科恩將科學哲學問題建立在歷史學基礎上所取得的成就如何，他指出的科學革命四個階段：智力革命、書面上許諾的革命、紙面上的革命和科學革命，對建構以民國文學史為核心觀念的研究範式的艱巨性，具有一定的參考價值；再結合新範式確立至少要滿足的三個條件：一、是一個由新的概念、理論、方法等構成的學術研究綱領；二、必須獲得學術共同體較廣泛的認同，並在較大程度上具有公信力；三、為學術研究提供重大的且可以模仿的成功典範；實事求是說，提倡和實踐以民國文

學史為核心觀念的研究範式，目前處於智力革命和紙面上許諾的革命階段。這意味著我們學術共同體的耐性與容忍度，面臨一種心理預期層面的巨大挑戰。可能由於種種原因，我們不得不接受不了了之乃至失敗的危險。但是人本性中的主體性或者能動性力量，又督促我們毫不猶豫地迎接這個挑戰，相信春暖花開的那一天終究會到來：「對一個文學研究者來說，最艱巨的任務就是忘記我們相信自己早已知道的東西，並帶著一些基本的問題重新審視文學的過去。一方面，我們可能會印證我們以前的很多信念；但另一方面，文學史也常常會呈現出新的富饒。」〔註14〕

〔註14〕宇文所安：《史中有史（下）——從編輯〈劍橋中國文學史〉談起》，《讀書》2008 年第 6 期。

第三章　中西「會通」機制與現代文學的「半殖民性」

　　「半殖民性」話題，不但是一個被「擠入上古三代」的老掉牙話題，更容易觸發人們聯想那個有關近現代中國社會性質的「經典」判斷：半殖民地半封建社會。這個「經典」判斷的前衛色彩早已杳無蹤跡，但道義與悲情力量的影響卻依然在持續。在中國歷史和中國現代文學的教科書系列乃至學術著述中，這個術語及其各種變形稱謂，依然頑固地存在於人們對歷史和文學的具體敘事和判斷過程中，在某種程度上甚至左右著人們對中國近現代歷史和文學的深入體察與感悟。

一、從常識中來，到歷史深處去

　　「半殖民性」首先是一個牽扯「西化」和「本土」之爭的命題。近百年來，有關論爭從來就沒有停止過，只不過此消彼長而已。近年，是學習西方的普世價值還是堅守民族本位之類的論爭，在人文社科諸領域乃至社會日常輿論領域，依然波瀾迭起。當今諸如此類或性質雷同的論爭，蘊含著分裂的社會各階層的不同利益訴求，凸顯了權力執掌者和權力邊緣者在價值觀念層面的博弈，在某種程度上還成為權力執掌者平衡社會積怨的一個渠道。辨析和探討這一話題，無意加入意識形態之爭或偽意識形態話語喧囂；而是試圖在中西「會通」語境中，通過這一術語的重溫，看它是否還具備創新的潛質和再闡釋的可能，尤其是否帶來有效的學術張力和更為清醒的價值支撐。

　　考慮到「半殖民性」及類似術語在日常生活中的實際影響力，常識層面

的「破題」就顯得必不可少。本文選擇維基百科的有關說明作為切入口：半殖民地半封建社會是一個有爭議的概念，意指在形式上保留有封建社會國家機關及主權所有，同時在經濟、政治、文化上受到外國資本主義國家控制與壓迫的社會。隨著其他資本主義國家控制力度的加強，一部分國家會完全喪失國家主權，成為徹底的殖民地國家；另一部分國家則發生反彈，取得獨立地位。大部分國家半殖民半封建社會的形成是不平等條約造成的直接影響。這種社會性質主要分布在 19 世紀時依然保持封建社會性質的亞洲、非洲、拉丁美洲等少數國家。維基百科還特別強調了一點，即「半殖民地半封建社會」是中國政府對近代中國社會性質的總概括。關於「半殖民地半封建社會」這一術語在知識譜系、學術發展脈絡層面的梳理，維基百科主要參考了兩篇文章：李洪岩的《半殖民地半封建理論的來龍去脈》、倪玉平的《關於「半殖民地半封建」問題研究之新進展》。對此感興趣的朋友可找來一讀。「半殖民地半封建社會」這一術語在中國語境中的來龍去脈，在這兩篇文章中大致得以呈現。

儘管維基百科的解釋，還談不上是嚴格的學術概念、觀點和闡釋，但有兩點還是非常值得注意：一是「有爭議的概念」，二是「中國政府對近代中國社會性質的總概括」。

第一，關於「有爭議的概念」問題。所謂的「有爭議」，大多聚焦於「半封建」。由於「半封建」得以成立的基本前提，是中國古代社會的性質為「封建」；〔註1〕更因為沒有「封建」，何來「半封建」？那麼有關中國近現代社會性質是否「半封建」的爭議，最終落腳點要歸因於中國古代社會的性質是否「封建」。近些年，越來越多的學者對有關「封建」問題進行知識譜系的梳理和甄別，對中國社會實際狀態進行深入細緻的考察與分析，越來越意識到「封建」這一概念在中國語境中存在很大程度的誤讀、誤植和誤用。即使僅僅與馬、恩對這一概念的運用相比較，判斷中國古代社會性質為「封建」，也是差強人意。隨著套用馬、恩概念的弊端逐漸被釐清，人們越來越意識到馬、恩言論中所描述的封建社會，和中國古代那個所謂的封建社會的實際形態與情形有著重大差異。「封建」術語表層下面隱藏的中國社會的實際狀態和情形，已經遠遠逸出了這個概念自身的涵蓋能力，理論與歷史事實之間存在著很大

〔註1〕中國古代社會在本文中的運用，主要是指人們常說的那個自秦漢以來的中國封建社會時代。

的錯位與縫隙。

　　無論是從西方語境中有關「封建」的知識譜系和話語指涉出發，還是立足於中國古代社會話語系統中「封建」一詞的源與流；無論是在中國歷史的真實狀態面前，還是在中西文化的對比視野中，運用「封建」一詞來定性中國古代社會，存在著繞不過去的事實「障礙」。或許，最好的解決辦法是稱之為具有「中國特色」的封建社會。根據對相關材料的閱讀、體會以及對中國社會實際狀態和情形的認識與理解，如果非要找一個術語來概括中國社會性質的話，我以為最合適的術語大概莫過於「專制主義」。也有不少學者因為種種原因用其他術語來指稱，比如劉澤華教授的「王權主義」，他主編的《中國政治思想通史》就以「王權主義」作為分析整個中國歷史的一個基本思路和框架。〔註2〕除了所謂「正史」領域，對中國自秦漢以來集權專制主義傳統的認定，在學理層面的論證已經相當成熟。以皇帝為核心的官僚集權體制，作為一種超級穩定的權力架構和運作模式，不但左右著中國歷史與文化的發展走向，而且逐步積澱為一種民族集體無意識心理，最生動形象的例證大概莫過於對金榜題名、陞官發財的強烈期許。政治權力以及常常蛻化為政治權力附庸的文化，在中國自秦漢以來歷史博弈中的一言九鼎的作用與功能，作為一個基本的歷史事實常態應該成為常識。

　　第二，關於「中國政府對近代中國社會性質的總概括」問題。這是一個理解「半殖民地半封建社會」觀念更為重要的問題。在當代中國，大凡接受過中學教育的人，對近現代中國是「半殖民地半封建社會」這一定論，大都耳熟能詳。這一定論的龐大統攝力和巨大影響力，何止止步於學術研究或歷史觀念層面，幾乎覆蓋到世界觀、社會觀、人生觀和價值觀等各層面。經過日積月累、潛移默化的宣傳和教化，它已經成為我們的常識和定規，成為我們理解中國近現代史的一個思維前提和價值預設，幾乎不證自明、毋庸置疑。鑒於黨政一體的統治模式，鑒於「半殖民地半封建社會」的概括是黨和國家的意識形態意志在中國歷史研究領域的體現，鑒於這種解釋和判斷肩負著黨和國家的意識形態宣傳和教化目的，所以「中國政府對近代中國社會性質的總概括」，應調整為「中國共產黨及政府對近現代中國社會性質的總概括」。

　　「半殖民地半封建社會」術語之所以倍享尊榮，首先來源於那個馬克思自己也否認是一個馬克思主義者的「馬克思主義」，主要是蘇俄共產主義理論

〔註2〕劉澤華主編：《中國政治思想通史》，北京：中國人民大學出版社，2014年。

尤其是斯大林理論。其次來源於民國時代的理論家和學者尤其是共產黨的政論家的建構，當時各種學派與政治勢力對這一命題的闡釋可謂百舸爭流，尤其是在中國社會性質大論戰中更是千帆競發。最後來源於共和國時代國家意識形態和官方哲學對這一命題的普及與和教化，毛澤東在民國時代的《中國革命和中國共產黨》成為最權威的闡釋。「半殖民地半封建社會」由此成為理解和闡釋近現代中國社會歷史發展體系的一種標準模式，中國社會的主要矛盾定位於「帝國主義和中華民族的矛盾」、「封建主義和人民大眾的矛盾」，從而論證和宣示了中國共產黨領導中國革命和建國的歷史合理性與現實合法性。

　　歷來有關「半殖民地半封建」問題的論爭，主要集中於「半封建」問題，有關「半殖民地」問題則分歧不大。如果不考慮屬於學術內部事務的概念、理論、方法和視角等因素的差異，那麼有關「半殖民地」問題大同小異的理解與認定，主要與學者們價值立場指向的內外有別關係甚密。當價值立場取向面對國家和民族內部事務時，「半封建」性質極易得到情感層面的認同，學術理性往往被學術感性所規引。可是，當面對中西政治、經濟、軍事、文化各領域衝突這一歷史已然狀態與情形時，無論觀點的差異如何懸殊，民族主義價值立場就大有用武之地；顯在的或潛在的民族主義情感，使之在認同「半殖民地」屬性時不但極少心理障礙，反而容易形成一種悲情模式的歷史敘事。顯然，用「半殖民地」這一術語來概括中國近現代社會的狀態與情形，蘊含了我國學者鮮明的民族本位立場和本土價值意識。

　　之所以先探討「半殖民地半封建」問題，一是因為「半殖民地」和「半殖民性」兩個術語的區別，主要在於問題指向和表達策略的差異，即表裏和內外的應用性區別，類似現代化和現代性術語的差異。二是打破「常識」的遮蔽和規訓，將「半殖民地」術語從意識形態領域轉移到學術領域、回歸到歷史的實際狀態和情形中去。考慮到「半殖民地」術語的政治標籤色彩在今天的學術語境中依然濃鬱，考慮到「半殖民地」術語在政治層面指涉的社會形態已不復存在，那麼用「半殖民性」置換「半殖民地」，應該能更為準確和客觀地辨識和理解中國近現代社會的實際狀態與情形。

二、民族自卑感、歷史悲情敘事與文化矛盾心理

　　一個不能迴避的問題是，民族本位立場和本土價值意識的存在與影響，

既是中西「會通」帶來的一個客觀事實，也是學術範疇中應加以充分衡估的
內容。不能設想一個國家和民族的文人學者，面對自己祖國的歷史文化遭遇，
能夠無動於衷。民族本位立場和本土價值意識在學理分析中蕩然無存，顯然
難以做到；但過多過強的介入，也妨礙學術研究的有效性。

　　如果不執著於民族本位立場和本土價值意識，不拘泥於侵略、滲透、控
制、壓迫和剝削等歷史敘事，從一個較為客觀和中立的價值意識和學術立場
來說，所謂「半殖民性」，是對近現代以來中西在政治、經濟、軍事、文化等
領域碰撞、交流帶來的問題、影響及其遺留等諸現象的一個總體指稱，主要
指涉普遍主義和地方主義、現代性和民族性等元素在近現代中國呈現的犬牙
交錯狀態和情形。辨析與理解中國現代文學「半殖民性」的主要學術目的，
在於看它能否為中國現代文學研究拓展新的學術增長點，能否提升中國現代
文學乃至中國文學研究的有效性、獨立性和創造性。

　　談論中國現代文學的「半殖民性」，不能撇開一個學術前提，即近現代的
中西「會通」問題。大約十五年前，我曾有過初步闡述：「無論是依據世界文
學的發展和評判體系，還是從民族主義的文化視角來闡釋和界定中國文學在
20 世紀發展進程中的性質，一方面只能以西方話語系統中作為形態的現代化
和作為質態的現代性的共通性標準為前提，另一方面必須將其置於 20 世紀中
國獨特的歷史境遇中考察它的有效性及其衰減和增值現象。因為並沒有與西
方的現代性截然不同的中國的現代性，中國的現代性也自有它具體的歷史規
定性。20 世紀中國文學既有世界文學範圍的現代性的同質性，更有特定民族、
特定時空的異質性。」〔註3〕這個表述儘管有些籠統、拗口，但對中國現代文
學「半殖民性」基本態勢的理解與把握，還是具有一定的針對性和有效性。

　　中國文學由古典向現代的轉換，是一個地方主義融入普遍主義、民族性
融入現代性、由本土走向世界的歷史過程。中國文學演變所涵納的古今中外
各種元素的碰撞、交流與會通，是在傳統社會面臨崩潰、自我更新過程中做
出的主動選擇，是個貌似雜亂實則有著深刻內在歷史邏輯的有序動態系統。
這一主動選擇的歷時態價值取向，即是追求中國文學的現代性。普遍主義的
文學現代性，也在理論擴張和旅行中進行共時態的地方主義選擇，從而形成
中國現代文學的民族性。中國文學是在普遍主義與地方主義、現代性與民族

〔註3〕賈振勇：《五四：中國文學現代化的座標原點——兼評近年 20 世紀中國文學
　　　性質的討論》，《山東社會科學》2000 年第 5 期。

性的氤氳化生中，實現了自我本質的確證，具有了自身的獨特個性。

如今，中西「會通」問題依然在延展，中國現代文學研究也面臨新的學術轉型。恰當而有效地認識、理解與闡釋中國現代文學的「半殖民性」命題，不僅需要對中國現代文學的實際狀態與情形進行再考察、再理解，還需要看看研究主體應具備怎樣的胸襟、氣度與立場。

中國現代文學誕生於一個「三千年未有之變局」的壓抑、恐慌的歷史境遇中，是在被迫與無奈中轉向學習、模仿西方文學的。憑藉武力的大棒和文化的胡蘿蔔，西方強勢文明不但在政治、經濟和軍事領域進行擴張，而且在宗教、語言、道德、倫理、文學、藝術等各層面進行文化價值的推廣與普及，用以往的政治話語來說就是價值觀念和意識形態層面的「和平演變」。華勒斯坦論及資本主義文明擴張史時強調：「普遍主義是作為強者給弱者的一份禮物而貢獻於世的。我懼怕帶禮物的希臘人！（Timeo Danaos et dona ferentes！）這個禮物本身隱含著種族主義，因為它給了接受者兩個選擇：接受禮物，從而承認他們在已達到的智慧等級中地位低下；拒絕接受，從而使自己得不到可能扭轉實際權力不平等局面的武器。」〔註4〕華勒斯坦所說的等級秩序和權力不平等，是被迫、後發的現代民族國家在文明的碰撞與交融中所遭遇的一個基本歷史事實。

這種歷史遭遇，往往給弱勢民族國家帶來一個難堪的精神后果，即民族自卑感、歷史悲情敘事和文化矛盾心理。如果說隨著弱勢民族國家政治、經濟和軍事力量的崛起，作為民族創傷和文化創傷的民族自卑感、歷史悲情敘事，能夠在較短時段內加以較大程度的修復；那麼文化矛盾心理的克服，則因為文化變遷的相對緩慢而需要更為漫長的時光。如果說民族自卑感和歷史悲情敘事，能為被迫和後發的現代民族國家帶來鮮明的集體激勵效應，使之知恥而後勇、發憤圖強；那麼，文化矛盾心理為被迫、後發的現代民族國家帶來的實際效應，則相對複雜和隱蔽。強勢文明大棒加胡蘿蔔的雙重權威性及其擴張，會給弱勢民族國家帶來精神創傷；但在文明的碰撞與交融中，文化矛盾心理及其反饋的文化兩難選擇，既是一個普遍現象，更是一個影響持久而深遠的因素。正如華勒斯坦所看到的，「這種矛盾心理反映在許多文化『復興』運動中。在世界許多區域廣泛使用的復興一詞，就體現出矛盾心理。

〔註4〕〔美〕伊曼努爾‧華勒斯坦：《歷史資本主義》，路愛國、丁浩金譯，北京：社會科學文獻出版社，1999年，第50～51頁。

在談論新生時，人們肯定了一個先前文化輝煌的時代，但同時也承認了那時文化的等而下之。新生這個詞本身是從歐洲獨特文化歷史中複製出來的。」〔註5〕在某種意義上看，如果說民族自卑感和歷史悲情敘事，更關乎被迫、後發的現代民族國家的自我認同；那麼如何化解文明碰撞與交融中的文化矛盾心理，則更關乎被迫、後發的現代民族國家的自我選擇。

這是理解和闡釋「半殖民性」所指涉的普遍主義和地方主義、現代性和民族性等元素在近現代中國呈現犬牙交錯狀態和情形的一個前提，也是考察和分析中國現代文學「半殖民性」問題的一個關鍵。

宏觀、籠統談論普遍主義與地方主義、現代性與民族性，在今天已經顯得大而無當。更何況這些命題本身，是一種既對立又統一的邏輯分類，是一種無法加以截然分離的認知模式。這一命題的兩端，不但相生相剋，更是相輔相成。我們從現象中提取普遍主義、現代性等概念，不意味著存在一種「純淨」的普遍主義和現代性標尺。普遍主義和現代性的形成與發展，本身是一個歷史的過程和區域的現象。所謂的普遍主義，不是生而就有，而是從地方主義擴張而來；所謂的現代性，也不是勻質的和固態的，而是雜質的和流動的。美、英、法、德等現代民族國家所呈現的普遍主義與現代性，均有重要差異，只是我們很少有興趣辨別而已。從更長遠目光看，美、英、法、德等現代民族國家所承載的普遍主義和現代性，只是人類文明的盛衰在一個特定歷史時空的具體展現；被迫、後發的現代民族國家如果抵制、拒絕這份「禮物」，其地方主義和民族性究竟能否存在，在全球一體化時代都面臨嚴峻考驗；如果加以充分吸收與借鑒，那麼其地方主義和民族性不但有了彰顯的機遇，假以時日還有可能在文明的碰撞與交流中成為新的普遍主義與現代性標杆。

我們需要警覺的是，民族自卑感、歷史悲情敘事和文化矛盾心理極易導致一種作繭自縛傾向，即強調普遍主義與地方主義、現代性與民族性的對立。這固然可以昭示民族自尊心與自信心，也能警示本民族固有文化的更新與復興；但在某些歷史階段，更容易淪為專制者及其附庸的一個冠冕堂皇藉口。一個典型的負面例證，就是所謂特殊國情論。如果僅是出於文化情懷和學理探究動機，那麼其民族感情應予充分肯定；但如果出於利益掠奪與權力維護動機，那麼其虛偽性與無恥性就昭然若揭。弱勢文明遭遇強勢文明的介入，

〔註5〕〔美〕伊曼努爾・華勒斯坦：《歷史資本主義》，路愛國、丁浩金譯，北京：社會科學文獻出版社，1999 年，第 50～51 頁。

所屬國民秉持民族本位立場和本土價值意識，應該得到理解與尊重，但不應成為抵制與抗拒的藉口。

學習與模仿，並不是一件多麼令人羞愧與恥辱的事情。可以堂而皇之的享用資本主義文明的物質產品，卻又以維護傳統的名義抵制資本主義文明的精神果實，這本身不是非常滑稽就是別有圖謀。當年魯迅的「拿來主義」，在今天都依然可以振聾發聵，只不過我們已經習焉不察。「拿來主義」不是一種實用主義手段，而是凝練概括了弱勢文明遭遇強勢文明時所應有的胸襟、氣度和立場。日本可謂是「拿來主義」的一個成功案例，它在充分吸收與借鑒普遍主義和現代性時，不但沒有喪失文化的民族本性和地方主義色彩，反而從文明等級的低端快速抵達了高端。當然，其民族根性中「惡」的一面，也實現了現代轉換，這尤其值得我們注意。弱勢文明在扭轉劣勢、實現復興過程中，最需要的警惕的，不是所謂的普遍主義的和現代性，而是固有文化結構中「惡」的因素沉渣泛起，尤其是「惡」以現代形式借屍還魂。

當然，在文化交流和學理探究層面探討普遍主義與地方主義、現代性與民族性的矛盾，可以通過鮮明的對比效應，來凸顯文化更新與復興中遭遇的諸多具體問題。但避免民族自卑感、歷史悲情敘事導致的價值偏離與情感牴觸，避免文化情懷與學理探究淪為利益與權力的附庸，更是首先需要解決的學術前提。因此，談論中國現代文學「半殖民性」命題，不是激活民族恥辱感、歷史悲情意識，更不是強調中國現代文學研究領域的文化殖民色彩；而是在學理乃至文化情懷層面，探究中國現代文學及其研究在普遍主義與地方主義、現代性與民族性的碰撞與交融中如何實現「會通」。必須看到，「半殖民性」固然帶來了民族恥辱感和歷史悲情敘事，但是更給中國社會、中國文學帶來了一個重大的歷史發展契機。在今天的歷史境遇中，祛除民族自卑感和歷史悲情敘事、調適文化矛盾心理，更多關注普遍主義與地方主義、現代性與民族性的「會通」，是現代學術體系能否拓展創新空間的一個有效平衡機制。

三、在「會通」視野探索中國現代文學研究的創新可能

毋庸多言的是，我們邏輯分類和認知模式中的普遍主義和現代性，一般指向歐美強勢文明範疇內的各種觀念體系及其指涉物。從一個刪繁就簡的普遍主義與地方主義、現代性與民族性的對照譜系看，歐美的文學及其觀念，

給中國文學帶來了一場至今仍在變動不居的革命性變遷；這場變遷的模仿與學習色彩，迄今依然強烈。所謂中國現代文學的「半殖民性」，即是對這場革命性變遷的實際歷史狀態與情形的描述與概括。

這裡，有幾個前提需要平行對待與研究：

一、發源於歐美民族性和地方主義的文學及其觀念，是因為在人類文明發展進程中的創造性經驗與價值，而具有了普遍主義和現代性面目；這種文學及其觀念，作為歐美地方主義和民族性的一個展現領域，鎔鑄的是歐美世界的區域性文學經驗與價值，並未充分容納和吸收其他地方與民族的文學經驗與價值；因為資本主義歷史體系的擴張，歐美文學及其觀念的創造性價值與經驗，被賦予了模本和範型的作用與意義。

二、中國文學有著幾千年的連續性和不間斷性，其文物典籍和文獻史料浩如煙海，其精神遺產和文化心理博大精深，無論是在古典時代還是步入現代進程，也體現和蘊含著人類社會在一個特定時空內的創造性經驗與價值。

三、中國現代文學是在與中國古典文學的抗爭、對世界文學的借鑑過程中成長起來的；是在一個由中國古典文學、世界文學和當時文學實踐的共存秩序中脫穎而出的；它實現了自我本質的確證，具有了「融匯古今、貫通中西」的自足性和獨特性，初步具有了自身的創造性經驗與價值；不但為中國文藝復興的初步展開，奠定了重要的歷史基礎；也為中國文學的持續發展，打開了歷史的大門。這一點，或許再過多少年後才能看得更為清晰。

從中國現代文學研究的功能、效用和使命來看，它的知識的傳授、審美能力的塑造、意識形態的宣傳、社會凝聚力的增強、民族精神的提振、民族文化的傳承乃至自身的學術史延展等，都無法繞一個基點，即對中國現代文學創造性經驗與價值的挖掘、梳理、歸納、總結和闡發。因此，挖掘上述三個層面之間的關聯、分歧乃至對立，有助於我們在對照和比較視野中，甄別和挖掘中國現代文學的自我認同與創造個性；但更應在對照和比較視野基礎上更上層樓，全面、細緻地建構中外古今的「會通」機制與平臺，在世界文學的格局中，在中國文藝復興的趨向中，探究中國文學由古典走向現代進程中所孕育的創造性經驗與價值。

最近二十年，創新的焦慮與疲憊。是困擾中國現代文學研究的一個難題。這當然不僅是現代文學研究面臨的一個特殊問題，也是整個國家和民族創新能力普遍匱乏的一個具體體現。創新的實現，有賴於學術的外部環境、學術

的內部事務和學術個體的倫理意願匯聚而成的合力機制，能否發揮良性作用。但是，不能奢望有了一個寬鬆自由的外部環境之後再去創新。如何在有限的時空內，充分發揚學術個體的倫理意願，重塑學術內部事務的動力源和創新機制，是擺在學人面前的一個可以操作的更為實際的路徑。因此，重新考察與認識一百多年來中西文化碰撞、交融的實際歷史狀態與情形，在「會通」視野中發掘中國現代文學的「半殖民性」內涵及其表現，就有可能成為中國現代文學研究創新的一個具體學術突破口。

近年中國古代文學研究領域出現的一個新動向，即「反思西方、回歸傳統已然成為古代文學研究界的一個時代話題」，〔註6〕值得中國現代文學研究界進行對照思考。中國古代文學研究界的反思與創新意願，主要表現在兩個方向：一、反省西方文學的知識、理論和方法對中國文學研究的改造與影響，主要反思帶來的弊端；二、呼喚回歸中國文學研究的本來狀態，倡導建構建構民族詩學等。在反思移用西方理論的弊端方面，霍松林教授的觀點較為尖銳：「20世紀50年代以來，中國現當代文學完全接受了西方文學觀念、文體界限和文學創作方法，使中國固有的文學觀念和文體形式面臨消失的窘境。同時，中國古代文學研究也漸漸變成了西方話語體系下的中國古代文學，作為中國固有的文學體系和價值範疇漸漸被拋棄：因為不符合小說、戲劇、詩歌三分法原則，中國文人固有的政論、辭賦、史傳文體的價值沒有得到應有重視；因為要用虛構、想像、誇張、形象性來評價文學的價值，中國文學中人文化成的觀念、原道宗經的思想、比興寄託的方法、風神氣韻的話語沒有得到充分的肯定；因為要體現一切文學來自民間的教條主義觀點，中國文學的源頭被定位在神話和民間文學，而忽視了中國古代文學與孔子及六經的密切關係。」〔註7〕在呼喚回歸中國文學傳統、建構民族詩學方面，方銘教授的觀點頗有代表性：「構建一個以中國固有文學觀念為指導的中國古代文學史體系，發掘民族傳統文學的人文訴求和發展脈絡及價值。這是一項艱巨而複雜的任務，卻也是中華民族文化自覺和文化復興的迫切要求。」〔註8〕另外需要特別指出，中國古代文學研究界的反思和創新意識，並沒有侷限於反撥西方

〔註6〕吳光正：《回歸文學傳統 建構民族詩學──2014年古代文學研究綜述》，《中國社會科學報》2014年12月30日。
〔註7〕霍松林：《文學史研究者的歷史使命》，《光明日報》2014年11月18日。
〔註8〕方銘：《回到中國文學的本位立場》，《光明日報》2014年11月18日。

文學理論觀念和回歸中國文學傳統這兩個層面，還從全局性的研究視野，來整體關照和歸納已有研究弊端，趙敏俐教授在這方面的表述較為凝練：「在百年來的中國文學史研究中，將古代文學現代化、將中國文學研究西方化、將文學研究政治化，是最值得反思的三個方面。」〔註9〕

這種反思西方文學觀念體系、建構中國文學本土研究體系的創新趨勢，當然主要針對中國文學研究領域存在的研究弊端，有著具體的問題意識和學術針對性，中國現代文學學科未必要奮起直追、亦步亦趨。但這種全局性的學術反思和創新趨向，的確值得中國現代文學研究界深思。我們可以從這種反思與創新趨向的可能性、不可能性中，尋找啟示和參考：

一、從「半殖民性」視野看，中國古代文學研究的創新訴求，主要指向研究主體而非研究本體。因為我們無論如何都不能說古代文學本身具有「半殖民性」；即使有，也是周邊民族國家的文學遭遇天朝體系的強勢影響而具有」半殖民性」，更何況殖民、半殖民這類術語特指資本主義文明擴張過程中的一個事實。

二、如果說中國古代文學研究界創新趨向的旨歸，是恢復和重建中國古典文學的本來面目；那麼中國現代文學研究界所面臨的問題卻更為複雜。原因即在於：中國現代文學是在一個「半殖民性」的社會形態與情境中生長起來的，本身就具有「半殖民性」；與中國古代文學研究本體的相對「純淨」特點相比，中國現代文學研究本體卻是一個古今中外文學融匯後的「雜質」產物；緊隨其後的研究，更是主要依據西方文學的相關知識、理論和觀念來展開的。顯然，中國現代文學研究界面臨著對研究主體與研究本體的雙重梳理和甄別任務。

三、中國古代文學研究領域的「反思西方」趨向落腳於民族詩學的建構，但問題是中國古代文學的田園已經荒蕪不可歸，今人已經不可能用古典時代的思維和話語去再現古代文學的本真面目，民族詩學建構也不可能再侷限於地方主義和民族性的價值資源和話語系統。這個難題，對中國現代文學研究界同樣是個拷問：致力於反思現代性、建構內源性研究模式，來源和支點何在？一切歷史都是當代史，我們所依據的已經是古今中外話語系統融匯之後的一種具有全球化色彩的話語系統了，現代文學實踐本身更是早就大範圍地、

〔註9〕趙敏俐：《中國文學史觀的反思與建構》，《首都師範大學學報》2014 年第 2期。

系統運用普遍主義和現代性的語言和思維了。中國現代文學研究反思西方文學理論觀念的影響、建構內源型的原創性的研究模式，來源只能是古今中外的「會通」後產生的那種新的歷史狀態與情形，支點只能是中外古今文學知識、理論與方法的「會通」機制與平臺。

全球化是人類社會發展的大勢所趨，強勢文明對弱勢文明的侵略、剝削和同化，在某種程度上看不過是人類文明全球化趨勢的一個「曲解」的歷史展現形式。各區域、各民族、各國家的文化及文學，是人類文明創造物的一個分支，儘管因為地域、民族、宗教、習俗等原因而呈現差異性和特殊性，但差異性和特殊性背後更是隱含著同屬於人類文明創造物所具有的一種深層的普遍性和共通性。西方文學及其觀念，借助於資產階級文明的崛起而具有的普遍主義和現代性面目，未必具有絕對的普適性和通用性，但作為人類文明在現代孕育的一種創造性經驗和價值，最低效用也可以他山之石攻己之玉。西方的文藝復興，持續數百年才開花結果；中國的文藝復興才剛剛展開一百年，且中經諸多歷史挫折，大有岌岌可危之勢，要孕育出完整而獨立的創造性經驗與價值，自然需要更多的歷史積累。雖然經過了近百年的生長歷程，中國現代文學還還遠遠沒有抵達獨立性和創造性的較高境界，有關的研究更是沒有達到丟棄西方話語系統、獨立建構原創性學術體系的程度；完整與獨立的創造性經驗與價值，必然是在一個「會通」的機制與平臺中才能得以建構與完型。

回首中國現代文學及其研究的歷史，在建構「會通」機制與平臺的過程中，有一個問題需要我們長期警醒，這就是「全盤西化」和「特殊國情論」及其各種變形話題給我們帶來的經常性困擾。如果深入中國近現代歷史的深處和細部，如果尊重中國現代文學的歷史自然生長狀態，不難發現這類命題在某種程度上具有偽命題色彩。因為它運用的是單線思維和封閉思維，將複雜的歷史狀態和情形簡化為各執一端的邏輯對立。以此來關照中國現代的文化與文學，普遍主義與地方主義、現代性與民族性犬牙交錯的狀態與情形，就會被歸納為不兼容模式，非此即彼的二元對立思維將會無數次地復活。如果對這類命題信以為真，將導致我們精神創造力的嚴重退化，導致研究主體胸襟、氣度和立場的固步自封。通過中國現代文學的「半殖民性」這一學術中介，正視中國現代文學所遭遇的實際歷史形態與情形，正視中國現代文學在「會通」中所展現的駁雜的自然生長性，有助於在中國現代文學研究領域突

破與摒棄這種極端和僵化的致思模式。

中國現代文學的「半殖民性」命題，自然不是憑空而降。以往有不少的研究成果，或使用過「半殖民性」及類似的術語，或借用「文化殖民」、「後殖民」等理論來闡釋中國現代文學現象。尤其是後者，儘管運用了前衛的概念、理論和方法，許多成果也發人深省，但對中國現代文學實際歷史狀態和情形的認識、理解和闡釋，還存在一種偏離和激進傾向；究其原因，除了西方理論與中國現代文學的史實與經驗難以完整、準確對接之外，民族自卑感、歷史悲情敘事和文化矛盾心理自然也是一個不容忽視的潛在制約。

總體來看，以往與中國現代文學的「半殖民性」命題相關的研究，較少將普遍主義與地方主義、現代性與民族性等命題整合到一個更為符合中國現代文學本真歷史狀態的學術機制中，較少在一個古今中外的「會通」視野中去衡估中國現代文學的實際歷史狀態與情形。因此，將「半殖民性」提升為中國現代文學研究的一種核心學術理念和視角，不但是致力於學術研究指向的糾偏與突破，更是致力於回到中國現代文學的真實歷史狀態和情境中去。

強調中國現代文學的「半殖民性」，不是給中國現代文學定性質、下結論，而是期待借助於「半殖民性」這樣一個學術窗口，通過更多的、更具體的、更持久的相關學術命題的拓展與研究，建構一個中國現代文學研究的有效「會通」機制，為探索中國現代文學那些迷人的秘密增添一個有效學術空間。在建構有效的中外古今「會通」研究視野與平臺過程中，在充分彰顯中國現代文學由普遍主義與地方主義、現代性與民族性元素氤氳化生而來的創造性經驗與價值過程中，如何將「半殖民」命題打造成為一個具有學術增值效應且富有研究張力的論域，值得進一步進行細緻而深入的拓展與探討。

第四章　何謂「父親」？為什麼要反對「父親」？

　　歷史上有不少話題，經過後來者的不斷參與和加工，往往變得複雜而混亂，不僅失去了本來面目，而且還被後來者的立場和觀念所綁架。回到問題的原點，是正本清源、直陳其事的佳徑。比如，在現代中國文化史和文學史上，「父親」這一稱謂及其涵蓋的意義集群，如何成為時代意識之焦點，文學家們在作品鏡象世界建構父親形象面臨怎樣的情感與理智的衝突，迄今未得到準確而有效的清理和評估，甚至陷入簡單化、概念化和模式化的闡釋語境。更有甚者，新文化先驅對「父親」以及傳統家庭倫理道德的批判，被視為缺乏科學和理性精神的偏激、片面之舉，進而導致中國傳統文化被連根斬斷。新文化先驅在一些人眼中，也彷彿成了中國文化淪落的罪魁禍首。但是，無論在精神觀念層面還是行為實踐層面，問題及其後果，是這樣清晰而簡單嗎？

一、從「初始經驗」到「實質部分」

　　法國學者們在研究人類家庭史時，曾提及一個至關重要又難以深究的「初始經驗」問題：「一個人在成為自我之前，是某某的『兒子』或某某的『女兒』……一個人總是在一個『家庭』中出生，別人通過『家姓』來辨認這個人，然後這個人才會從社會方面來說成為另外一個什麼人。到處都一樣，孩子最初學會的詞是『爸爸』和『媽媽』：這兩個詞的意義對他們來說是那

樣重大，因為這指的是他的父親和母親。」〔註1〕這個「初始經驗」之所以難以深究，是因為要追求客觀、公正和全面的話，就要追根究底到人類及家庭的起源等等這些人類學家們迄今也眾說紛紜的領域。由於我們對人類及家庭歷史的較為準確和清晰認識，基本上開始於成文的歷史；由於在中國成文歷史時代，「父親」這一形象已經成為家長制家庭的核心，那麼這個「初始經驗」就不僅僅是一種來自自然天性和血緣親情的印象和感覺，而且還是「父親」形象得以社會化和制度化的一個起始支點。正如恩格斯所說：「父親、子女、兄弟、姊妹等稱謂，並不是簡單的榮譽稱號，而是一種負有完全確定的、異常鄭重的相互義務的稱呼，這些義務的總和便構成這些民族的社會制度的實質部分。」〔註2〕那麼，本文所論述的「父親」這一稱謂，主要著眼點就是它構成了怎樣的中國社會及文化的「實質部分」，這個「實質部分」和「初始經驗」構成怎樣複雜的關係，是發展和昇華還是背離和扭曲了「初始經驗」？而不僅僅是囿於其理論言說層面所呈現的涵義。

談論這個問題，不能不簡略提及「父」這個詞的語義和修辭起源。至於「父」和「爸」在上古時代是否同音，是否有書面語和口語的應用差異，由於和論題關涉不多，暫且不論。按照語言學家的考證，在中國成文歷史上被視為文字起源的甲骨文中，「父」的字形，乃右手持棍棒或石斧之形狀，翻譯成今天的意思，大致就是手裏舉著棍棒或石斧等器械管教、教訓子女的人，這個人當然就是一家之長。這個含義也被以後的諸多文獻所沿襲乃至發揮，比如《易》所謂「父者，子之天也」，比如《儀禮》所謂「父，至尊也」，比如《說文》所謂「父，家長舉教者」。「父親」這一稱謂的語義和修辭起源，為它以後在中國社會及文化中的功能和作用，奠定了某種規定性。中國傳統社會及文化向來講究正名，所謂「名不正則言不順，言不順則事不利」。然而，名正未必能夠導致言順、事利，問題的根本更在於名實是否相符。所以，對於「父親」這一稱謂及其功能的辨析，既要看以往人們怎麼說，更要看怎麼做，也就是它構成了中國傳統社會關係總和中怎樣的「實質部分」，這一「實質部分」又發揮了怎樣的實際效應，造成了怎樣的社會後果。由於儒家文化在中國傳

〔註1〕〔法〕安德烈・比爾基埃等主編：《家庭史（一）》，袁樹仁等譯，北京：三聯書店1998年版，第15頁。

〔註2〕〔德〕恩格斯：《家庭、私有制和國家的起源》，中共中央馬克思恩格斯列寧斯大林著作編譯局譯，北京：人民出版社1972年版，第26頁。

統文化結構中具有的無可匹敵的地位和作用，由於在現代文化史和文學史上作為被批判對象的傳統文化主要以儒家文化為代表，故本文所謂的傳統文化主要是指儒家文化。

　　《家庭史》這部著作在研究中國的家庭演變史時，用了一個標題：「中國，家庭──權力的中繼站」。這個標題可謂一針見血點明了家庭在中國社會及文化結構中承上啟下、勾連內外的軸心作用。而在家庭這個權力中繼站裏面，父親毋庸置疑地居於領導者和命令者的權威地位，執掌家庭事務的大權。將「父親」的軸心作用和權力掛鉤甚至等價視之，自然在語義表達上不周全、不嚴密，但我認為抓住了問題最為關鍵的節點。當然，傳統典籍尤其儒家典籍中有不少可做反證的言論，也有不少學者通過重新理解和闡釋經典而加以否定。比如當代新儒家的代表杜維明教授，在《自我與他人：儒家思想中的父子關係》中認為：「那種將父親視為一個社會化的人、一個教育者、因而是權力主義實施者的觀點，如果不算錯誤的話，也是很膚淺的。的確，儒家的兒子是不允許對父親表達反抗情緒的，但是，如果把兒子由於長期受壓抑而對父親採取報復行為說成是現代社會和傳統儒家社會的中心問題，那是錯誤的。」〔註3〕

　　在儒家思想實現現代轉化層面上，杜教授的觀點自然有其價值和意義。但是回顧歷史事實，也就是直面中國社會及文化的「實質部分」，我們不能不看到歷史的鐵血戰車，不但不按人的意志和願望前行，還總是踏著模糊的血肉橫衝直撞。從理論觀念及言說層面來看，應當承認，在早期典籍特別是儒家典籍中，的確存在大量強調「父親」形象的自然天性、血緣親情和社會義務的大量言論。比如《尚書》所謂「於父不能字厥子，乃疾厥子」；《左傳》所謂「君義，臣行；父慈，子孝；兄愛，弟敬，所謂六順也」；《荀子》所謂「從道不從君，從義不從父，人之大行」；《孟子》所謂「仁之於父子也，義之於君臣也，禮之於賓主也，知之於賢者也，聖人之於天道也，命也，有性焉，君子不謂命也」。當然最為人熟知的，還是《論語》所謂：「君君，臣臣，父父，子子」。總體來看，這些有關父親形象、父子關係的言論，一言以蔽之：「父慈子孝」。毫無疑問，這些言論也是今天一些學者致力於實現傳統創造性轉換的重要原始資源和基本立論支點。就其言論初衷而論，其合情合理

〔註3〕〔美〕杜維明：《儒家思想新論──創造性轉換的自我》，曹幼華、單丁譯，南京：江蘇人民出版社1996年版，第129頁。

性毋庸多言，但是問題關鍵在於：這麼合情合理的言論，何以轉化為「父為子綱」？何以成為權力和宰制的依據？何以成為阻礙中國社會及文化發展的壓抑性力量？

大約一百年前，陳獨秀就已經看到：「今之尊孔者，率分甲乙二派：甲派以三綱五常為名教之大防，中外古今，莫可逾越；西洋物質文明，固可尊貴，獨至孔門禮教，固彼所未逮，此中國特有之文明，不可妄議廢棄者也。乙派則以為三綱五常之說，出於緯書，宋儒盛倡之，遂釀成君權萬能之末弊，原始孔教，不如是也。」〔註4〕如今甲派早已不成氣候，乙派卻日益壯大，其基本觀點和陳獨秀所說並無二致：原始儒家和被專制政治所利用之儒家是兩碼事，需要區分、需要取其精華去其糟粕。問題的要害在於：為何諸子百家中獨獨儒家成為中國傳統社會的官方哲學？應當說，早期儒家思想體系和理論觀念中的確存在很多迄今依然閃光的人文價值資源，這也是現代新儒家能夠開陳出新的原始支點。但是，早期儒家是在野的民間學術，基本是按照學術自身的發展邏輯來展現的；其最富創造力、想像力和批判精神的特點，恰恰是在未被視為制度基礎和意識形態的時代出現的。更為重要的是，「諸子蜂起，百家爭鳴」的目的，在很大程度並不在於學術自身的發展與完善，而是有著鮮明而強烈的世俗政治目標和現世政治理想，儒家的現世政治訴求尤為顯著，文獻典籍中有大量言論明確昭示出這種功利追求和價值取向，無需一一羅列舉證，正如陳獨秀所言：「其學說之實質，非起自兩漢唐宋以後，則不可爭之事實也。」〔註5〕

「父親」形象從「父慈子孝」轉化到「父為子綱」，也就是從自然天性、血緣親情的「初始經驗」轉化到典章制度化、意識形態化的「實質部分」，或者說「父權」的理論化、觀念化、規範化以及強制性，就鮮明展現了傳統文化尤其是儒家文化何以從富有原創精神的學說發展為專制政治的金字招牌和護身符。在這個轉變過程，有兩部文獻起了重要作用。一是《孝經》，其「父子之道，天性也，君臣之義也」、「君子之事親孝，故忠可移於君」之說，將本源於天性和血緣的父子關係，與現世政治架構和功利目的緊密聯繫在一起。二

〔註4〕陳獨秀：《憲法與孔教》，《五四運動文選》，北京：三聯書店1959年版，第51～52頁。

〔註5〕陳獨秀：《憲法與孔教》，《五四運動文選》，北京：三聯書店1959年版，第52頁。

是董仲舒的《春秋繁露》，當然還包括繼承董仲舒政治哲學價值取向的《白虎通義》，最核心觀點就是流毒迄今不絕的「三綱五常」。其「父尊子卑」、「父者，子之天也；天者，父之天也；無天而生，未之有也」、「天子受命於天，諸侯受命於天子，子受命於父，臣妾受命於君，妻受命於夫；諸所受命者，其尊皆天也，雖謂受命於天亦可」、「父者，矩也，以法度教子，子者孳孳無已也」等等相關言論的影響力和輻射力，不但早已遠遠越出了學術範疇，而且借助於政治權力乃至神學的支撐，上升為王朝的官方哲學；不但壓抑了「父慈子孝」的天性和血緣訴求，而且使「父為子綱」獲得了來自政治、法律和行政諸層面的強力支持和保障。自此之後，經過歷代專制政治者及既得利益獲得者的不懈努力，「父權至尊」作為中國社會及文化的「實質部分」，開始展示出廣泛、強大而持久的威力。

正如馬克思那句名言所說：「理論在一個國家的實現程度，決定於理論滿足這個國家的需要的程度。」〔註6〕「父慈子孝」上升為政治、法律層面的「父為子綱」，上升為官方哲學和意識形態欽定的「父權」，根源就在於它最大程度地適應了專制政治的需要：在本源於血緣關係自然形成的家庭模式中突出「父權」，其主要目的是為以君權為核心的社會政治模式提供天然支撐；在家庭倫理道德層面強調「父權」，其必然邏輯結果就是在社會和政治層面上要擁護君權。父權與君權的起承轉合、合縱連橫關係，正如有學者所看到的：「君權至上是核心，決定著儒家文化的理性思維和價值選擇的主導方向；父權至尊是君權至上的社會保障機制，為維護君權提供社會心理基礎；倫常神聖則貫穿其中，成為維繫君權與父權的中介，使君父之間形成價值互補。」〔註7〕父權和君權需要相互依靠和相互支撐的訴求，導致家庭成為整個王朝體系的權力中繼站，父親成為這個中繼站的「站長」，就順理成章了。《論語》早就有言：「其為人也孝悌，而好犯上者，鮮矣；不好犯上，而好作亂者，未之有也。君子務本，本立而道生。孝悌也者，其為仁之本與！」所謂「以孝治天下」的最終目的，無外乎要依靠父權來實施穩定家庭的措施，以家庭的穩定來贏得社會的穩定，從而維護君權的神聖、穩固、集中和長久。本來源自民間的自

〔註6〕〔德〕馬克思：《〈黑格爾法哲學批判〉導言》，《馬克思恩格斯選集》第一卷，中共中央馬克思恩格斯列寧斯大林著作編譯局編，北京：人民出版社1972年版，第26頁。
〔註7〕葛荃：《傳統儒學的政治價值結構與中國社會轉型析論》，《山東大學學報》2007年第6期。

發的學術訴求，經過歷代統治者及幫忙與幫閒者的解釋和闡發，終成中國社會及文化的「正統」。

在中國傳統社會及文化的發展過程中，「父親」形象從天然血緣關係的「初始經驗」，轉變為典章制度化和意識形態化的社會「實質部分」，最終造成了「父權」的一頭獨大、尾大不掉。「父權」的強調、突出與實施，對中國社會及文化的超級穩定結構，具有舉足輕重的作用。通過「父權」的制度化、規範化和強制性，專制政治及其神學基礎，通過滲透和改造血緣親情與日常人倫，不但牢牢控制了人的外部世界，更將人的精神世界、情感世界乃至欲望的世界納入到有利於統治者的軌道上去。一個全面控制人的肉體、言行、思想和情感世界的制度體系和意識形態體系，借助於「父權」的實施，將統治力量「下移」和「內化」到社會組織的最基層細胞中，從而獲得了全權掌控全社會的能量。簡單說，專制政治的需要和訴求，不但要通過王朝暴力機器和典章制度控制人的舉動，而且要通過「父權」的中繼作用，烙印在人的靈魂中、融化在人的血液裏，使之成為順民和奴才，從而永葆江山萬年、固若金湯。顯然，「父權」所構成的中國社會及文化的「實質部分」、所造成的實際效應和社會後果，不但閹割了中國社會及文化系統中那些具有原創精神的原始學說（包括早期儒家）的完整範疇和意義訴求，而且和專制政治沆瀣一氣，成為阻礙中國社會及文化前行的最主要的壓抑力量之一。能夠全面、系統、深刻揭露和控訴作為中國社會及文化「實質部分」的「父權」所造成的實際效應和嚴重後果的時刻，還要等到五四時代。

二、五四：反對專制的、異化的「父親」

中國人常說：聽其言，觀其行。對一種學說、一種理論、一種觀念的評價，不能只看其初衷、和動機，也不能只看其自我言說和理論構想，看其「是否有價值或有多大的價值或意義」〔註8〕，更要看其踏入社會實踐領域後造成的後果，不然過失犯罪就可以不算犯罪了。中國社會自近現代以來衰敗淪落的原因，無外乎來自天時、地利、人和諸層面。馬克思曾指出：「一個人口幾乎占人類三分之一的幅員廣大的帝國，不顧時勢，仍然安於現狀，由於被強力排斥於世界聯繫的體系之外而孤立無依，因此竭力以天朝盡善盡美的幻想

〔註8〕朱德發：《現代中國文學史書寫亟待解決的幾個問題》，《山東師範大學學報》2013 年第 1 期。

來欺騙自己，這樣的一個帝國，終於要在這樣一場殊死的決鬥中死去」，而且說在這場決鬥中這個「陳腐世界的代表是激於道義原則」。〔註9〕「以天朝盡善盡美的幻想來欺騙自己」和「激於道義原則」的評價，無疑入木三分。由於文化是一個國家和民族的軟實力，鑄就的是一個國家和民族的社會心理、精神品格與動力源泉，在中國社會遭遇生死存亡的歷史關頭，傳統文化尤其儒家文化當然難咎其辭。

　　無形的歷史意志，總是選擇它屬意的有形的人和事來體現自己前進的步伐；社會的發展與完善，總是借助某些個體的先知先覺來實現自我的建構。從器物層面的變革，到制度層面的變革，進而抵達文化層面的變革，既是歷史意志不可阻擋的鏗鏘步伐，也是中國社會集體變革意識的累進展現。五四時代，新文化先驅們感應著歷史精神的律動，得時代風氣之先，在深刻體悟歷史發展邏輯的基礎上，反思、清理和批判傳統文化尤其是儒家文化，本身就是體現歷史意志和社會發展需要的必然之舉，其大勢所趨正如陳獨秀所言：「自西洋文明輸入吾國，最初促吾人之覺悟者為學術，相形見拙，舉國皆知矣；其次為政治，年來政象所證明，已有不克守缺抱殘之勢。繼今以往，國人所懷疑者，當為倫理問題。此而不能覺悟，則前之所謂覺悟者，非徹底之覺悟，蓋猶在惝恍迷離之境。吾敢斷言曰，倫理的覺悟，為吾人最後覺悟之最後覺悟。」〔註10〕除了來自歷史意志和歷史必然性層面的深層動因，五四新文化先驅批判傳統文化尤其儒家文化的動因，更來自於迫在眉睫的現實危機，比如復辟帝制、孔教入憲等等。如果不當頭棒喝，其愈演愈烈之後果，恰如陳獨秀所言：「不但共和政治不能進行，就是這塊共和招牌，也是掛不住的。」〔註11〕

　　將文化批判與變革的焦點定位於「倫理的覺悟」，顯然是切中肯綮，抓住了傳統文化尤其儒家文化的深層病灶。在對這個深層病灶進行文化病理分析和切割的過程中，家庭（族）倫理尤其是父權，成為首當其衝的批判對象。儘管晚清時代就有「家庭革命」的呼聲，但那時更側重以言辭的鼓動來獲得政

〔註9〕〔德〕馬克思：《鴉片貿易史》，《馬克思恩格斯選集》第二卷，中共中央馬克思恩格斯列寧斯大林著作編譯局編，北京：人民出版社1972年版，第26頁。

〔註10〕陳獨秀：《吾人最後之覺悟》，《五四運動文選》，北京：三聯書店1959年版，第17頁。

〔註11〕陳獨秀：《舊思想與國體問題》，《五四運動文選》，北京：三聯書店1959年版，第92頁。

治變革的感召力。只有到了五四時代，對家庭（族）倫理的自覺而深刻的批判，尤其是對父權和君權相處支撐、互為保障之真相的揭露，才洞穿了傳統文化尤其儒家文化溫情脈脈的虛偽面紗，將傳統文化尤其儒家文化和專制政治沆瀣一氣、助紂為虐的本質昭然於天下，使「倫理的覺悟」抵達了中國歷史文化的深水區，也使中國文化贏得了一次借助於外來資源實現歷史性突圍與再造的機遇，為中國的文藝復興打開了一扇未來之門。

五四時代，對家庭（族）倫理及「父權」批判最為猛烈、最有深度的，當以「五四新文化運動的總司令」陳獨秀、「隻手打孔家店的老英雄」吳虞和「革命史上的豐碑」李大釗為代表。

陳獨秀一出手，不但抓住了傳統倫理道德的命脈：「儒者三綱之說，為一切道德政治之大原。君為臣綱，則民於君為附屬品，而無獨立之人格矣。父為子綱，則子於父為附屬品，而無獨立之人格矣。夫為妻綱，則妻於夫為附屬品，而無獨立之人格矣。率天下之男女，為臣，為子，為妻，而不見有一獨立自主之人者，三綱之說為之也。緣此而生金科玉律之道德名詞，曰忠，曰孝，曰節，皆非推己及人之主人道德，而為以己屬人之奴隸道德也。人間百行，皆以自我為中心，此而喪失，他何足言？奴隸道德者，即喪失此中心，一切操行，悉非義由己起，附屬他人以為功過者也。」〔註12〕而且鮮明指出了「父權」和「君權」互為表裏的命門所在：「宗法社會，以家族為本位，而無個人之權利，一家之人，聽命家長。……宗法社會尊家長，重階級，故教孝；宗法社會之政治，郊廟典禮，國之大經，國家組織，一如家族，尊元首，重階級，故教忠。」〔註13〕由此，傳統文化尤其儒家文化在歷史實踐領域構成的「實質部分」及其實際的社會歷史效應，也就昭然若揭：「孔子之道，以倫理政治忠孝一貫，為其大本，其他則枝葉也。故國必尊君，如家之有父」。〔註14〕也就是說尊父是為了尊君，「忠孝」的最終目的在於維護專制政治體系。

如果說陳獨秀對傳統家庭（族）倫理道德及「父權」觀念的批判，是在

〔註12〕陳獨秀：《一九一六年》，《五四運動文選》，北京：三聯書店 1959 年版，第 10 頁。

〔註13〕陳獨秀：《東西民族根本思想之差異》，《獨秀文存》，合肥：安徽人民出版社 1987 年版，第 28～29 頁。

〔註14〕陳獨秀：《復辟與尊孔》，《獨秀文存》，合肥：安徽人民出版社 1987 年版，第 112 頁。

對傳統文化尤其儒家文化進行整體批判的過程中涉及的子命題；那麼吳虞的《家族制度為專制主義之根據論》，則是五四時代專門、系統和全面批判家庭（族）倫理道德觀念與專制政治關係的重要文獻。在吳虞的眼中，家庭（族）倫理道德觀念實乃阻礙中國社會及文化發展的絆腳石：「歐洲脫離宗法社會已久，而吾國終顛頓於宗法社會之中而不能前進。推原其故，實家族制度為之梗也。」家（庭）族制度和專制政治合流，其思想精神之根源即在於儒家文化對「孝」的無以復加的推崇：「詳考孔子之學說，既認孝為百行之本，故其立教，莫不以孝為起點，所以『教』字從孝。……蓋孝之範圍，無所不包，家族制度之於專制政治，遂膠固而不可以分析。而君主專制所以利用家族制度之故，則又以有子之言為最切實。」其形成的社會關係的「實質部分」和產生的實際社會效果，在於家庭（族）倫理道德被社會化、制度化及其體現的強制性：「其主張孝悌，專為君親長上而設。但求君親長上免奔亡弑奪之禍，而絕不問君親長上所以致奔亡弑奪之故，及保衛尊重臣子卑幼人格之權。夫為人父止於慈，為人子止於孝，似平等矣；然為人子而不孝，則五刑之屬三千，罪莫大於不孝；於父之不慈者，固無制裁也。君使臣以禮，臣事君以忠，似平等矣；然為人臣而不忠，則人臣無將，將而必誅；於君無禮者，固無制裁也。是則儒家之主張，徒令宗法社會牽掣軍國社會，使不克完全發達，其流毒誠不減於洪水猛獸矣。」顯然，吳虞批判傳統家庭（族）倫理道德觀念的目的非常明確：「夫孝之義不立，則忠之說無所附，家庭之專制既解，君主之壓力亦散；如造穹窿，去其主石，則主體墮地。」〔註15〕亦即批判家庭專制和父權，實乃釜底抽薪之舉。

繼陳獨秀和吳虞之後，被譽為「中國傳播馬克思主義思想的第一人」的李大釗，開始運用馬克思主義理論來分析和批判家族制度及「父權」的成因、變遷及解體。集中體現其理論深度和批判鋒芒的，是發表在《新青年》上的文章《由經濟上解釋中國近代思想變動的原因》。在這篇文章中，李大釗明確指出：「中國的大家族制度，就是中國的農業經濟組織，就是中國二千年來社會的基礎構造。一切政治、法度、倫理、道德、學術、思想、風俗、習慣，都建築在大家族制度上作他的表層結構。看那二千餘年來支配中國人的精神的孔門倫理，所謂綱常，所謂名教，所謂道德，所謂禮義，那一樣不是損卑下以

〔註15〕吳虞：《家族制度為專制主義之根據論》，《五四運動文選》，北京：三聯書店1959年版，第84、85、87、88頁。

奉尊長？那一樣不是犧牲被治者的個性以事治者？那一樣不是本著大家族制下子弟對於親長的精神？所以孔子的政治哲學，修身齊家治國平天下，『一以貫之』，全是『以修身為本』；又是孔子所謂修身，不是使人完成他的個性，乃是使人犧牲他的個性。犧牲個性的第一步就是盡『孝』。君臣關係的『忠』，完全是父子關係的『孝』的放大體，因為君主專制制度完全是父權中心的大家族制度的發達體。」李大釗不但深刻剖析了傳統倫理道德及「父權」觀念的來龍去脈及惡果，而且鮮明指出了批判家族制度對於思想解放運動的重要價值：今日中國的種種思潮運動和解放運動，均是打破家族制度和孔子主義的運動，「政治上民主主義（Democracy）的運動，乃是推翻父權的君主專制政治之運動，也就是推翻孔子的忠君主義之運動」，「社會上種種解放的運動是打破大家族制度的運動，是打破父權（家長）專制的運動」，「中國思想的變動就是家族制度崩壞的症候」。〔註16〕應該說，李大釗借助於馬克思主義理論，使五四時代對家庭（族）倫理道德及「父權」觀念的批判，達到了一個歷史新高度。

如果尊重歷史真相和歷史精神的真相，那麼陳獨秀、吳虞、李大釗等人對家庭（族）倫理道德及「父權」的批判，其劍鋒所指在於傳統倫理道德尤其是儒家倫理道德和專制政治之關係，在於兩者緊密結合造成中國社會及文化之衰敗淪落的嚴重後果。事實上，如果細讀這些五四先驅們的文章，不難發現其「倫理的覺悟」之鋒芒，主要是針對被專制政治改造和重塑後的傳統倫理道德標準及價值尺度，重點並不在於傳統文化尤其儒家文化之原始學說本身是否合情合理；其貌似偏激的言辭效力所針對的，是傳統倫理道德觀念對人倫自然天性的壓抑和扭曲，是傳統倫理道德觀念淪為專制政治的婢女與幫兇；其對「父親」的批判，是批判壓抑和扭曲了血緣親情的「父權」，是批判淪為政治功利工具的異化的父親形象，而不是批判源於自然天性的家庭及父子（女）親情。對此，李大釗當年就已經明確加以說明：「孔子生於專制之社會，專制之時代，自不能不就當時之政治制度而立說，故其說確足以代表專制社會之道德，亦確足為專制君主所利用資以為護符也。歷代君主，莫不尊之祀之，奉為先師，崇為至聖。而孔子云者，遂非復個人之名稱，而為保護君主政治之偶像矣。使孔子而生於今日，或且倡民權自由之大義，亦未可知。

〔註16〕李大釗：《由經濟上解釋中國近代思想變動的原因》，《五四運動文選》，北京：三聯書店 1959 年版，第 347、351、353 頁。

而無如其人已為殘骸枯骨，其學說之精神，已不適於今日之時代精神何也！故余之掊擊孔子，非掊擊孔子之本身，乃掊擊孔子為歷代君主所雕塑之偶像的權威也；非掊擊孔子，乃掊擊專制政治之靈魂也。」〔註17〕針對林紓指責新文化先驅「覆孔孟」，蔡元培更是實事求是地指出：「則惟『新青年』雜誌中，偶有對於孔子學說之批評，然亦對於孔教會等託孔子學說以攻擊新學說者而發，初非直接與孔子為敵也。」〔註18〕又如寫出《孔子平議》的易白沙，通過對孔子學說的分析，通過對孔子學說被扭曲、被閹割的事實，最後無奈地感歎：「孔子宏願，誠欲統一學術，統一政治，不料為獨夫民賊作百世之傀儡，惜哉！」〔註19〕再如一篇署名隱塵的文章也強調：「夫孔子為時中之聖，苟有不適於時，即使孔子再生，亦當倡改革之論。」〔註20〕

　　以陳、吳、李為代表的批判傳統家庭（族）倫理道德觀念及「父權」的言論，以犀利尖銳之語，打破了當時思想文化界之低沉僵滯的壓抑氛圍，震撼了當時保守士人之抱殘守缺的精神慣性；以雷霆萬鈞之勢，直搗傳統文化尤其是儒家文化之根基問題，直抵時人靈魂深處之固有思想觀念。其言論引發了當時思想文化界之震動、之恐慌、之反彈，戳到了傳統文化尤其儒家文化的痛處，達到了追根究源、指斥時弊的批判目的。即使當今時代，如果細細分析中國社會及文化尤其儒家文化的前生今世，其言論所痛詆之現象、之事務，亦大有借屍還魂之險象；其言論所蘊含之歷史正義的光芒，至今也彌足珍貴。新文化先驅們批判的對象和提出的命題，並未因為世易時移而終結，甚至可以說至今依然有著很強的現實針對性。原因很簡單，所謂百足之蟲死而不僵，歷史也不總是呈上升趨勢，新文化先驅們批判的對象，總是在新的歷史語境中借殼上市。

　　最近20多年來，五四新文化先驅們對傳統文化尤其是儒家文化的批判，遭到了強烈質疑、飽受指謫：五四新文化運動的批判，過於簡單而粗暴地否

〔註17〕李大釗：《自然的倫理觀與孔子》，《李大釗選集》，人民出版社1959年版，第80頁。

〔註18〕蔡元培：《致「公言報」並答林琴南君函》，《五四運動文選》，北京：三聯書店1959年版，第223頁。

〔註19〕易白沙：《孔子平議（下）》，《五四運動文選》，北京：三聯書店1959年版，第31頁。

〔註20〕隱塵：《新舊思想衝突平議》，《五四運動文選》，北京：三聯書店1959年版，第237頁。

定了傳統文化尤其儒家文化，是現代激進主義的源頭；五四新文化先驅們的言論，過於武斷、偏激和刻薄，缺乏科學的態度和理性的精神。比如劉再復教授認為：「『五四』啟蒙者對待孔子儒學缺乏理性，在相當大的程度上帶有文化浪漫氣息。其缺少理性，一是沒有區分儒家原典和儒家世間法（制度模式、行為模式）；二是沒有區分儒家的表層結構（典章制度和意識形態）和深層結構（情感態度）。……這些深層的精神和君權統治、父權統治，以及『文諫死』、『武戰死』等愚忠模式的表層內容完全不同。可是，『五四』啟蒙者未加區分，便籠統地對孔夫子和儒家系統採取一律打倒的態度，這顯然太片面、太激烈、也太『革命』。」〔註21〕五四新文化先驅們的言論，在某種意義上說，的確不夠學院化、不夠理性、不夠穩健、不夠全面、不夠嚴謹、不夠客觀。但他們的批判之舉，不是書齋裏的學理探究，更不是莫談國事的坐而論道。因為他們所面對的，不但是中國社會及文化的歷史沉屙頑疾，還有來自現實的各種專制力量的復活。從學理的視角研判五四新文化先驅們的言論，從學術的視野評價五四新文化先驅的功過得失，自然有其價值和意義，但真理往前哪怕一步都可能產生謬誤，僅僅依據所謂學理的和學術的標準來衡量五四新文化先驅們的正誤，不但極有可能抹煞其本意、理想和實際效應，造成南轅北轍之評判效果，甚至在某種程度上令人難以辨別是否指鹿為馬。

三、「天性的愛」：魯迅的獨特眼光

在五四時代家庭族倫理道德尤其父權觀念的批判中，魯迅的批判鋒芒和思想深度，不但毫不遜色於其他新文化先驅，更以其充滿個性的文學家的獨特語言形式，直指人心、撼人心魄。如果說，其他新文化先驅對傳統倫理道德及父權觀念的批判，主要著眼於意識形態的、制度化的、規範化的社會事務層面；那麼，魯迅更側重於傳統倫理道德及父權觀念對人的精神的同化、對人的靈魂的腐蝕。如果說，其他新文化先驅主要是從理智的範疇批判傳統倫理道德及父權觀念，借助理性的力量實現思想啟蒙與人性解放之目的；那麼，魯迅不但在理智的範疇有尖銳而睿智的批判，更是將這種批判意識和啟蒙精神，融入到人的經驗的、情感的、乃至欲念的隱秘精神層面，從而借助於感性的力量警醒世人。

尤其在《我們現在怎樣做父親》中，魯迅沒有止步於社會制度、規範以

〔註21〕劉再復：《「五四」理念變動的重新評說》，《書屋》2008 年第 8 期。

及意識形態層面，而是深入到人的本能和天性的層面，去審視和塑造父親形象。和其他新文化先驅們理性的、邏輯的、雄辯的言說相比，魯迅的批判與揭露更為形象、具體、鮮活而生動，比如「就實際上說，中國舊理想的家族關係父子關係之類，其實早已崩潰。這也非『於今為烈』，正是『在昔已然』。歷來都竭力表彰『五世同堂』，便足見實際上同居的為難；拼命的勸孝，也足見事實上孝子的缺少。而其原因，便全在一意提倡虛偽道德，蔑視了真的人情。」一句「蔑視了真的人情」，不但顯示出魯迅批判眼光的與眾不同，而且也意味著魯迅將家庭倫理道德及父權觀念批判，從人的精神世界的外部關係層面帶入到了人性的深層地帶，充分顯示了這一批判運動的全面性和深刻性。

　　魯迅立論的不同凡響之處在於將出發點定位於人的「初始經驗」：「我現在心以為然的道理，極其簡單。便是依據生物界的現象，一，要保存生命；二，要延續這生命；三，要發展這生命（就是進化），生物都這樣做，父親也就是這樣做。」基於這個原點，魯迅不但鮮明而深刻地指出了「父親」形象得以安身立命的根源，而且一針見血地點出了傳統家庭倫理道德及父權觀念扭曲和破壞人的「初始經驗」的惡果：「自然界的安排，雖不免也有缺點，但結合長幼的方法，卻並無錯誤。他並不用『恩』，卻給與生物以一種天性，我們稱他為『愛』。……便在中國，只要心思純白，未曾經過『聖人之徒』作踐的人，也都自然而然的能發現這一種天性。例如一個村婦哺乳嬰兒的時候，決不想到自己正在施恩；一個農民娶妻的時候，也決不以為將要放債。只是有了子女，即天然相愛，願他生存；更進一步的，便還要願他比自己更好，就是進化。這離絕了交換關係利害關係的愛，便是人倫的索子，便是所謂『綱』。倘如舊說，抹煞了『愛』，一味說『恩』，又因此責望報償，那便不但敗壞了父子間的道德，而且也大反於做父母的實際的真情，播下乖剌的種子。」更意味深長的是，魯迅不但將傳統家庭倫理道德和父權觀念背離人的「初始經驗」的荒謬與乖戾之處揭露出來，而且為人倫關係的「初始經驗」和「實質部分」結合找到了一個根本支點：「此後應將這天性的愛，更加擴張，更加醇化；用無我的愛，自己犧牲於後起新人。……覺醒的父母，完全應該是義務的，利他的，犧牲的，很不易做；而在中國尤不易做。中國覺醒的人，為想隨順長者解放幼者，便須一面清結舊賬，一面開闢新路。就是開首所說的『自己背著因襲的重擔，肩住了黑暗的閘門，放他們到寬闊光明的地方去；此後幸福的

度日，合理的做人。』」〔註22〕和其他新文化先驅強調、側重人倫關係的社會屬性不同，魯迅更看到了人倫關係的自然屬性和社會屬性相結合的根本與基礎所在。正是由於有了魯迅的批判，新文化先驅們家庭倫理道德觀念及父權的批判，才構成了一個從人的外部社會層面到人的內部精神層面的完整而系統的價值言說體系。

　　將來自於血緣和自然親情的「愛」視為父子（女）人倫關係的根本，不但是魯迅在家庭倫理道德及父權觀念批判中的不同凡響之處，而且通過對父親的審視建構了理論批判和文學創造之間連接點。如果說，面對作為符號的、他者的、專制的、異化的、文化象徵的、權力代言人的、社會層面的父親形象時，現代文人作家們毫無疑問會義不容辭甚至義憤填膺地加以批判、攻擊和揭露，這種傾向在中國現代文學作品的鏡象世界中比比皆是，比如《終身大事》《斯人獨憔悴》《流亡》《咆哮的土地》《家》《雷雨》《憩園》《財主底兒女們》《小二黑結婚》等等。可是，當父親形象落腳於私人領域、落腳於自我的情感世界和生活體驗時，現代文人作家內心世界微妙、複雜和猶疑的矛盾狀態，則自覺不自覺地流露出來。在這方面，魯迅是一個典型。他在文化批判領域的一往無前，固然鮮有比肩者；但是，當他將私人的情感和生活體驗帶入文學創作領域時，所表現出的那種委婉、複雜、微妙和矛盾狀態，同樣撼人心魄、攖人靈魂。

　　比如《狂人日記》中的「大哥」形象。按照不少學者的解讀，「大哥」是一個「隱形的父親」形象。如果這個能夠成立，那麼魯迅將「大哥」而不是「父親」作為符號和象徵，是偶然為之還是有意迴避？其隱含的複雜心理動機就令人深思了。如果說由於這中間牽扯創作心理和文藝發生問題，不能一一坐實，那麼《五猖會》《父親的病》等作品，則鮮明體現了魯迅在私人的、情感的、記憶的、經驗的和心理的層面塑造父親形象時的複雜心態。如果說《五猖會》中的父親形象，尤其是「分明如昨日」的那段驚悸和恐懼心理描寫，還可以讓人聯想到「父權」的有威可畏，聯想到《紅樓夢》中賈政讓寶玉背書那段情節，可是作品最後以「我至今一想起來，還詫異我的父親何以要在那時候叫我背書」結尾，則為我們留下了一個塑造和想像父親形象的開放藝術空間。如果說《五猖會》中的父親形象塑造，還寓意著父親的權威；那

〔註22〕魯迅：《我們現在怎樣做父親》，《魯迅全集》第一卷，北京：人民文學出版社
　　　　1981 年版，第 138、130、132～133、133～140 頁。

麼，《父親的病》則完全將父親形象，落腳於受害者和弱者的層面，尤其是那段包含高度心理創傷的描寫：「父親的喘氣頗長久，連我也聽的吃力，然而誰也不能幫助他。我有時竟至於電光一閃似的想道：『還是快一點喘完了罷……。』立刻覺得這思想就不該，就是犯了罪；但同時又覺得這思想實在是正當的，我很愛我的父親。便是現在，也還是這樣想。」儘管通篇沒有述說父愛如何，然而來自自然天性的父子情深卻通過一段創傷體驗描寫展現出來。你可以說魯迅受傳統倫理道德影響為親者諱、為尊者諱，但在魯迅記憶深處、情感深處和經驗深處，來自天性的人倫「初始經驗」卻始終處於居於中心位置。魯迅在公共領域批判符號化的「父親」形象時，可以義正辭嚴；但在文學創作領域涉及到「父親」形象時，則有了天壤之別。

　　這個天壤之別的根本，就在於《我們現在怎樣做父親》裏面所說的「愛」。是不是因為這個「愛」，導致魯迅避免對具體父親形象進行批判，另當別論。但這個「愛」，卻是魯迅在文學創作領域建構父親形象的原始動力。比如藤野先生這一形象，何嘗不是魯迅移情和鏡象化處理的一個父親形象呢？藤野先生對魯迅所做的那些事情，在通常人際交往中可以說微不足道，何以魯迅終生念念不忘？又何以對自己父親的具體父愛事件始終是言說缺席呢？再比如《藥》中的父親形象，你可以上綱上線說魯迅「哀其不幸、怒其不爭」，深刻體現了國民劣根性，可是那個卑微的、無能的、懦弱的父親，對兒子的愛又是多麼感人至深、令人痛徹心扉呢？可以說正是一個「愛」字，使魯迅在塑造父親形象時，既凸顯了現實的、具體的、經驗的「父親」的複雜性和多義性，也凸顯了他退回內心世界面對具體的、真實的「父親」形象時心理感受和情感體驗的複雜性與多義性。

四、情感與理智：現代文學家們的敬與畏、愛與恨

　　這不但是魯迅在文學創造領域塑造父親形象時面臨的一個個人命題，也是大多數現代作家們在處理父親形象時所面臨的一個公共命題。當年林紓指責新文化先驅「鏟倫常」時，蔡元培反駁說：「則試問有誰何教員，曾於何書、何雜誌，為父子相夷，兄弟相鬩，夫婦無別，朋友不信之主張者？曾於何書、何雜誌，為不仁、不義、不智、不信及無禮之主張者？」〔註23〕事實確如蔡

〔註23〕蔡元培：《致「公言報」並答林琴南君函》，《五四運動文選》，北京：三聯書店 1959 年版，第 224 頁。

元培所言。如果說，五四新文化先驅對父親形象的批判，主要集中於理論的、觀念的和邏輯的層面；那麼，當這種批判鋒芒和啟蒙精神鋪展到文學創作領域，進入到具體的、情感的現實層面梳理和再現自身的日常人倫經驗時，現代文人們對父親形象的批判和塑造，則不再那麼簡潔明瞭、斬釘截鐵了。在面對公共的「父親」形象時，左右現代作家們心理和情感狀態的或許是理智，他們可以本著啟蒙的精神、批判的意志，去塑造專制的、封建的甚至是兇惡的、殘忍的父親形象；可是當和「自我」的父親形象發生關聯時，現代作家們對於父親的敬與畏、愛與恨又怎能涇渭分明呢？

在實際的生活世界，五四新文化先驅和以後的作家們，在反思、審視和塑造父親形象時，儘管在理念和總體價值取向上依然持有批判姿態，但具體到自己的生活世界和情感經驗，也就是將具體的對於父親的體驗、記憶和想像融入到文學世界時，則展示出一種猶豫、複雜和微妙的心態，因為他們根本無法斬斷那種來自天然血緣關係的父子（女）親情。父親一詞中的「親」字，作為人之「初始經驗」本能的那一面，開始展示出天性的能量。一個活生生的例子就是朱自清《背影》。這篇散文對父愛的描寫，確乎感人至深、影響深遠，在現代文學一百多年的歷程中也鮮有出其右者。且不說作品所展現的那種真摯的、普遍的父愛的感人魂魄之處，即使從文化和倫理道德的觀念層面，這篇作品也是一個典型，正如有學者認為：「表現了新一代知識者在走上人生道中對傳統的轉換了的感受和體驗：那就是擺脫了傳統禮教觀念（所以心中可以『暗笑』父親），回到了真正原本的親子之愛。」〔註24〕更值得我們回味的，這種回歸天性之愛的父親形象塑造，不僅僅是擺脫了禮教觀念的父子天性回歸，更是融匯、灌注了情與理、愛與恨、敬與畏的複雜矛盾心態之後的藝術結晶。因為這種體驗、這種情懷直接來源於朱自清和父親朱鴻鈞之間的真實父子關係狀態。文中所謂「他少年出外謀生，獨立支持，做了許多大事。那知老境卻如此頹唐！他觸目傷懷，自然情不能自己。情鬱于中，自然要發之於外；家庭瑣屑便往往觸他之怒。他待我漸漸不同往日。但最近兩年的不見，他終於忘卻我的不好，只是惦記著我，惦記著我的兒子」，背後隱含著多少欲說還休的家庭矛盾和父子對抗呢？眾所周知朱自清早在 1923 年，就以前妻武鍾謙和自己的家事為原型寫過一篇小說《笑的歷史》，以第一人稱口吻，描述了一個天真純潔的少婦在封建專制家庭氛圍中，如何從愛笑到不

〔註24〕李澤厚：《中國現代思想史論》，合肥：安徽文藝出版社 1994 年版，第 222 頁。

敢笑、不會笑的經歷和心理體驗。朱自清寫這篇小說時有兩個背景值得注意：
一是五四個性解放、反抗家庭專制的呼聲正方興未艾，二是朱自清和父親的
關係非常緊張。朱自清在塑造那個官場失意、人生潦倒的父親形象時，控訴
父權的專橫和霸道自然是應有之義。值得注意的是，小說對父親形象的塑造
與批判卻是溫婉的，甚至隱含著理解的姿態。這篇小說總體上看，實際上已
經蘊含著朱自清塑造父親形象時在理智與情感所面臨的複雜心態。到了《背
影》的創作和發表時，批判家庭專制、爭取個性解放的時代最強音業已變弱，
父子的矛盾也漸趨和解，理性的批判讓位於情感的認同，骨肉情深的父子天
性在千回百轉中終於塵埃落定。感興趣的讀者如果瞭解朱自清和父親關係的
真實狀態，也就能感受到那份濃濃父愛背後的複雜、微妙和憂傷。

　　總體來看，五四先驅對家庭專制和父權的批判，為日後新文學家們塑造
父親形象奠定了一個基本價值取向，這就是父權的衰落和父親權威的崩潰。
父子（女）關係的二元對立及其象徵的現代與傳統的矛盾鬥爭關係，成為現
代文學家們一個重要的敘事模式。由此，父親形象塑造的類型化也成為新文
學創作的一個主要趨勢。這個類型化的第一個表現，就是作為家庭專制代表
和文化符碼象徵的強勢父親形象的塑造，比如胡適《終身大事》中田先生、
《斯人獨憔悴》中的化卿、田漢《獲虎之夜》中的魏福生等等。這個類型化的
第二個表現，則是在傳統專制陰影下忍辱負重、麻木愚昧的弱勢父親形象塑
造，比如魯迅《藥》中華老栓、蔣光慈《咆哮了的土地》中的王榮發、王統照
《山雨》中的奚二叔、張天翼《包氏父子》中老包、老舍《二馬》中的老馬等
等。如果說上述兩個方面的父親形象塑造蘊含著較為鮮明的價值取向，那麼
在不少鄉土作家筆下，塑造父親形象時的飽含的同情和感傷，或者說來自天
然血緣的親情成為敘事基調，比如許地山《落花生》、許欽文《父親的花園》
乃至沈從文《長河》中的父親形象，這可視為父親形象類型化的第三個表現。
在左翼文學興盛時代，比如蔣光慈《咆哮了的土地》中的李敬齋、白薇《打出
幽靈塔》中的胡榮生等作為階級敵人的父親形象，茅盾《春蠶》中的老通寶、
葉紫《豐收》中的雲普叔、戴平萬《村中的早晨》中的魏大叔等作為被壓迫者
和革命統戰對象的父親形象，儘管在父親形象的塑造披上了階級鬥爭的文化
符碼，可是父權的沒落和父親權威的崩潰及其現代批判傳統的敘事模式，和
五四時代並無二致。

　　但是，總體的價值取向和敘事模式並不能代表文學塑造的全部，更不能

揭示現代文學家們塑造的父親形象的那種曖昧性、複雜性和多義性。傳統家庭倫理道德和父權觀念，不僅在社會政治層面有著根深蒂固的淵源，而且也是人類的某種本性的認同和投射：「擁有強大權力的人象徵著每位父權制下的個體對於全能的幻想，並且充分表達了這些幻想。」〔註25〕當現代作家們接受民主、自由理念薰陶、暢想尊重人權、個性解放和婚姻自由時，自然要義憤填膺然地批判封建、專制、蠻橫父親；可是當他們退回私人經驗的領地，懷揣著個體的對於父親的情感記憶時，父親形象的曖昧性、複雜性和多義性也就浮出水面。比如《家》中的高老太爺，毫無疑問在整體性上是一個黑暗、腐朽、虛偽、殘酷和專制的總父親形象，但高老太爺的臨終言善很難說是出於為了人物形象豐滿的創作技巧，而是明顯透露出巴金在塑造這個人物形象時情感體驗的影響與滲透。再比如《憩園》中的楊夢癡，巴金在塑造這個狂嫖濫賭的墮落紈絝子弟型父親形象時，重點顯然不在於批判與揭露，而在於人性的多重性和複雜性，在於滿懷著情感傾向來塑造這個墮落的父親形象。更明顯的例子是路翎的《財主底兒女們》中的蔣捷三。這個人物在作者筆下的確是作為一個古板僵化的父親形象出現的，而且也像封建專制家長那樣干涉過兒女們的人生選擇和婚姻戀愛。可是在小說的描述中，這個父親形象不但是充滿了隱忍、無奈甚至可憐與可悲，更令人動容的是充滿了對兒女的舐犢之情，尤其是為了大兒子蔣慰祖，不惜對悍婦兒媳金素痕委曲求全。這個父親形象的負面性，反而幾乎隱匿不顯。因為小說處處以充滿同情與感傷的筆觸，來塑造這個父親形象。

在新文學史上，對父親形象最有深度、最富震撼力、最為複雜的當屬曹禺及其《雷雨》。在以往的文學史敘事中，周樸園這一形象主要被解讀為專制、獨裁、倔強、冷酷、自私的父親形象。儘管隨著研究的深入，人們也看到並指出了周樸園這一形象的複雜性和微妙性，比如對魯侍萍感情的真摯。但是，劇作設置了「亂倫」這個主題，就使自有新文學以來的父親形象塑造，從外圍的社會層面徹底抵達了人性的幽暗地帶。可以簡單說，不分中外無論古今，亂倫是兒子對父親權威、對父權的最為徹底和最為震撼的顛覆與叛逆。儘管對亂倫現象的描寫，在五四時代就已經出現，比如卓呆的《父親的義務》、盧隱的《父親》、何一公的《爸爸的兒子》，但將亂倫的深刻性、複雜性推向高峰

〔註25〕〔英〕喬治·弗蘭克爾：《心靈考古——潛意識的社會史（一）》，褚振飛譯，北京：國際文化出版公司 2006 年版，第 136 頁。

並足以成為一個時代的藝術標誌的，自然還是《雷雨》。由於亂倫情節的設置，周樸園這個父親形象的複雜性、微妙性和多義性，已經不僅僅侷限於社會事務層面、家庭糾葛層面和父子情感層面。這部劇作對父親形象塑造的深刻和震撼之處在於，是在最原始的人的欲望層面、最天然的血緣親情方面給予父權和父親形象的權威以致命的打擊。但是，這部劇作顯然又不侷限於「俄狄浦斯情結」式的潛意識衝毀禁忌的原始衝動與報復，還包含著作者對劇作人物的情感層面的更為複雜的心理投射。眾所周知，在曹禺的劇作中，兒子對父親大多是冷漠的、厭惡的、畏懼的，這當然和曹禺本人的人生經歷與體驗相關，尤其是在周樸園這一父親形象身上，作者本人的私人體驗顯然發揮了作用，比如魯大海在得知真相後出走而不是鬥爭到底，是否包含著作者對父親形象的難以說清的複雜情感體驗呢？

　　總體來看，現代作家們塑造父親形象時所展現的曖昧性、複雜性和多義性，遠遠超出了他們在現代終將戰勝傳統這個理念層面上對父親形象的定位，其間蘊含的理智與情感、敬與畏、愛與恨的複雜、微妙的心態，也進一步豐富和糾正了五四時代啟蒙和理性批判精神的單一與銳利。顯然，從五四先驅在啟蒙精神和理性層面進行父權批判，到現代作家們在延續這一價值趨勢又體現出理智與情感、愛與恨、敬與畏的父親形象塑造過程中，不難發現作為社會的「實質部分」的父權專制終於返璞歸真到自然的「初始經驗」的父親形象。正是在這個支點上，現代作家們開啟了父親形象塑造的文學之門。無論現代作家們塑造的父親形象如何複雜、曖昧和多義，支撐現代作家們塑造父親形象的，毫無疑問要有賴於父子（女）之間貫通了自然屬性與社會屬性的「愛」。正如恩格斯所說：「在這個時代中，任何進步同時也是相對的退步，一些人的幸福和發展是通過另一些人的痛苦和受壓抑而實現的。」〔註26〕現代的文人作家們明白了父權帶來的痛苦與受壓抑，明白了真實的父親又是不可能符號化的，明白了「現在的子，便是將來的父」，尤其是帶著來自日常人倫情感體驗走入父親形象塑造的藝術空間時，父親形象塑造的曖昧性、多義性和複雜性自然也就順理成章了。

　　考諸中國現代文學史的史實，現代文學家們對父親形象的塑造，自然遠不是一個「父權」批判那麼簡單。儘管有那麼多專制的、封建的、無情的、冷

〔註26〕〔德〕恩格斯：《家庭、私有制和國家的起源》，中共中央馬克思、恩格斯、列寧、斯大林著作編譯局譯譯，北京：人民出版社1972年版，第63頁。

酷的、殘忍的符號化父親形象，但當現代作家們從自己的情感世界和生活體驗出發，從內心深處審視「父親」時，他們所面臨的是社會的、政治的、文化的父親形象與自然的、本能的、天性的父親形象之間那種斬不斷、理還亂的複雜糾葛。至於現代作家們在情與理、愛與恨、敬與畏的矛盾體驗中，如何表現作為「初始經驗」的父親和作為社會「實質部分」的父親的差異，如何表現作為符號化的公共領域的父親形象和作為私人生活體驗的情感世界的父親形象的區分，如何以複雜、微妙、模糊甚至矛盾的筆觸去塑造和想像著父親的形象，則另當專文論述。

第五章　捕捉詩性地理的光與影

　　一方水土養一方人。如果斯賓格勒所言不虛，即「藝術在生活中可能只
屬於一個小範圍，是特定地域和特定人類的自我表現形式」，〔註1〕那麼這種
特定的人類的自我表現形式，呈現出特定的區域特徵和族群特徵，也就不足
為奇。由此，從區域視野介入文學，文學也會自然而然呈現出其他研究視野
所無法把握的諸般氣象。

一、區域文學理論建構的可能與限度

　　俗話說，日用人倫而不知。即使沒有充分的理論和方法自覺，區域文學
研究也早有淵源和脈絡，這在我國古典文論中就大有蹤跡可循。此問題已有
不少專家學者詳加論述，本文不再贅言。在理論和方法層面加以自覺概括與
闡釋的，應該說還是伴隨著地中海文明崛起而向全球輸出思想的西方理論家
們。比如斯達爾夫人，她的《從社會制度與文學的關係論文學》，從環境、氣
候、宗教、社會風俗、法律、時代等各方面考辨歐洲各民族不同的文學樣態，
強調自然環境對作家的影響，及其影響下南方文學與北方文學的差異，於是
歐洲有了南方作家和北方作家的分類。更富理論深度的則是泰納，他在《英
國文學史》引言中，將「種族、環境和時代」作為推動文學藝術產生、發展的
「三個原始力量」；在《藝術哲學》中，他又對「種族、環境和時代」三因素
詳加論述，凝練地稱之為「精神的溫度」，猶如物理的溫度影響植物的生長那

〔註1〕〔德〕奧斯瓦爾德・斯賓格勒：《西方的沒落》，齊世榮等譯，第38頁，北京：
　　　　商務印書館，1963年。

樣，這精神的溫度也同樣影響著文學藝術的生長與發展；他那句名言「所有的藝術作品，都是由心境和四周的習俗所造成的一般條件所決定的」，〔註2〕大概也是較早的有關區域文學研究的權威理論依據。

這些和區域文學研究有關的文學理論和藝術哲學觀念，毫無疑問對今天的文學研究產生了深遠影響。儘管有不少學者以細緻而詳實的研究，批駁了這類理論的機械化和庸俗化色彩，比如格羅塞認為：「泰納的『藝術哲學』就是那常常以最平凡的思想，蒙著科學的外套，把他作為心理或社會科學的法則，很大膽的想把精神科學的整個領域漸次佔領去的所謂精密研究的典型的產物」。〔註3〕但格羅塞也只是批評了泰納理論的生搬硬套和機械色彩，迄今為止好像還無人否定區域元素（包括地理、自然、氣候、習俗乃至人文等因素）對文學藝術的重要而潛在影響。其實問題很簡單，儘管以往有關區域文學的理論存在種種不足和狹隘，但是這些「最平凡的思想」背後矗立著一個無法否定的基本事實：文學的區域特徵，早已確鑿無疑地成為了我們的一種審美體驗、經驗事實、心理客體和文化感受。

讓我們頗為尷尬的是，儘管從區域視角研究文學的著述在數量上已經相當可觀，但從理論和方法的準確、明晰與有效等層面來看，我們有關區域文學的理論和方法建構，在某種意義上並沒有比斯達爾夫人、泰納等人前進多少步，遑論重大突破。我們需要解決的問題在於：將區域文學研究上升到理論和方法的層面，尤其是如有些學者所呼籲的建制為一門學科，究竟有多大的可能性和可行性？如果可能，它究竟應該具備怎樣的學術容量、理論內涵和研究範式？或者說，由於從區域因素到文學的終端產品存在著相當多的中介環節，建構一種有關區域文學的理論和方法體系，前景是否令人樂觀？

事實上，我們遇到的第一個問題大概是：什麼是區域文學？儘管人文學科不必像自然學科那樣制定一個百密不漏的概念、定義和體系，但是建構一個認知、考證、分析、理解和闡釋的粗略模型大概也是必須的，否則我們的研究就永遠是經驗主義、感知主義的零散個案研究。可是，區域本身就是一

〔註2〕〔德〕格羅塞：《藝術的起源》，蔡慕暉譯，第 11 頁，北京：三聯書店，1984年。

〔註3〕〔德〕格羅塞：《藝術的起源》，蔡慕暉譯，第 14 頁，北京：三聯書店，1984年。

個變量，即使不考慮歷史沿革和區劃變遷等因素，區域這一詞語本身就是一個模糊而富有彈性的術語，大至民族、國家和洲，小至縣、鄉、村、部落，都可以籠統地稱之為某區域。我國現在的區域文學研究，基本上將邊界定位於省、地市、縣鄉之類的行政區劃。如果僅僅從邏輯和分類角度看，無論是國別文學還是族群文學，乃至洲際文學，實際上都可以算作區域文學之一種，只是參照系和劃分標準不同而已。比如在世界文學版圖上，中國文學顯然是一種區域文學現象；在中國文學版圖中，藏族文學等少數民族文學的區域性特徵是如此明顯；在洲際文學視野中，歐洲文學因地緣政治等因素，在最近五六百年的歷史成為如此強勢的區域文學，進而成為世界文學世界的標尺。

　　顯然，作為一種理論和方法建構，區域文學研究如果不確定自己的邊界，那麼就有可能成為一個無所不包的萬金油，最終也就在大而無當中消解了自身存在的合理性和有效性。尤其作為一種獨立的研究範式，區域文學研究如果不確定自己的研究疆域，僅根據經驗和印象來隨意配置和取捨研究對象，又如何能成為一門獨立、自足和嚴謹的學科呢？如果將區域文學的研究疆域超出省、縣、鄉、部落模式而以國別、族群文學乃至洲際文學為對象，那麼和比較文學研究的撞車，就勢在難免。如果侷限於國別文學、族群文學的範疇內，那麼區域文學研究基本上只能作為一種研究方法而存在，一般來說它方法論層面的功能更為突出。我們很難找到足夠的理論資源，使其成為一門具有典型和多樣範式的學科。顯然，從總體的經驗事實的複雜性和模糊性來看，將區域文學研究建制為一門學科，既缺乏充足的理論支撐，也缺乏經驗和邏輯的保障。我們應該尊重區域文學研究邊界的模糊性和移動性，在自主預設區域文學邊界的基礎上，去考辨具體的理論和方法的建構。

　　我們遇到的第二個難題，大概就是在區域文學研究中是否可以歸納、概括出某種規律和共性？這種規律和共性，是否可以作為本區域文學現象的本質或類本質性特徵？是否因之可以生產出本區域文學藝術的某種獨特性和創造性？這種區域文學的共性和作家的個性之間關係的複雜性又如何理解與闡釋？之所以有如此複雜、多端的疑惑，在於我們面臨的主要不是一個模式化、一體化和概念化的區域文學，而是一個「一母生九子，九子各不同」的文學藝術的經驗事實和歷史現象。正如湯因比所說：「古代中國文明有時被稱為是黃河的產物，因為它正巧是在黃河流域出現的，但是多瑙河流域雖然在氣候特點、土壤、平原及山地面貌上同黃河非常相似，它卻沒有產生相似的文明。」

〔註4〕顯然，對區域文學研究而言，也存在文學生產條件和背景大致類似的情況下結果迥然不同的情形；所以如同文明的研究那樣，我們同樣面臨著經驗事實層面所呈現的巨大差異化的挑戰。

當然，探究文藝的本質和根源這種研究模式越來越式微，人們越來越重視美學經驗、心理體驗、精神現象、文化傳承等具象層面所傳達的信息和內涵。可以換句話說，暫且不論區域文學呈現的某種規律是本質、類本質還是審美經驗、主體感知，問題主要在於我們的歸納與概括所適用的範圍有多大？其有效性又究竟如何？如果說這樣表述有些抽象和空泛，那麼我們將焦點轉換到作家身上。具體說來，除了上古時代文學作品的作者難以考辨之外，今天人們接觸到的大多數文學作品，都有一個文學生產的具體源頭，這就是作家。如果說整個文學的歷史首先是一個由作家組成的鏈條和系統，那麼區域文學只不過是特定區域內的文學家們組成的一個區域性的鏈條和系統。作家作為文學生產具體源頭的基本事實，決定了自身在區域文學研究中的核心和基礎位置。由此，如何處理區域文學共性和作家個性之間的關係，也就有可能成為區域文學理論與方法建構中遇到的難度最大的一個命題。

在如何處理區域文學共性與作家個性關係的研究實踐中，尤其是如何處理作家個性和區域文學共性的逆反現象，筆者當年深有感觸，迄今難以釋懷。比如，在與魏建教授合寫《齊魯文化與山東新文學》過程中，如何處理那些與齊魯文化共性特徵不一致的作家，比如莫言、孔孚等等，就曾經頗為頭疼，最終只好採取一種權宜的表達策略來處理，比如：「許多作家反叛文化傳統，卻反叛的是文化傳統的異化形式……在山東作家群中，我們很容易見到對傳統文化的深惡痛絕之辭，也很容易看到在這深惡痛絕之辭下面，潛藏著對某種傳統文化精神的復歸。」〔註5〕這個表述將文化傳統的純粹性和精華性作為先決條件，事實上文化傳統本身是一個矛盾統一體，本身就魚龍混雜、良莠不齊、五方雜陳。所謂文化傳統的純粹性和精華性，只是出於我們美好的理論想像。所以，這類表述儘管看似很辯證，但敘述邏輯達到圓滿的表面下面，掩蓋的是學術命題僅僅在邏輯層面得以解決，學術的實質目標並未深入推進，

〔註4〕〔英〕湯因比：《歷史研究》上，曹未風等譯，第72～73頁，上海：上海人民出版社，1997年。
〔註5〕魏建、賈振勇：《齊魯文化與山東新文學》，第214頁，長沙：湖南教育出版社，1995年。

而且稍不留意就會變成千說萬說總是可以自圓其說。這類學術邏輯和表達策略，和某些歷史、社會的敘事邏輯、表達策略相比，比如自己犯了很多致命錯誤卻強調在自己的光輝思想和理論指導下力挽狂瀾從而走向偉大、光明和正確，究竟有多少區別呢？

當年面臨同樣實踐困惑的，大概李怡教授也能算一位。他寫作《現代四川文學的巴蜀文化闡釋》的實際狀態究竟如何，我沒有向他討教，但以後他對區域文學共性與作家個性關係命題的一些論述，我感到已經有了從經驗提煉出來的學術理性警覺：「無論怎麼說，任何關於文化個性的歸納（時代的、民族的與家族的）都是『類』的概括，都必然以犧牲和省略某些個體的選擇為代價，而個體總是為任何形式的群體性的歸納所難以『消化』的，也就是說，個體與『類』始終處於既相互說明又矛盾分歧的關係當中，在這個層面上看作家個性與區域文化特色之聯繫，我們可以發現這裡應該沒有『一以貫之』的模式可尋，在什麼情況下作家的『個性』生動地呈現了區域文化共同的追求，並且以自己的『個性』使得這些追求更加明顯和突出了；相反，又在什麼情況下『個性』恰恰從另外一個方向上修正甚至改變了區域文化固有的特殊，並且因為這樣的修正而賦予了本區域新的內容，為未來的區域發展奠定了基礎，這些都需要具體分析。」這樣的分析與判斷，固然具有高屋建瓴的學術理性建構意識，但如何能在具體研究中得以實現，又是另外一個問題。所以，在具體到巴金與巴蜀文化關係的研究中，他也只能先撇開巴蜀文化的共性限制、以實現闡釋的周全：「作為巴蜀文化『異鄉人』姿態的巴金，其實通過自己『走出鄉土』的不懈努力激發區域文化與區域文學創造性，從而奠定了改變文學秩序的重要基礎。」〔註6〕

上述自家得失與別人甘苦的過往事例，或許可以有所提醒：我們在歸納、概括區域文學乃至區域文化的所謂共性特徵時，務必要慎之又慎；那些所謂的共性，很可能僅僅是削足適履或大而化之的經驗式、印象式判斷，或者說只是某種理論化的經驗主義歸納和概括，甚至是邏各斯中心主義在作怪。所以，所謂的共性特徵，究竟有多大程度的普適性和真切性，是一個需要研究者慎思明辨的基本問題。否則，研究結果不但存在與區域文學的歷史真相和精神真相是否一致的問題，而且還會帶來研究中的終端邏輯悖論，最終導致

〔註6〕李怡：《文學的區域特色如何成為可能》，《社會科學研究》2010 年第 5 期。

區域文學研究模式變成一個無所不包的大筐，區域文學研究模式的積極能量也就散失殆盡。鑒於區域文學研究在理論和方法上又具有整合性與統攝性特徵，那麼如何使作家個性和區域文學共性問題，在我們的理解和闡釋系統中抵達辯證統一的狀態，或許是需要學者們著力而審慎對待的。

二、理論與實踐：在文化的單元中探尋、在比較的平臺上發掘

質疑區域文學可能具有的規律、本質或共性的普適性、真切性，並不是否定其存在的可能性。區域文學作為一種特殊文學現象所承載的經驗事實、精神感受和心理客體，是我們探討區域文學研究的理論和方法的根基所在。對生於斯、長於斯的某區域作家而言，鑒於某區域的地緣和空間要素的制約，生成一些共性特徵，不但是共同的客觀環境所使然，而且也有相似的思維邏輯、體驗模式和精神機制來支撐，正如維柯所言：「人類本性有一個特點，人們在描繪未知的或遼遠的事物時，自己對它們沒有真正的瞭解，或是想對旁人也不瞭解的事物做出說明，總是利用熟悉的或近在手邊的事物的某些類似點。」〔註7〕。

在一個較長時段的視野來看，共同的客觀環境因素比如自然、地理、氣候、環境、習俗和人文諸因素對文學創作的影響，作家的心理結構和精神機制對這種影響的接受與展現，在某種意義上既是一個自然發生與流變的過程，也是一個時空諸要素自然累積、滲透與延展的過程。我們的任務在於，如何從這個自然過程中發掘出其深刻的內在關聯及其表現形式，在理論和方法層面加以歸納、概括和總結；而這個歸納、概括和總結的過程，又總是遺留下證偽和修正的巨大空間。在這個歸納、概括和總結的過程中，那些共性的因素固然重要而醒目，但每個作家的獨特性與創造性如何由這些共性因素的激發而醞釀、綻放，更應該是區域文學研究一個不可忽視的極為重要層面。

自然，面對作為群體現象的區域文學，探討和分析區域文學所呈現的共性特徵，是區域文學研究的理論和方法建構繞不過去的一個重要問題。因為如果擱置區域文學共性特徵的梳理、概括和歸納，那麼區域文學研究也就不需要理論建構而只有方法論和研究視角的價值與意義了。否則，這和以往的作家作品研究模式有什麼區別呢？顯然，只不過是在以往作家作品研究中增加了區域因素作為參考系與學術增量。一個作家的地方色彩與區域特徵，儘

〔註7〕〔意〕維柯：《新科學》，朱光潛譯，第417頁，北京：商務印書館，1989年。

管依賴於所屬區域的自然、地理、氣候、習俗、人文等要素，但只有在一個更
為廣闊的比較視野中才能清晰展現。面貌各異的作家的個案經驗，比如獨特
性和創造性，如果沒有外在的相似性甚至是內在的某種一致性，是無法呈現
出一個區域的文學的整體性和共性特徵的，顯然這也不符合我們對某區域文
藝呈現的「類」同的經驗事實、心理感受與印象把握。

　　從這個層面來看，泰納的觀點就值得我們深思：「在每種情況下，人類歷
史的機制都是相同的。人們不斷會找到作為最初動機的精神與靈魂的某種很
普遍的秉性，這種普遍的秉性是內在的，由自然附加到種族身上的，或者說
是由作用於種族身上的某種環境獲得和產生的。」〔註8〕所以，問題的關鍵不
在於區域文學的共性特徵乃至某種規律是否存在，而在於：在紛雜繁複的區
域文學現象中，我們如何甄別、釐清和確定某個區域系統的「原動力」和「秉
性」等整體性或共性特質；如何考辨、分析和闡釋這種「原動力」、「秉性」等
整體性和共性特質如何作用於具體的作家，又經過作家個體的心靈醞釀而呈
現出或相似或迥異的藝術風貌。在這個考辨、分析和闡釋的過程中，最為複
雜的情況大概在於同樣的自然、地理、氣候、習俗、人文因素如何催生面貌
各異甚至是截然相反的藝術風貌。這個問題的複雜性，還不僅僅在於加入作
家獨特的個人經歷與經驗就能解決的。

　　在具體研究過程中，更有很多介於宏觀與微觀層面的問題需要重視，比
如作家作品的個性特徵，是在一個怎樣的具體時空要素中，如何與區域文學
的共性特徵相互取捨與展現；比如由眾多作家作品個性匯聚而成的區域文學
的共性特徵，和其他區域文學相比又呈現怎樣的獨特個性？鑒於區域文學理
論建構問題的全面性、複雜性，本文嘗試提出幾條原則，來探討其成為區域
文學研究理論與方法支撐的可能性。

　　比如，尋找區域文學現象的家族相似性。說到家族相似性原則，我們不
能不提到維特根斯坦的原創性觀點：「考慮一下我們稱為『遊戲』的過程。……
它們的共同點是什麼？」，「我們看到了相似點重疊交叉的複雜網絡：有時是
總體的相似，有時是細節的相似」，「我想不出比『家族相似』（family
resemblances）更好的說法來表達這些相似性的特徵；因為家庭成員之間有各

〔註8〕　〔法〕H.A.泰納：《英國文學史》，〔英〕拉曼·塞爾登編：《文學批評理論——
　　　　從柏拉圖到現在》，劉象愚、陳永國等譯，第429頁，北京：北京大學出版社，
　　　　2003年。

種各樣的相似性：如身材、相貌、眼睛的顏色、步態、稟性，等等，等等，也以同樣的方式重疊和交叉。」〔註9〕我們在考究區域文學的特徵或規律時，維特根斯坦的觀點具有重要啟示價值，甚至可以構成哲學認識論的基礎。

筆者與魏建教授合作《齊魯文化與山東新文學》時，出於寫作規制與敘事邏輯的要求，我們首先遇到的問題，就是要考慮在齊魯文化影響之下產生的山東新文學的共性特徵是什麼；山東作家們在新的歷史時空中與齊魯文化的影響又是如何相互取捨與博弈，從而產生自己的獨特性和創造性。眾所周知，齊魯文化即使從最簡單的層面考慮也不是一個同質的、清晰的文化體系，齊文化與魯文化在自然地理、環境風物、民風習俗、典章文物、人文積習等各層面都存在很大差異，對具體作家的影響也因人而異，而且由於寫作篇幅的有限性還不能面面俱到，蜻蜓點水式的面面俱到自然也不足為法。經過反覆思考與梳理，我們決定將精神文化的傳承與變異作為全書的敘事核心，具體來說主要就是建構一種從「沂源人」到「東夷人」——從「齊、魯文化」到「齊魯文化」——從區域文化到民族傳統文化這樣一個文化傳承與影響的參照系。從這個參照系出發，在較為全面體會和深入梳理、分析現代山東作家創作事實的基礎上，突出山東文學的新傳統在齊魯文化舊傳統影響下發生了怎樣的傳承與變異。遵循上述思路，我們歸納出山東新文學的「文化守成主義」、「民間英雄主義」和「道德理性主義」三個整體性區域文化特色。

現在回首看，這種歸納、概括自然是刪繁就簡、問題多多。但至今我們依然認為這種歸納和概括抓住了齊魯文化與山東新文學關係的核心命題，當然這個核心命題還存在很大的深入與細化的學術空間。泰納還有句話更值得我們深思：「人類情感與觀念中有一種系統；這個系統有某些總體特徵，有屬於同一種族、年代或國家的人們共同擁有的理智和心靈的某些標誌，這一切是這個系統的原動力。」〔註10〕從這個角度看，如果說我們發掘的是齊魯文化與山東新文學互文過程中所擁有的理智和心靈的某些標誌，發掘的是齊魯文化系統流變過程中的原動力；那麼，文化守成主義、民間英雄主義和道德理性主義在這個標誌和原動力系統中，就具有「軸心」價值與作用。或許，這

〔註9〕〔英〕維特根斯坦：《哲學研究》，湯潮、范光棣譯，第45～46頁，北京：三聯書店，1992年。

〔註10〕〔法〕H.A.泰納：《英國文學史》，〔英〕拉曼‧塞爾登編：《文學批評理論——從柏拉圖到現在》，劉象愚、陳永國等譯，第429頁，北京：北京大學出版社，2003年。

可視為齊魯文化影響下的山東新文學呈現出來的某種家族相似性。正是因為具有了這種家族相似性，山東新文學在精神現象層面展現的總體區域特徵，也就能較為清晰地突出出來。

再比如，**在普遍性中尋找獨特性原則**。在普遍性中尋找獨特性，可視為區域文學共性與作家個性關係的另一種說法。一個基本事實是，我們不可能找到一個作家一部作品，從而在其文藝的虛構世界中找到完整契合我們有關區域文學的理論想像的影響因素。更多的情況，是在具體的作家作品中發掘區域影響因素在某一方面的具體呈現。儘管通過梳理某一區域作家的創作，我們完全有可能找出某種家族相似性特徵，但這些特徵也僅僅是在類型意義上的相似，而非同一性特質。如果說地理、自然、氣候等在區域影響因素中發揮的作用更為緩慢和潛移默化，也需要更長時段的觀測才能確定其發揮的實際效力；那麼風俗習慣、典章文物、人文風情等社會因素的影響，則較為直接和立竿見影。但區域文學的經驗事實在於，在大致同樣的地理、自然、氣候、風俗、習慣、典章、制度、文物、人文、風情的條件下，某一區域作家在呈現大致的家族相似性的同時，更多呈現的可能是個體創作的獨特性和創造性，尤其是對那些傑出作家而言。他們的獨特性和創造性究竟和區域因素有多大關係，應該說才是區域文學研究的需要更為關注與解釋的問題。

無論是延續、傳承和發揚區域文化的某一元素或領域，還是拒絕、反叛或增補區域文化的某一元素或領域；只有呈現出某種獨創性，一個作家或一個作家群的價值才能得以確立。比如，山東當代作家在上世紀八九十年代，曾以「魯軍」的旗號在中國當代文壇獨樹一幟。這個「魯軍」稱號，在表面的命名與指稱下面，體現的是山東文學創作的某種家族相似性，「形成了獨立或特殊的審美文學系統」〔註 11〕。當時的那些有影響的山東作家們，比如李存葆、張煒、尤鳳偉、王潤滋、左建明、李貫通等，彷彿不約而同地在關注和表達各類道德命題，從而呈現出某種集體無意識或者文化原型意識。這種家族相似性的一個耀眼內涵，當年我和魏建教授經過反覆商討，命名為道德理性精神。這種道德理性精神雖然並不是在每一位山東作家作品中得以等量齊觀的展現，但卻在總體上呈現出一種內在的、集體的文化價值傾向。尤其是與當時縱橫中國文壇的其他地域的作家和作家群相比，這種家族相似性恰好構

〔註 11〕朱德發：《現代中國文學研究「去政治化」管窺》，《山東師範大學學報》2014
　　　　年第 4 期。

成了山東作家群的一個獨特個性。今天看來，這個道德理性精神既確鑿無疑地呈現了齊魯文化對山東新文學的深度影響，也使當時的山東文學創作在全國範圍中呈現出與眾不同的思想精神特質。當年的薄弱之處在於，由於種種因素，我們還未全面梳理和深度闡釋齊魯區域因素中那些陳舊的、腐朽的、甚至的惡的負面因素，對山東作家的影響與制約。

可以簡單歸納的是，如何在某區域文學的家族相似性中發掘具體作家或作家群的獨創性，也就是在普遍性中發掘特殊性，是區域文學研究面臨的一個更為複雜、細緻和模糊的研究層面，需要研究者因地制宜、反覆辯駁，全面、充分考慮某個作家或作家群研究中的每一個環節的複雜關聯。因為即使有99%的同質性，那麼1%的差異就可能產生天壤之別，所謂差之毫釐、謬以千里是也。

又比如，**全球化語境與區域文學稟性的互文性原則**。大約上世紀八九十年代，有個學術觀點曾經很火，即：越是民族的，就越是世界的；越是世界的，就越是民族的。這些年來儘管我們越來越感受到這個學術命題的簡單、空洞、虛妄與自我中心主義，但這個命題之所以曾經觸動人心，在於它實際上蘊含著一些符合經驗事實的合理因素。從區域文學研究的視野看，它所體現的是最近幾個世紀以來人們越來越明確意識到的全球化與地方化如何相互滲透與博弈的問題。具體到文學領域，則是歌德所謂的世界文學的歷程開啟後，全球範圍內的文學的地方色彩與世界化或現代化語境的複雜關係問題。

前些年，各領域的專家學者們大談現代性問題。儘管討論來討論去還是一頭霧水，但現代性所指涉的歷史與社會事實，則毫無疑問地早已經影響、改變甚至支配著我們的存在方式。正如吉登斯所強調的：「現代性指社會生活或組織模式，大約十七世紀出現在歐洲，並且在後來的歲月裏，程度不同地在世界範圍內產生著影響。……現代性以前所未有的方式，把我們拋離了所有類型的社會秩序的軌道，從而形成了其生活形態。在外延和內涵兩方面，現代性捲入的變革比過往時代的絕大多數變遷特性都更加意義深遠。在外延方面，它們確立了跨越全球的社會聯繫方式；在內涵方面，它們正在改變我們日常生活中最熟悉的最帶個人色彩的領域。」〔註12〕現代性事件和體驗的鋪天蓋地而來，早已經以不容否認的事實，證明了純粹的地方色彩和純粹的

〔註12〕吉登斯：《現代性的後果》，譯林出版社2000年版，第1～4頁。

世界化，只是理論的幻想與虛妄。近現代以來的絕大多數文學作品的生產與傳播，事實上已經是地方色彩和世界化合二為一的產物了，差別只不過是哪一部分程度更為明顯而已。地方色彩與世界化，也就是區域文學稟性和全球化語境，已經是一個共容共生、相輔相成的一個不可分割的整體了。

區域文學稟性和全球化語境的互文性，既是區域文學生產與傳播的一個不可或缺的普遍現象，也是區域文學傳承與變異的重要內在動力源。我們在強調區域文學的地方色彩也就是區域文學獨特稟性的同時，切不可忘記這種地方色彩和區域稟性，已經絕不是「原汁原味」的地方色彩和區域稟性了，而是有著現代性事件和現代性體驗參與的、一種新的時空背景下的地方色彩和區域稟性了。我們之所以強調這種地方色彩和區域稟性，在很大程度上是我們內心深處的某種留戀和反思，在某種程度上是我們不滿於現狀而對過往所進行的重構與再造。舉個可能不很恰當的例子，正如不少人私下或公開講的那樣，沈從文筆下的湘西世界那麼美輪美奐，可是沈從文為什麼擠破頭也要留在都市而不返回那個夢幻的桃花源呢？很簡單，桃花源只會存在於內心世界。且不說實際的湘西世界，是否如沈從文作品描述的那樣；沈從文筆下的湘西世界，實際上是他飽嘗了都市體驗後，通過回憶和想像，乃至是變形與再造，在現代性事實與體驗的比照之下，重新塑造的一個心靈家園與精神樂土。

猶如成年人往往懷戀童年時代的純真和幼稚，卻再也無法返回到童年時代；人們所做的，只能是將童年的經驗進行置換，用藝術的、文化的、器物的等等諸多方式，去再造一個樂園。失樂園情懷，是區域文學稟性與全球化語境博弈過程中一個不可抗拒、無法避免的現象。由此，我們在以區域視角研究作家作品時，只有充分意識到這種區域文學稟性與全球化語境的博弈與交融，才能更為準確地把握區域文學的共性與個性。這個學術參照系不可或缺，否則我們得到的結論將是局部的、零散的，甚至是偏頗的、心造的幻影。

至於區域文學研究的方法，諸多學者自然是八仙過海、各顯神通，如今也是碩果累累。本文不必贅言。以筆者當年從事齊魯文化與山東新文學關係研究的經驗，以及多年來時斷時續的反思，區域文學研究在方法論層面上，完全可以海闊憑魚躍、天高任鳥飛。事實上，不獨區域文學研究，絕大多數的文學研究，都離不開不完全歸納的邏輯，離不開印象式把握，離不開感覺式描述，離不開經驗式概括。簡言之，文學研究不是純粹理性的學問。問題

在於，如何通過這些具體的研究方法，將區域文學研究提升到較高學術境界。抵達什麼樣的學術境界，儘管貌似和區域文學研究是否具有完整、明確而有力的理論與方法有關，而事實上更多的是和研究者自身的學術素養、創新能力等個體因素密切相關。

三、常與變：一切堅固的東西終將煙消雲散

沈從文在《長河‧題記》中嘗說：他要寫「這個地方一些平凡人物生活上的『常』與『變』，以及在兩相乘除中所有對哀樂。」〔註13〕在某種意義上，沈從文堪稱最傑出的、最具地方色彩的區域文學作家之一。他不但以其深刻觸動人心的作品建構區域文學作品的典範與樣本，而且他還充分意識到了「常」與「變」在區域文學的生成、流變過程中的深刻哲學寓意。

所謂的「常」，在某種程度上可以視為區域文學的恒定因素，甚至可以簡單地象徵區域文學的共性。而所謂的「變」，既可以視為區域文學產生、發展的流程，也可以象徵生生不息、不捨晝夜的區域文學的個性。如果沒有了共性，區域文學及其研究的依託也就蕩然無存，這正如斯賓格勒以反問方式所強調的：「歷史是不是有邏輯呢？在個別事件的一切偶然和無法核計的因素之外，是不是還有一種我們可以稱之為歷史的人類（historic humanity）的形而上的結構的東西，一種本質上不依賴於我們看得清楚的社會的、精神的、和政治的外表形式的東西呢？」〔註14〕人類、歷史、社會，歷經斗轉星移、風雨滄桑，迄今依然保持著深刻的自我同一性，就說明「常」是人類、歷史和社會的一種恒定的量。同樣，如果沒有了個性，也就是說沒有了「變」，那麼區域文學也就只能成為古董和化石。可以說，這也正是區域文學在生成與發展過程中「得以完成歷史性蛻變最為重要的一環」〔註15〕。人類、社會、歷史等儘管在表現形式上存在有限的類型化，很多人與物與事也常常以類型的、置換的方式再次出現，但終究是斗轉星移、碧海桑田、物是人非。

直面區域文學及其研究的歷史、現狀與未來，我們不但要有理論、方法上的自覺探索，更應該有哲學認識論層面的內在支撐。如果可以借用湯因比的說法：「種子是一粒粒撒下去的，每一粒種子都有它自己的命運。但是種子

〔註13〕《沈從文全集》第 10 卷，第 6 頁，北嶽文藝出版社，2009 年。
〔註14〕〔德〕奧斯瓦爾德‧斯賓格勒：《西方的沒落》，齊世榮等譯，第 13 頁，北京：商務印書館，1963 年。
〔註15〕李宗剛：《父權缺失與五四文學的發生》，《文史哲》2014 年第 6 期。

卻是一樣的；它們都是由一個『撒種人』撒下去的，目的是為了能夠得到一次總收成。」〔註16〕那麼，那麼區域文學及其研究所勘探與發掘的，或許就是去尋找一粒粒撒下去的種子，去尋找那個共同的撒種人，去盤點那些總的收成究竟含金量幾何。這，或許就是區域文學研究得以存在與發展的理由。

斯賓格勒曾經深深感歎：「『人類』是一種動物學的說法，或一個空虛的字眼。我看到的不是虛構的一份直線歷史……我看到的是一群偉大文化組成的戲劇，其中每一種文化都以原始的力量從它的土生土壤中勃興起來，都在它的整個生活期中堅實地和那土生土壤聯繫著；每一種文化都把自己的影像印在它的材料、即它的人類身上；每一種文化各有自己的觀念，自己的情慾，自己的生活、願望和感情，自己的死亡」〔註17〕我們眼中的區域文學，其實正是在「常」與「變」中上演的一場場「戲劇」。每一個區域的文學，都憑藉各自本源的力量從各自的區域應運而生，帶著那個區域山山水水、人情世故的印記，走向更廣闊的世界舞臺。然而，它也必將經歷一個生根、發芽、勃興和衰變的不息流程。

一切堅固的東西終將煙消雲散，然而新的堅固的東西也將赫然矗立。

〔註16〕〔英〕湯因比：《歷史研究》上，曹未風等譯，第306頁，上海：上海人民出版社，1997年。
〔註17〕〔德〕奧斯瓦爾德·斯賓格勒：《西方的沒落》，齊世榮等譯，第39頁，北京：商務印書館，1963年。

第六章 理性越位與中國左翼文學的觀念建構

「生命誠可貴，愛情價更高；若為自由故，二者皆可拋。」這是「左聯」乃至中國現代史上最優秀的革命詩人殷夫，用中國古典詩歌形式翻譯的匈牙利革命黨人裴多菲的一首名詩。儘管馮至等人曾經用更符合原詩的體裁形式翻譯此詩，但都不如殷夫的譯詩朗朗上口、傳唱久遠（從翻譯角度來看孰優孰劣，我自然無權置喙）。殷譯用最能引起中國人心靈和情感共鳴的音律、節奏和意境，傳達出了兩千多年飽受專制、獨裁踐踏的中國人靈魂深處壓抑已久的吶喊，這或許是它歷久彌香的原因。更為重要的是，它以詩歌藝術的魅力，吟唱出了對自由這一人類最隱秘天性的渴盼。

自由引導人民。自由是人類追求真善美境界的最崇高的旗幟，人需要信仰與存在的自由，更需要自由的信仰和存在。但人類又無法消除通往自由入口之前的黑暗。盧梭在《社會契約論》第一卷就強調：「人是生而自由的，但卻無往不在枷鎖之中。自以為是其他一切的主人的人，反而比其他一切更是奴隸。」﹝註1﹞人類的文明史才短短幾千年，然而就在這「宇宙之須臾，滄海之一粟」的歷史中，人類用創造文明的雙手，製造了多少骯髒苦難、血雨腥風。為了麵包、私欲、理想等等，人們將自由的需求讓渡給權威、讓渡給領袖，以祈求上蒼的恩賜。然而，「自由，多少罪惡假汝之名」，當大地上的精靈們率領人群造反，以革命的名義砸碎舊世界，在人間仿造天國的聖殿時，往

﹝註1﹞盧梭：《社會契約論》，商務印書館 2003 年版，第 4 頁。

往又將沉重的鎖鏈套在自由的高貴頭顱上,「本來,人寄期望於革命,渴慕革命把人從國家、強權、貴族、布爾喬亞的統治下解放出來,從虛幻的聖物和偶像下解放出來,從一切奴役下解放出來,但是不幸得很,新的偶像、聖物和暴君不斷地被造出來,他們不斷地奴役著人。」〔註2〕

　　文學,本是人類自由歌哭與吟唱的精神領地。在這方聖土上,人們寄託著太多的情與思、愛與恨、生與死,人們憑藉自由的力量,發洩著欲望和情感,塑造著意志和理念,鞭撻著假醜惡,謳歌著真善美。人們在文學的祭壇上追尋著靈魂和存在的自由。然而,文學又是懦弱的,它往往因為依附於肉體、物質和其他名目,受到依附物的誘惑而迷失自我,更可能因為沉醉於美麗的幻想而喪失本性。在滾滾紅塵的追逐中,它往往以至善至美的幻象邁開自己的步伐,又往往以冷酷的鐵血事實終結自己自由的選擇。對於罪惡、醜陋、虛偽和殘忍,它自然嗤之以鼻。但是,它卻無法擺脫神聖、真理和美感的誘惑。當它將自由的權力讓渡給那些美好的許諾時,往往在歷史的宏大敘事中遭受奴役,在渺小和驚恐中垂下自己自由的頭顱。

　　當人構造了有關社會人生的種種神話時,也就如影隨形的產生了對這些神話的依附和迷戀。意識形態想像是人類迄今為止,創造出的最為重要的神話形式之一。作為人類理性精神最重要的思維結晶之一,它就像一面模糊的鏡子,往往將鏡象當作實象,將自己的性質與實象的性質混淆起來,統統賦予世界的實存。為了聽從神話的召喚,它不惜一切力量將涉足其中的一切精神形式統御起來,它不但自己依附於自己的創造物,也要求所有的統御物必須接受這個創造物的宰制。當文學能夠意識到這種宰制時,或許能夠與之保持距離。但是,當文學為它創造的神話熱血沸騰時,卻會不知不覺將自己的生命當作祭品奉上聖壇。更可怕的是,當你拼死反對它時,卻往往又陷入它的另一種形式的陷阱。它所有的具體形式,都貌離神合地貫穿著它生命的本質追求。在意識形態的想像面前,文學在劫難逃嗎?

一、文藝的自律性與意識形態的總體性

　　一般認為,意識形態是由各種各樣的具體的(如政治思想、法律思想、經濟思想、社會思想、教育思想、倫理道德、文學藝術、宗教、哲學等等)意識形式和樣態構成的有機的、系統的思想整體體系。從歷史唯物主義和辯證

〔註2〕別爾嘉耶夫:《人的奴役與自由》,貴州人民出版社1994年版,第167頁。

唯物主義視角考察，政治思想、法律思想、經濟思想等領域與社會生產方式、經濟基礎關係最為密切和直接；宗教和哲學等意識形式，是離社會生產方式和經濟基礎最遠的層次，儘管抽象、晦澀，然而卻是意識形態的靈魂和精神基礎。至於社會思想、教育思想、倫理道德、文學藝術等意識形式，與社會生產方式、經濟基礎關係雖遠且較為曲折，但對人們的日常生活影響卻很大，是意識形態總體的中間層次。

值得注意的是，在這種知識分類和邏輯劃分上文學藝術儘管隸屬於意識形態，但是它是以自己獨特的運作方式和功能與其他意識形態形式區別開來，以自己獨特的存在形式從意識形態總體中脫穎而出獲得了獨立的自我言說權力。它作為社會意識的一個獨立的子系統，作為「虛構文本」的創造與生產、傳播與接受、分配與評價的過程，其自主性在於以其他意識形態形式所不具有的特殊審美內涵，達到自己存在的目的和意義。因此，文學藝術一經從人類總體意識中獨立出來，與意識形態總體形式及其他具體意識形式，就不再是支配被支配、決定被決定的關係。

文學藝術內容和形式的演化，首先是服從自身的規律和本質要求。這體現在它的審美價值的展現上。文學藝術的獨立性，首先在於以審美的方式滿足人類諸如愉悅等方面的精神需求，在於對人類意識和精神能力的擴展和提高。簡而言之，就是人類通過文學藝術這種精神形式，獲得意識與心靈的延伸、淨化和昇華。而它的實現方式，是意識形態總體形式以及其他意識形式所不能承載和代替的。文學藝術也正是通過自己獨特的實現方式與其他精神形式區別開來，達到自己獨立存在的本質確證。否則，它就失去了自我，成為意識形態總體形式以及其他意識形式的奴隸，也就喪失了存在的合理性和合法性，就會像黑格爾所說的意味著自身生命的終結。

之所以強調文學藝術獨立存在的理由，並不意味著文學藝術是完全獨立自足和封閉的系統，恰恰相反，文學藝術產生的母體是社會生活，它的生命之源促使它以積極的態勢與生存境遇發生互動聯繫。它的存在和演化形式，與意識形態總體形式以及其他意識形式，在生存規律和邏輯上有某種相似性，並且相互影響和滲透。但是這種相似性、影響和滲透，既非支配、被支配關係，又非從屬、被從屬關係。相對於意識形態總體形式而言，文學藝術是一個亞系統，儘管它存在於意識諸種形態的互聯關係網中，但是它必須首先遵循自身的演化規律和邏輯，遵循自身發展的原動力要求成為獨立的意識形式，

才能與其他意識形式發生互動關係。它必須用自身的話語系統進行言說。唯有在此基礎上，它才能以獨立的身份與社會意識形態總體形式以及其他意識形態具體形式，發生對話關係。

從與意識形態總體形式以及其他意識形態具體形式的互動關係來看，它是半自律性的，但是從它存在的合理性、合法性理由來看，它擁有任何人都必須尊重的自律性。正是在這個意義上，必須首先承認和尊重文學藝術的自律性，才能保證它作為一種人類意識和精神形式的獨立性，才能使它不泯滅自我、成為附屬物。也只有在這個認識基礎上，談論它的半自律性或者它的社會作用和功能，才有可能和必要，也才有價值和意義。必須堅持這樣一個觀點，文學藝術作為人類精神的獨立存在物和獨特的具體展現形式，自律性是它存在的標誌，是第一性的命題，半自律性或者說作用和功能是第二性的命題。不堅持文學藝術自律性這個第一命題，文學藝術的其他特點、作用和功能就無從談起。道理很簡單：皮之不存、毛將焉附？

中國左翼文學運動在意識形態方面所犯的最大的和最致命的錯誤，就在於嚴重顛倒了第一性命題和第二性命題的關係：極力強調文學藝術在實現意識形態總體目標過程中的社會作用和功能，有意無意的忽略文學藝術更為本質性的存在要求，以意識形態的總體性要求壓抑了文學的自律性要求，使其獨立性、主體性和創造性的存在形式，簡單地、赤裸裸地退化為意識形態的附屬物和奴隸。20世紀30年代中期，埃德加·斯諾和海倫·福斯特夫婦編選《活的中國》，向國外介紹現代中國文學。海倫·福斯特以研究現代中國文學藝術權威身份，寫了《現代中國文學運動》，論述當時文藝發展概況。其中這樣評價左翼文學：「從1927年到1932年這個期間，左翼文學有意地輕視『藝術性』，它關心的幾乎完全是宣傳、理論分析和報刊文章，其影響很大，儘管作品的藝術生命短暫。」〔註3〕的確，輕視文學作品的藝術性，將藝術性置於文學創造活動的次要位置，或者說將文藝的第一性要求附屬於第二性的社會作用和功能，是整個左翼文學運動最為明顯的追求之一。

這一傾向在左翼文學運動前期，表現尤為突出。當時，左翼文人知識分子首先是以革命者和黨派戰士的身份要求，賦予文學藝術以崇高的社會使命，高度強調文學第二性的作用和功能：「無產階級藝術，是有為無產階級的宣傳煽動的效果。宣傳煽動的效果愈大，那麼這無產階級藝術價值亦愈高。無產

〔註3〕尼姆·威爾士：《現代中國文學運動》，載《新文學史料》1978年第1輯。

階級底藝術決不像有產階級底藝術般底看起來是有趣味的東西，它是給人們底意欲以衝動，叫人們從生活的認識到實踐行動革命去。」〔註4〕「我們的藝術是階級解放的一種武器，又是新人生觀新宇宙觀的具體的立法者及司法官。革命的整個的成功，要求組織新社會的感情的我們的藝術的完成。」〔註5〕「無產階級的文學是：為完成他主體階級的歷史的使命，不是以觀照的——表現的態度，而以無產階級的階級意識，產生出來的一種鬥爭的文學。」〔註6〕類似這樣規定文學藝術的屬性和功能，在那時似乎是左翼文人知識分子的「共識」，而且其話語基礎是完全建立在意識形態支配欲衝動之上的。

　　例如郭沫若在 1930 年對「五四」新文學運動的重新解釋。他認為文學革命「第一義是意識的革命」，「第二義才是形式的革命」，並進一步強調：「古人說『文以載道』，在文學革命的當時雖曾盡力加以抨擊，其實這個公式倒是一點也不錯的。『道』就是時代的社會意識。在封建時代的社會意識是綱常倫理，所以那時的文所載的道便是忠孝節義的謳歌。近世資本制度時代的社會意識是尊重天賦人權，鼓勵自由競爭，所以這時候的文便不能不來載這個自由平等的新道。這個道和封建社會的道是根本對立的，所以在這兒便不能不來一個劃時期的文學革命。」〔註7〕照此邏輯推論，無產階級革命時代的『道』就是無產階級的意識，此時文學藝術自然要謳歌最先進的無產階級意識形態，因為它是和資本制度時代的社會意識是根本對立的，文學藝術自然要從文學革命的時代轉換到革命文學的時代，自然要載無產階級的「道」：「在革命進展的過程中，意德沃羅基的戰野是很重要的。我們要一方面打破舊意識形態在群眾中的勢力，他方面，我們要鼓勵群眾維持他們對於新的時代的信仰。」〔註8〕正是這種堅信文學藝術促進社會革命進程之偉力作用的浪漫想像，將中國自古以來文學乃「經國之大業、不朽之盛事」的思想傳統推向了現代巔峰。

　　在古代文人知識分子眼中，詩詞歌賦既可作為兼濟天下的敲門磚，又可

〔註4〕忻啟介：《無產階級藝術論》，載 1928 年 5 月 1 日《流沙》半月刊第 4 期。
〔註5〕乃超：《怎樣地克服藝術的危機》，載 1928 年 9 月 10 日《創造月刊》第 2 卷第 2 期。
〔註6〕李初梨：《怎樣地建設革命文學》，載 1928 年 2 月 15 日《文化批判》第 2 號。
〔註7〕郭沫若：《文學革命之回顧》，載《沫若文集》第 10 卷，人民文學出版社 1957 年版。
〔註8〕《讀者的回聲·普羅列搭利亞特意識的問題》，載 1928 年 3 月《文化批判》第 3 號。

作為獨善其身的把玩品，既可感歎蒼生，又可吟詠性情，是文人知識分子在進退廟堂─江湖之間所保有的一塊精神領地。如果說文學藝術在古典觀念世界中尚具有一分獨立的資格，那麼在現代革命的觀念世界中，這種獨立的品性在革命倫理道德的莊嚴審視之下，只能泯然缺席。一個文人知識分子要麼選擇資產階級的「道」、要麼選擇無產階級的「道」，選擇資產階級的「道」，自然要被歷史的進步浪潮所打翻，選擇無產階級的「道」，意味著在道義上要必須服從歷史進步潮流的要求。從左翼文學運動（可以追溯到五四時代、乃至晚清時代）以來的 20 世紀，文學藝術的身價達到了它夢寐以求但是從來沒有達到過的歷史巔峰，真正變成了經世治國的方略、政治鬥爭的晴雨表，文學藝術也從來沒有像在 20 世紀那樣成為社會政治鬥爭的弄潮兒。人們為它在世間的輝煌而激動萬分，但是沒有想到，當文人知識分子們自覺不自覺地將文學藝術推向顯赫的革命舞臺時，卻再也沒有力量控制它的命運，只能隨歷史風雲的翻捲而顛沛流離。因為文學藝術將自身奉獻給歷史和革命祭壇的那一刻起，就已經確定了自己的社會身份：犧牲！

　　如果說左翼激進派沒有看到或完全否認文學藝術的自律性，這或許是不客觀的。當年成仿吾在《全部的批判之必要──如何才能轉換方向的考察》一文中就談到：「文學變革的過程應由意識形態與表現方法兩方面聯合說明。……但是除了這種文藝＝意識形態的批判之外，我們也要顧到文藝的特殊性──表現手段與表現樣式等；這些當然也是社會的關係，所以也是物質的生產力所決定的，不過在一定的範圍內它們是由自己的發展的法則的。」然而「項莊舞劍，意在沛公」，像絕大部分左翼激進文人知識分子一樣，成仿吾的話語邏輯在於最終說明：「批判指出一種文藝的必然的發展與必然的沒落，並且闡明它的內在特質。由這種批判的努力的結果，我們可以把握它的歷史的必然的發展，認識它的必然性；我們可以自由地走向我們的目的（『必然』向『自由』的辯證法的轉換）。由這種努力，文藝可以脫離『自然生長』的發展樣式而有意識地──革命。」〔註9〕可是，以革命的「目的意識」為座標，讓文學藝術脫離「自然生長」的狀態，只能導致急功近利的拔苗助長。

　　甘人對激進派的這種作派早就冷嘲熱諷說：「他們竟可以從自悲自歎的浪漫詩人一躍而成了革命家，昨天還在表現自己，今天就寫第四階級的文學，

〔註9〕成仿吾：《全部的批判之必要》，載 1928 年 3 月 1 日《創造月刊》第 1 卷第 10 期。

他們的態度也未嘗不誠懇，但是他們的識見太高，理論太多，往往在事前已經定下了文藝應走的方向，與應負的使命。」〔註10〕這種不顧文學藝術生產的實際狀態和生長規律，以『目的意識』規範和強制文學藝術的生成走向，其最終結果只能使文學藝術喪失主體性和自律性，成為『目的意識』的奴隸，就像胡秋原所說的是藝術之否定：「一將這目的意識應用到藝術作品上，遂成為『政治暴露』及『進軍喇叭』之理論，遂至抹殺藝術之條件及機能，事實上達到藝術之否定。……而這『目的意識論』一反映到具體的作品活動之上，即為單純的概念的政論要素所充滿，表現為觀念的作品了。換言之，『目的意識』者，就是作品上露骨的政治口號乃至政論底結論之意，極模糊的政治理論之機械底適用之意。」〔註11〕

胡秋原所沒有注意到的是，這種將文學藝術的社會作用和功能置於最高位置的價值系統，不但不是「極模糊的政治理論」之適用，反而是一整套綱領清晰、目的明確、論證嚴密且極富道義力量的意識形態理論，是它在內容和形式等所有方面實現統攝力的必然邏輯實踐後果。別爾嘉耶夫在反思和解析俄國社會主義革命時，就已經看到：「革命拋棄了壓抑人的個性的社會，但它又以自己的新的『普遍性』、以要求人完全服從自己的社會性來壓抑個性，這是一種革命的社會主義和無神論思想發展中致命的辯證法。」〔註12〕意識形態作為社會進步途中最為理性化的革命想像，以推翻壓抑人性的舊世界為己任，但是它同樣要求以自己預設的理想藍圖的普遍性和總體性，來召喚和規範所有加入到革命行列中的人與物。以新的幻想取代舊的幻想，要麼反對革命、成為的革命的敵人，要麼成為革命人、服從革命的需要。革命的意識形態在實現理想的途中，同樣存在致命和自我解構的辯證法。

意識形態作為各種意識的總和，往往不是以獨立的姿態和身份進入實踐領域，而是將自己的理論架構和總體目標貫穿、滲透到各種具體的意識形式中，通過各種具體意識形式的言說影響和作用於人們的生活世界。在各種具體意識形式中，政治是意識形態最能體現自己意志的領域，「在政治演變中，最重大的事件之一是接連創造了許多新的道德實體，如正義、自由和權利等

〔註10〕甘人：《中國新文藝的將來與其自己的認識》，載 1927 年 11 月《北新》第 2
　　　　卷第 1 期。

〔註11〕胡秋原：《錢杏邨理論之清算與民族文學理論之批評》，載 1932 年 1 月《讀書
　　　　雜志》第 2 卷第 1 期。

〔註12〕別爾嘉耶夫：《俄羅斯思想的宗教闡釋》，東方出版社 1998 年版，第 40 頁。

理想」〔註13〕，意識形態為政治提供堅實的意義架構和思想基礎，政治為意識形態想像的實現提供強有力的實踐保證。意識形態與政治具有最強的親和力，以至於二者在現實實踐中極難分清彼此，所以人們通常稱之為政治意識形態。政治意識形態一旦成形，不僅繼承了意識形態固有的理論強制力，而且又將具體政治目標的實現與否，作為一個重要的衡量標準。這樣，政治意識形態就開始以理論和實踐的雙重保證力量，在人們的所有精神領域進行擴張，文學藝術領域自然是它的重點試驗區。

當然，不能否認文學藝術可能具有的意識形態色彩。但是必須清楚，意識形態在文學藝術領域的滲透和擴張，或者說文學藝術對意識形態的展現，並非是一個直接的過程，而是一個曲折的轉化過程。這一轉化過程需要通過諸如人的性格結構、心理結構、情感結構、經驗結構、意識和無意識結構等等一定形式的中介物進行。左翼激進派一味強調用文學藝術來幫助革命之成功、強調文學藝術的能動性，卻恰恰忽略和迴避了這種能動性實現的中介環節。然而正是這些中介環節的運作和實現過程，為文學藝術的創造性實踐提供了廣闊的生長空間。

對於這一問題，左派內部曾經發生過重大的爭論，像「標語口號」問題、「文藝宣傳」問題、「留聲機」問題等等。也正是在諸如此類的這些問題上，魯迅、茅盾等人和激進派發生了重大分歧。正如魯迅當年所說的「但我以為一切文藝固是宣傳，而一切宣傳卻並非全是文藝，這正如一切花皆有顏色（我將白也算作色），而凡顏色未必都是花一樣。革命之所以於口號，標語，布告，電報，教科書……之外，要用文藝者，就因為它是文藝」〔註14〕，魯迅、茅盾等人深諳文藝創作之個中三昧，不過是在承認文藝的意識形態功能前提下，為文藝創作爭取獨立的、更富活力的言說空間。然而這一涉及文藝創作生命力的問題，卻被激進派視為無產階級文學運動一個必然經歷的階段，「在無產階級運動的初期，作家由於技巧修養的缺乏，只把核心的意義寫了出來，只把要求的籠統具體的寫了出來，多少免不了帶著濃重的口號標語彩色的技巧幼稚的作品，遂被他們目為『口號標語文學』」，但「這種標語口號集合體的創作正是普羅『新文學的奠基石』」，這種現象「是向上的過程，是歷史的必然的過程」〔註15〕。

〔註13〕格雷厄姆・沃拉斯：《政治中的人性》，商務印書館1995年版，第46頁。
〔註14〕魯迅：《文藝與革命》，載1928年4月16日《語絲》第4卷第16期。
〔註15〕錢杏邨：《幻滅動搖的時代推動論》，1929年4月21日《海風週報》。

在激進派眼中，這些問題不過是技術問題、附屬問題、甚至是可以忽略不計的問題，根本無法與文藝的意識形態本質相提並論。

但是，激進派不屑一顧的意識形態與文學藝術發生關係的中間地帶，正是文學藝術作為自律性的精神形式，與外部世界發生聯繫、迸發出生命火花的創造領域。也正是在這個領域，文學藝術才能以獨立的、自足的話語言說方式實現自己的社會功能和作用，才能在確保第一性命題實現的基礎上致力於第二性命題的實現。正如當年胡秋原在反駁左派意識形態霸權時所看到的那樣，「藝術底武器，本來是通過心理及借助於形象來表現的，只是一種間接的補助的觀念的武器」，「為精神文化形態之一的藝術，固然可以影響下層建築，然而這影響是有條件有限度的。藝術之社會機能只在他作為階級心理意識形態之傳達手段，組織手段，與教育手段中」，「唯物辯證法武裝了階級的知識，而光杆的階級論卻足以阻礙文學之完全認識」，「研究意識形態固不可忽略階級性，然而亦不可將階級性之反映看成簡單之公式，不可忽略階級性因種種複雜階級心理之錯綜的推動，由社會傳統及他國他階級文化傳統之影響，通過種種三棱鏡和媒體而發生曲折」〔註 16〕。忽視意識形態與文學藝術之間這個最為重要的中間地帶，或者認為隨著意識形態的勝利文學藝術也隨之大放異彩，不啻於無知和愚昧。正如文學藝術體現意識形態的能力有限，意識形態滲透和干涉文學藝術的程度也應該是有限的，「從政治立場來指導文學，是未必能幫助文學對真實的把握的；反之，如果這指導而帶干涉的意味，那麼往往會消滅文學的真實性，或甚至會使它陷入『奉天承運，皇帝詔曰』式的文學的覆轍」〔註 17〕。如果文學藝術陷入「奉天承運，皇帝詔曰」的模式，那就只能是意識形態的複製品、政治的傳聲筒。而這正是馬克思主義創始人所極力批判和反對的。

左派意識形態話語的失當之處在於，把相對性的意識形態論述的無產階級價值理念，視為歷史絕對的普遍性訴求，並以此為前提貫穿、滲透到所有領域和人群之中，把這些領域內部的所有問題都置於它的總體要求和制約之下。以文學藝術為例，就是用意識形態的話語要求，取代文學藝術自然生長的要求，將文學藝術的價值追求置於意識形態的監控之下。所有文學藝術自身維度的命題都化約為意識形態分析，所有的分歧都變成你死我活的意識形

〔註 16〕胡秋原：《關於文藝之階級性》，載 1932 年《讀書月刊》第 3 卷第 5 期。
〔註 17〕蘇汶：《論文藝上的干涉主義》，載 1933 年《現代》第 2 卷第 1 期。

態之爭，所有強調文學藝術自律性的觀點，都可能被視為「以一面在藝術的根本認識上，抹殺藝術的階級性，黨派性，抹殺藝術的積極作用和對於藝術的政治的優位性，來破壞普洛文學的能動性，革命性，一面以普洛文化否定論作理論基礎，來根本否認普洛文學的存在，在意識形態領域的文學上解除普洛列塔利亞特的武裝」〔註18〕。這種曲解不但扼殺了文學藝術的自律性要求，實際上也窒息了文學藝術在社會作用和功能上所應當發揮的能動性。當年梁實秋就反覆申明：「純粹以文學為革命的工具，革命終結的時候，工具的效用也就截止。假如『革命的文學』解釋做以文學為革命的工具，那便是小看了文學的價值。革命運動本是暫時的變態的，以文學的性質而限於『革命的』，是不啻以文學的固定的永久的價值縮減至暫時的變態的程度。」〔註19〕且不論文學藝術是否具有固定的永久的價值，將文學藝術縮小為意識形態之一種、簡化為革命的工具，這本身就是馬、恩所痛心疾首的把馬克思主義意識形態當作公式來剪裁各種歷史事實的又一例證，結果只能是轉變為自己的對立物。

當時國民黨文人毛一波就輕而易舉的抓住了「無產階級文學論的一個根本弱點」：「這無產階級文學論，完全是從馬克思主義的觀點出發，是一般列寧黨徒繆用馬克思主義的原理於各種學問的一個結果。正因為是這樣，所以他們的無產階級的文學論，是只抓住了一個文學之社會學的或革命意義上的解釋，而蔑視了文學本身，那文學之所以成長和存在的心理的因素。然而我們知道限於文學之社會的解釋是不夠的呵。」〔註20〕左派以政治意識形態的絕對意志和機械想像，將文學藝術拽上革命的戰車，卻忘記了革命的戰車總是踏著橫飛的血肉滾滾前行。左派自以為賦予了文學藝術以前所未有的榮耀，殊不知「是在用盡平生氣力只舉起了一個空心的紙燈籠」〔註21〕，這不但會引導文學藝術走向終結，而且也是為意識形態想像自掘墳墓。其結果不是陷入實用主義的泥沼難以自拔，就是在虛無主義荒誕和極端的邊緣徘徊。

〔註18〕綺影：《自由人文學理論檢討》，載 1932 年 12 月 15 日《文學月報》第 5、6 號合刊。

〔註19〕梁實秋：《文學與革命》，載 1928 年 8 月 1 日《新月》第 1 卷第 4 期。

〔註20〕毛一波：《關於現代的中國文學》，載 1928 年 8 月 1 日《現代文化》創刊號。

〔註21〕蘇汶：《「第三種人」的出路》，載 1932 年 10 月《現代》第 1 卷第 6 期。

二、實用主義姿態與烏托邦想像

別爾嘉耶夫在 1933 年分析虛無主義與蘇俄革命關係時，就指出過：「共產主義的空頭理論家們沒有注意到建立在他們全部追求基礎上的一個根本矛盾。他們希望解放個性。他們宣布，為了這一解放起來反對所有宗教信仰、全部規範、全部抽象的思想。以解放個性的名義推翻了宗教、哲學、藝術、道德，否定精神和精神生活。但正是這樣卻壓抑了個性，剝奪了其實質內容，抽空了其內心生活，否定了創造和精神豐富性的個性權力。」〔註 22〕當別爾嘉耶夫正在思索和抨擊這一革命現象的惡果的時候，蘇俄革命的中國兄弟們，卻在自己的土地上如火如荼的進行著同一現象的演練。絕大部分左翼文人知識分子都陷入了「革命與文學」（或者說是意識形態與文學）關係框架的想像性重新建構中。其中激進派最為執著和癡迷。

革命與文學（政治與文學，或者意識形態與文學），之所以成為困擾 20 世紀文人知識分子特別是左派的命題，或者說是二律背反式的世界性命題，與共產主義運動的興衰有著極為密切的直接關聯。人類歷史上還沒有一種學說和主義，像馬克思主義學說那樣，讓信仰之舟載著人類未來大同世界的夢想，在浩渺無涯的實踐海洋中掀起狂風巨瀾，駛往永無盡頭的歷史彼岸。人類歷史上也還沒有哪一個階級、政黨和集團，像無產階級及其政黨集團那樣，以神聖的未來召喚文學藝術踏入革命的洪流，以鐵血律令召喚文學藝術成為革命的吹鼓手。任何一種主義、一種學說、一種信仰，如果企圖從想像領域跨入實踐領域，如果企圖將對歷史和未來的設計變為可見的社會實存，必然在預設宏偉遠景藍圖的同時制定具體的行動綱領、手段和目標，以未來和現實的雙重誘惑招募信徒和追隨者，使之獻身於創世神話般的革命浪潮中。或者說它必須以終極價值意義和現實利益要求的雙重支撐，來展示自己的永恆性和真實性，來滿足人類的未來暢想和現世欲望。

一位研究者曾這樣引述弗萊對神話原型和意識形態關係的看法：「任何一種意識形態一開始總是提供在自己看來是恰當的傳統神話形式，然後才將其應用於形成和加強社會契約。由此，意識形態是一種經過應用的神話，而且它對神話的改編，就是我們在處於一個意識形態結構內部是必須相信或聲稱我們相信的神話。」並且這位學者進一步引申說：「馬克思主義首先是真正的

〔註 22〕別爾嘉耶夫：《俄羅斯思想的宗教闡釋》，東方出版社 1998 年版，第 53～54 頁。

神話或想像性敘述的表達———一種人類自由的現代神話——然後才成為一門科學理論或一個與政治集團或社會相聯繫的占統治地位的信仰體系。」〔註23〕的確，惟有高懸終極理想，才能使人保持追逐烏托邦想像的熱忱和永久動力；惟有立足現世關懷，才能使人以實用主義姿態將信仰轉化為現實實踐。馬克思主義既是人類創世神話的集大成者，又是滿足人類現世欲望的言說法理，並且在二者之間建構了一座繽紛眩目的彩虹橋。

共產主義之所以在20世紀從空想變為科學，從學說變為革命實踐綱領，單單是它對人類自由王國的浪漫想像和對塵世社會人生的深切關懷，就足以激發起人們「為有犧牲多壯志，敢叫日月換新天」的豪邁情懷，激勵人們將矗立於世界彼岸的自由王國搬演到人間大地之上。但是，意識形態的狂熱想像，終究敵不過歷史規律的冷酷無情，後革命時代絕非「到處鶯歌燕舞」。歷經革命的壯懷激烈和革命終結之後的歲月，顧準這位沒有在意識形態狂熱想像面前屈服的思想家回答說：「革命的目的，是要在地上建立天國——建立一個沒有異化、沒有矛盾的社會。我對這個問題琢磨了很久，我的結論是，地上不可能建立天國，天國是徹底的幻想；矛盾永遠存在。所以沒有什麼終極目的，有的，只是進步。」〔註24〕

理解和接受顧準的答案並不困難，困難的是怎樣理解和接受那些永遠存在的矛盾，特別是曾經存在過的、已成為歷史精神資源的、並且依然影響和制約我們現世選擇和未來想像的那些矛盾。這與革命的烏托邦想像密切相關。烏托邦一詞的涵義來源於希臘文「無」和「場所」兩個詞彙，即無場所的事物。它因為托馬斯·莫爾的《烏托邦》一書而廣為流傳，兼有褒、貶雙重涵義。但是現在它的貶義已遠遠超過褒義。卡西爾在論及「事實與理想」關係時這樣認為：「一個烏托邦，並不是真實世界即現實的政治社會秩序的寫照，它並不存在於時間的一瞬或空間的一點上，而是一個『非在』（nowhere）。但是恰恰是這樣的一個非在概念，在近代世界的發展中經受了考驗並且證實了自己的力量。它表明，倫理思想的本性和特徵絕不是謙卑地接受『給予』。倫理世界絕不是被給予的，而且永遠在製造之中。……烏托邦的偉大使命就在於，它為可能性開拓了地盤以反對對當前現實事態的消極

〔註23〕裴·阿丹姆森：《弗萊與意識形態》，載《弗萊研究：中國與西方》，中國社會
　　　　科學出版社1996年版。
〔註24〕《顧準文集》，貴州人民出版社1994年版，第370頁。

默認。」〔註 25〕之所以說馬克思主義是烏托邦，就在於它的意識形態想像首先確立的，是一個具有絕對形而上學意味的理想社會目標和最高價值境界。馬克思在《1844 年經濟學哲學手稿》中就強調：「這種共產主義，作為完成了的自然主義，等於人道主義，而作為完成了的人道主義，等於自然主義，它是人和自然界之間、人和人之間的矛盾的真正解決，是存在和本質、對象化和自我確證、自由和必然、個體和類之間的鬥爭的真正解決。」〔註 26〕因此，共產主義是人類歷史的自我完成，在經驗層面上表現為人類歷史向這一理想社會目標和最高價值境界的不斷趨近。

　　馬克思主義對人類社會終極價值目標的預設，旨在以超驗的最高價值尺度引導人們不斷實現自我超越，「一切有生命的事物都趨向於越過自身、超越自身。一旦它不再這樣做，一旦它為了內部或外部的安全而為自身所束縛，一旦它不再尋求親身經歷生命的試驗，它也就喪失了生命。生命只有敢於自我冒險、自我拚搏、自擔風險地盡可能超越自身時，它才贏得生命。這一普遍原則，存在本身的這一普遍的根本法則或本體結構，即生命在力求保存自身的同時又超越自身，生命在自身之中同時又力圖在它的超越過程中保護自身，也是對烏托邦適用的一種結構、一個原則」〔註 27〕，共產主義理想作為懸浮在可能性和不可能性之間的烏托邦想像，其積極意義就在於使人不再屈從於現存的不合理秩序，打碎旨在維護現有不合理制度的鎖鏈，實現一定程度的自我超越。但是不容否認，這一至善至美境界，只能作為一種崇高價值存在於理念邏輯世界之中，不可能在人類能力所及的現實經驗世界中完全表徵出來。

　　恩格斯在《共產黨宣言》的《1883 年德文版序言》《1888 年英文版序言》一再強調「《宣言》是一個歷史文件」，並一再強調實現《宣言》基本思想的事實尺度：「每一個歷史時代的經濟生產以及必然由此產生的社會結構，是該時代政治的和精神的歷史的基礎；因此（從原始土地公有制解體以來）全部歷史都是階級鬥爭的歷史，即社會發展各個階段上被剝削階級和剝削階級之間、被統治階級和統治階級之間鬥爭的歷史；而這個鬥爭現在已經達到這

〔註 25〕卡西爾：《人論》，上海人民出版社 1985 年版，第 77～78 頁。
〔註 26〕《1844 年經濟學哲學手稿》，載《馬克思恩格斯全集》第 42 卷，人民出版社 1979 年版。
〔註 27〕保羅・蒂里希：《政治期望》，四川人民出版社 1989 年版，第 221 頁。

樣一個階段，即被剝削被壓迫的階級（無產階級），如果不同時使整個社會永遠擺脫剝削、壓迫和階級鬥爭，就不再能使自己從剝削它壓迫它的那個階級（資產階級）下解放出來。」〔註27〕請注意恩格斯所用的限定語：同時，永遠，不再能。然而，這在人類能力所及的經驗領域如何可能？馬、恩之後的馬克思主義意識形態，無視馬克思主義創始人理論構想中的歷史超驗性質的規定，一味強調社會生產力決定生產關係、經濟基礎決定上層建築，力圖通過揚棄私有財產、達到按需分配的社會制度的方式來消解超驗和經驗的永恆矛盾，恰恰是誤解了馬克思主義創始人預設烏托邦超驗想像的積極意義和現實價值。

事實上，正如「人創造了宗教，而不是宗教創造了人」一樣，烏托邦想像只不過是以彼岸世界的真理形象，表達人們擺脫現世困境的欲望。當人在烏托邦的想像世界尋找真實性和此岸性的時候，找到的不過是自己本身的反映。當人憧憬最浪漫主義的烏托邦時，所期待的不過是最現實主義的塵世欲望。在以往的歷史時代，人們建構了各種類型的烏托邦，期待著它降臨到現世。其實，烏托邦對於現世的積極意義在於，以自身蘊含著的生氣勃勃的動力，凝聚和增強人們的戰鬥精神力，打碎更為僵死、更為陳腐的觀念形態及現實對應物，激勵人們打碎不合理的為反動、落後階級服務的社會秩序。烏托邦的激情和狂熱，在達到巔峰狀態的時候，往往開始展現它的奴役力量。人可能意識不到自己真正和最終的目的，但是能夠將烏托邦的蠱惑化為實用主義的力量，從而獲得現實的勝利，不過這種勝利因為人的實用主義本能，卻不斷消解和腐蝕著烏托邦對人的積極意義。人不能不追求至善至美，不能不嚮往彼岸世界、世外桃源，但人所追求和所向往的烏托邦在美感眩暈中付諸實踐時，往往以完美、自由、合人性等幻象，重演人間歷史不曾間歇的真實悲劇。烏托邦激情和狂熱本來是指向無限的、理想的彼岸世界，但是實踐要求往往混淆理想與現實、有限與無限、此岸與彼岸的界限，卻又永遠匱乏二者相互轉換的對等條件。

烏托邦的天性在於追求觀念和事物的無限性，但實踐力量又使它委身於自己的對立面——有限性本身。當人們以為無限的、理想的彼岸世界能夠駐足於塵世的時候，人的實用主義天性就開始承擔起攫取的要求。此時，烏托

〔註28〕《共產黨宣言》，載《馬克思恩格斯選集》第 1 卷，人民出版社 1972 年版。

邦思想和信念就要求轉化為實際的政治行動，人們的政治權力欲望膨脹，以各種手段攫取實際的政治權力，就像古往今來一切宗教戰爭打著聖戰的旗號一樣，人們自以為是為全人類的解放而奮鬥。烏托邦理想假定社會絕對和諧自由，所以保持信仰和實踐純潔性的唯一辦法是讓所有人都有同樣的看法，因此當烏托邦狂熱轉化為實用主義的佔有欲之後，獨裁、專制就可以名正言順的打著理想的旗幟發號施令，並且自視為社會進步、歷史真理和全人類利益的代言人。

孰不知這種自封革命資格的合理性合法性依據，不過是建立在主體人的自我想像和自我建構基礎上。別爾嘉耶夫就對這種「革命創造新人」的自我言說倍感焦慮：「馬克思在青年時的論著中曾說，勞工不具有人的高質，他們是更加非人性、更加喪失人的本性的生存。但後來，在馬克思主義的歷史中卻產出關於無產階級的神話，其影響甚大。這種彌賽亞論認為，勞工群眾比有產者群眾更優秀，更少墮落，更贏得同情。其實，勞工也一樣被依賴感、仇恨和嫉妒所支配，一旦勝利，他們也會成為壓迫者、剝削者。這在人類歷史上已一再重演，甚至人類歷史就是這麼一齣荒誕劇，即富人盤剝窮人，爾後，窮人去殺富人。……馬克思的無產階級缺乏經驗的真實，僅是知識分子構想的一項觀念和神話而已。就經驗真實來說，無產者彼此就有差異，又可以類分，而無產者自身並不具有圓滿的人性。」〔註29〕事實的確如此。無產階級在倫理道德本性（或人性）上並不具有優位性，所具有的革命正當性的唯一理由，就是他們是被剝削者、被壓迫者和犧牲品。弗洛伊德在《文明及其不滿》中就認為，財產性質的改變並不能改變人的本能，「侵犯性並不是由財產創造出來的」，他強調說：「在我看來，人類所面臨的嚴峻問題是，是否和在什麼程度上人類的文化發展將會成功地控制由侵犯和自我破壞的本能所引起的對他們共同生活的擾亂。」〔註30〕所以就人之本性而言，革命的資格和權力的有無，往往取決於一個人在現實社會所遭受壓抑的程度和對理想狀態的渴望強度，革命的正當理由，在於一個人心靈和肉體所遭受的非人道的奴役。正如許多革命領袖和積極分子是背叛了所從屬的反動階級，許多反動階級的爪牙和打手正是出身於流氓無產階級。

那麼，誰才有資格成為革命的代言人和烏托邦理想的實現者呢？問題又

〔註29〕別爾嘉耶夫：《人的奴役與自由》，貴州人民出版社1994年版，第187頁。
〔註30〕轉引自俞吾金：《意識形態論》，上海人民出版社1993年版，第197～199頁。

回到了當年左翼激進派的論調上：不管他是第幾階級的人，只要具有了革命動機，就可以參加到無產階級革命運動中，而所謂革命動機的有無，取決於是否掌握了無產階級的革命意識形態。革命的起源問題，最終落腳於人的意識形態想像，革命的進程也在最浪漫的烏托邦理想和最實用的政治行動中搖擺。烏托邦想像在理想狀態的映襯下，往往使革命者專注於那些否定不合理現實的因素，製造和呼喚那些摧毀和改變陳腐現狀的力量。一旦遇到現實的巨大阻力，烏托邦想像就開始轉化為意識形態專政，以實用主義姿態背叛自己理想的方式。

或者說，意識形態為了實現自己的現實使命，不但向自身提出挑戰，而且往往違背烏托邦的理想主義指向。意識形態想像從烏托邦理想滑入實用主義泥潭，並不以自身的意志為轉移。拉薩爾就非常清楚革命的歷史悖論：「革命的力量是在於革命的狂熱，在於觀念對自己本身的強力和無限性的這種直接信賴。但是狂熱——作為對觀念的全能的直接的確信——首先是抽象地忽視有限的實行手段和現實的錯綜複雜的困難。」〔註31〕但是這並沒有使他在創作《弗蘭茨·馮·濟金根》時避免這一矛盾。馬克思批評他「最大的缺點就是席勒式地把個人變成時代精神的單純的傳聲筒」〔註32〕，恩格斯也認為「不應該為了觀念的東西而忘掉現實主義的東西，為了席勒而忘掉莎士比亞」〔註33〕。馬、恩都一再強調，只有將較大的思想深度和意識到的歷史內容同文學藝術自身的豐富性、生動性完美融合起來，才是文學藝術的未來。但是革命實踐不但沒有彌合意識形態想像與文學藝術創作之間的矛盾，反而一而再、再而三地重新演示這一難題。不用說，中國左翼文學運動對於文學藝術服從於革命想像的要求，就在於對意識形態觀念無限力量的信賴，就在於將文學藝術與意識形態的錯綜複雜關係簡化為傳聲筒模式。

如果說拉薩爾清楚地意識到這一矛盾，尚無法避免在創作中落入意識形態觀念的陷阱，那麼中國左翼文人知識分子特別是激進派，不但意識不到這一問題的致命之處，反而有意識地強化意識形態觀念對文學藝術創作的束

〔註31〕《拉薩爾附在1859年3月6日的信中關於悲劇觀念的手稿》，載《馬克思恩格斯論藝術》第1卷，中國社會科學出版社1982年版。
〔註32〕《馬克思致斐·拉薩爾，1859年4月9日》，載《馬克思恩格斯論藝術》第1卷，中國社會科學出版社1982年版。
〔註33〕《恩格斯致斐·拉薩爾，1859年5月18日》，載《馬克思恩格斯論藝術》第1卷，中國社會科學出版社1982年版。

縛，其結果是可想而知的。抽象的意識形態性總是貧乏的、枯燥的和無詩意的，不可能直接轉化為活生生的文學藝術生命，正如盧卡契所看到，左派或許出於善良的意圖，想使文學藝術迅速服務於一個才規定不久的目標，但是一方面過低估計了革命者靈魂深處舊的殘餘，另一方面又過高地估計了觀念的力量，從而在實質上歪曲了意識形態想像與文學藝術的真實關係，「人的思維是否具有客觀的真理性，這並不是一個理論的問題，而是一個實踐的問題。人應該在實踐中證明自己思維的真理性，即自己思維的現實性和力量，亦即自己思維的此岸性。」〔註34〕盧卡契在闡釋文學的遠景問題時就強調，文學的公式主義等弊端存在的根源，就在於不正確的塑造遠景和表現遠景，「馬克思說，真正地向前邁了一步比任何一個措辭漂亮的綱領都要有意義。文學也唯有這樣才能有意義，有非常大的意義，要是它能夠通過形象把這一步表現出來的話。如果在我們的文學中只是把一種綱領性的要求表現為現實——這是我們的遠景和現實問題——，那麼我們就完全忽視了文學的現實任務。」〔註35〕然而當左派將意識形態想像與文學藝術的關係，確立為真理和真理的形象表達之後，卻完全拋棄了重新接受實踐檢驗的可能。它愈來愈要求把它對文學藝術與意識形態關係的解釋作為一種特權和一種慣例。

當年胡秋原對此就極為反感：「左翼批評家盡可站在馬克斯主義觀點，分析他們的作品，但是，作家（自然要真正算得一個作家）有表現他的情思之自由，而批評家不當拿一個法典去限制他們。……文學上階級性之流露，常是通過極複雜的階級心理，社會心理，並在其中發生『屈折』的。……因為一個藝術家，他沒有銳利的眼光，觀察生動的現實，只有做政治的留聲機的本領，就是刀鋸在前我也要說他是一個比較低能的藝術家。……要知道高爾基等之所以偉大，在他是革命的春燕，不是革命的鸚鵡啊。……階級性檢定所所長舒月先生判定我是『小資產階級』，這判決，我並不抗議。但即在蘇聯，恐怕也不禁止這一階級的存在。而除非社會組織根本改變了百年以上，這階級也不會絕跡的。尤其在中國，舒月先生和我，乃至其他革命家，恐怕誰也不能說是『百分之百』把握了無產階級的意識；那差異，恐怕也不過半斤八兩而已。……天天叫他人『克服』，而自己以為無須『克服』了這是最無希望

〔註34〕《關於費爾巴哈的提綱》，載《馬克思恩格斯選集》第 1 卷，人民出版社 1972年版。

〔註35〕《盧卡契文學論文集（一）》，中國社會科學出版社 1980 年版，第 459 頁。

的態度，而不是一個革命者所應有的。……不要以為自信是革命的階級的觀點，就什麼都完了。」〔註36〕

意識形態不過是一種思想描述形式，它的目的是使人的社會實踐變得有意識、有活力，為的是克服社會存在的衝突。它以直接的必然的方式從實踐中產生的同時，又必須時刻接受實踐的進一步驗證。忽視了這一點，意識形態異化就會在相當大的程度上泛濫於人的精神領域，進而侵蝕和奴役人的精神和生活世界。無視和簡化文學藝術自身結構和生產要求、誇大意識形態觀念的地位和作用的態度，不是淪為實用主義的急功近利，就是陷入以激進口號否定現存一切的烏托邦狂熱。這種狀態下的意識形態想像不可能成功地實現自己所設計的內容，雖然它們對於個人主觀行為來說常常是善意的動機，但在實際體現它們的實踐中，其含義卻經常被歪曲，並且往往變異為思想的專制和精神的獨裁。當年的韓侍桁就預言：「現今左翼文壇的橫暴，只是口頭上的橫暴，是多少伴著理論鬥爭的一種橫暴，若比起現統治階級對於左翼作家們的壓迫，禁錮與殺戮，還是有天淵之別的，因為他們現在沒有權力來禁錮與殺戮；一旦有了之後，是否怎樣，這也就難說了。」〔註37〕不幸得很，歷史在幾十年後不但應驗了，其登峰造極只怕是韓侍桁們所無法想像的。更為不幸的是，當年那些熱血沸騰的激進戰士，最終也沒有逃脫他們曾經參與製造的那些宏大意識形態觀念的制裁。觀念不但背叛了自身，也背叛了它的創造者。

三、理性的僭妄與期待

葛蘭西嘗言，知識分子是上層建築體系中的「公務員」，是統治集團的「代理人」〔註38〕，其職能就是為一定的社會集團掌握和行使社會領導權提供知識、思想、道義的支持，以理性化的言說系統論證該社會集團統治的合法性、合理性。中國左翼文人知識分子在馬克思主義意識形態獲取和行使社會領導權過程中所起的作用是不言而喻的。沒有左翼十年間左派文人知識分子的鼓吹吶喊，很難想像馬克思主義意識形態會以風捲殘雲之勢迅速佔領中國人的精神世界。理解政治意識形態對中國社會發展的影響，不能不追溯到左翼文

〔註36〕胡秋原：《浪費的爭論》，載1932年12月《現代》第2卷第2期。
〔註37〕韓侍桁：《論「第三種人」》，載《文學評論集》（侍桁著），上海現代書局1934年版。
〔註38〕葛蘭西：《獄中札記》，中國社會科學出版社2000年版，第7頁。

人知識分子那裡。通過對左翼文學思潮意識形態問題的梳理、考察、分析和批判，我們已經能夠清晰地看到，意識形態想像是如何以實現理想的方式背叛了自己，是如何以實用主義態度剝奪了自由的生存空間，是如何以悲劇事實扭曲了自己的初衷、蛻化為意識形態專政。事實上，意識形態專政在中國人的精神領域呈現整體性的泛濫態勢，文學藝術領域只不過是一個重災區。因為文學藝術是人的直覺世界、情感世界和精神世界的最直接、最鮮活的表現形式，其敏感性和脆弱性使之在意識形態重負面前，愈發顯得不可承受和觸目驚心。

　　不能簡單地斥之為謬誤就一了百了，也不能以左翼文人知識分子的致命錯誤來說明批判者自身的正確。假如我們生存在那樣一個「白色恐怖」的歷史語境中，假如我們每一個人都有良知和正義感，假如我們每一個人都要行使自己正當的社會使命，我們在歷史的風雲際會面前會如何抉擇？紅色恐怖固然無可忍受，但白色恐怖更令人憎惡。在光明與黑暗、正義與邪惡、真理與謬誤的抉擇中，我們所作所為的正當性、合理性或許還不如他們。不可否認，革命進程中有難以計數的投機家、陰謀家成為時代英雄，在歷史舞臺上叱咤風雲、大顯身手，但是不可否認的是，和平年代的投機家、陰謀家更是如過江之鯽數不勝數。革命的謬誤與罪惡只不過是在革命聖潔的光環映襯下愈發引人矚目。革命的消極意義在於打開了潘多拉的盒子，讓人們在狂熱中自相殘殺。革命的積極意義在於它代表著人類追求至善至美的烏托邦精神的永不衰竭。因革命的消極影響而全盤否定革命，與無限誇大革命的積極影響而無視血的代價，同樣都是不可取的。告別革命，告別的應當是革命的異化形式，而不是那些鼓舞人追求超越的生命動力。問題的關鍵在於價值判斷上的「反左防右」。這種權利不能只屬於政治家和政治行為。我們更應當追尋事件背後更為深層的那些人類共有的精神因素，不然的話，「殺了我一個，還有後來人」，歷史還將持續不斷地反覆演繹著同樣的悲劇，同樣高舉著「光芒四射」的旗幟。

　　眾所周知，在 20 世紀的中國，思想、知識和文化界逐漸擺脫傳統的話語思想資源，運用西方啟蒙運動以來的精神文化資源，來論證社會制度、社會生活、價值追求的正當性與合理性。從整體上來看，20 世紀是人類社會追求現代化的時代。人們延續和發揚了啟蒙運動以來「人的解放」觀念，將理性精神定

位為「人的解放」的旗幟,「現代的意味著理性的和『理性化的』」〔註39〕。合理性是區別現代社會與古典社會的根本標誌,是現代社會自我定義和自我確證的歷史尺度。人們將理性化理解為一個使社會事務和狀態日趨合理、清晰、連貫、統一和全面的過程,合理性的規範也要求將本來建立在經驗觀察基礎上的理性,擴展到人類生活的所有領域,「人們以為,通過把理性理解運用到科學和技術領域以及人的社會生活中,人的活動就會從先前存在的束縛中解脫出來」〔註40〕,人們認為無所不能的理性化理想本身就是實現人類社會理性化的最佳工具,「達到理性化理想的那個過程的名稱本身就相當重要:人們給它起了『現代化』這一名稱。」〔註41〕在追求「人的解放」過程中,理性化的目的和功能就在於把先前決定人的生存的社會與自然世界置於人的控制之下。理性化的追求,帶來的是解放政治的興起。從廣義視角來看,據吉登斯的概括,解放政治涵蓋著三種整體視角:激進主義(主要指馬克思主義),自由主義和保守主義。激進主義政治和自由主義政治,都追求使個人和群體從先前產生的社會不合理狀態中解脫出來,自由主義希望通過個體不斷解放和自由國家的建構相結合實現理性化理想,激進主義則寄希望革命性的巨變來實現個人和社會的理性化整體規劃,而保守主義只是對上述兩種思想的拒斥和批判得以發展。〔註42〕

不用說,先覺覺後覺,這種理性化浪潮以普遍主義的、先進的面貌,東移到19世紀末20世紀初的前現代中國。崇尚理性精神在社會事務中發揮的巨大作用,成為思想、知識和文化精英們借鑒和推廣的最重要的思想主題。解放政治的三種基本面貌,也呈現在中國追求現代化的歷史舞臺上。可以說,馬克思主義是解放政治中最為旗幟鮮明的激進式理性化理想。它的激進,不僅體現在具體的革命實踐上,而且從更為深層的原因來說,還主要體現在對理性的期待和對理性精神的運用上,正如曼海姆所強調的:「社會主義—共產主義理論,就是直觀論和以極端理性的方式去理解現象的確定願望的綜合。這種理論中有直觀論,因為它否認在事件發生之前對它們進行精確預計的可能性。理性主義傾向是它在任何時候都使無論什麼新奇的東西適應於理性的

〔註39〕 希爾斯:《論傳統》,上海人民出版社1991年版,第386頁。
〔註40〕 吉登斯:《現代性與自我認同》,三聯書店1998年版,第247頁。
〔註41〕 希爾斯:《論傳統》,上海人民出版社1991年版,第385頁。
〔註42〕 參見吉登斯:《現代性與自我認同》第247頁的有關論述,三聯書店1998年版。

框架。……尤其是革命，創造了一種更有價值的知識類型。這就構成了人們可能進行的綜合，當人們生活在非理性之中，而且意識到了這一點，但他們並不絕望，仍然試圖對非理性做出理性的解釋。」〔註43〕中國馬克思主義意識形態的崛起並逐漸成為全社會的統治思想，在很大程度上就是依靠它的直觀論色彩和極端理性主義理解方式，獲得了急於建構富強文明的現代化國家的文人知識分子的青睞。馬克思主義意識形態作為理性精神在20世紀中國社會實踐中的具體演練和展現，構成了20世紀中國解放政治最為高亢、最為激進和最有影響的一翼。

　　解放政治在總體上關心的是克服剝削、不平等和壓迫的社會關係，追求正義、平等和公正的社會人生理念。解放政治的實質，在於把「拯救」看作是個體或群體擺脫社會既定結構壓抑和束縛、發展人的全面理性能力的手段〔註44〕。中國的馬克思主義者們將理性化理想中追求的社會狀態賦予了具體形式，為馬克思主義解放政治建構了歷史舞臺，同時也賦予自己肩負實現理性化理想的「拯救」使命。但是必須明確，衡量一種解放政治成功與否的標誌，不完全在於它的理性化預設和美好願望，而在於是否成功地實現了自己的兩個基本內涵：「一個是力圖打破過去的枷鎖，因而也是一種面向未來的改造態度，另一個是力圖克服某些個人或群體支配另一些個人或群體的非合法性統治。」〔註45〕毫無疑問，馬克思主義意識形態作為解放政治，正是以打碎過去枷鎖、面向未來的改造態度，獲得了強有力的現實實踐形式，但是不容否認的是，它對祛除腐朽社會的沉痾已久的那些非合法性精神統治並沒有多少人性意義上的實質性進展。

　　問題的關鍵在於，所有的解放政治實施「拯救」使命，都必須借助於權力機制來運作，這樣它就先驗地把人群首先劃分為不同的等級系統，讓解放者將理性化理想灌輸給被解放者，以種種形式使之接受和贊成。對於馬克思主義意識形態來說，無產階級就是解放政治的代理人和歷史的推動力，人類的普遍解放要通過無產階級秩序的實現來獲得。但是，權力機制的運作並不遵循理性化理想的預設，正如別爾嘉耶夫在蘇俄社會主義革命中看到的「新的社會階層急驟上升，並湧向政治舞臺。過去，他們的積極性橫遭壓抑，是

〔註43〕曼海姆：《意識形態與烏托邦》，商務印書館2000年版，第130頁。
〔註44〕參見吉登斯：《現代性與自我認同》第250頁的有關論述，三聯書店1998年版。
〔註45〕吉登斯：《現代性與自我認同》，三聯書店1998年版，第248頁。

一群受壓迫者；而現在，為著爭取自己新的社會地位，他們前仆後繼，不惜犧牲」〔註46〕，以新的權力等級秩序代替舊的權力等級秩序。這在中國社會主義解放政治的實踐過程中，過程與結果也是異曲同工。馬克思主義意識形態作為被認可的中國解放政治的真理，自誕生之日起就與維護它的權力體系處於一種循環關係中，作為真理它引導權力的實施，而權力的實施又擴張了它的勢力範圍。馬克思主義意識形態從理性化理想中脫穎而出，又因為權力機制的擴張構築了理性的霸權。理性化理想的雄心在於相信人類不必再處於命運的掌握之中，人們可以改變和創造歷史，理性精神會在人類歷史上以至高無上的能力大行其道，但是理性化理想的實踐歷史，卻塑造了理性的殖民事實和理性的霸權機制。

事實上，儘管馬克思主義意識形態能夠認識到非理性的作用，但是當它試圖通過新的理性化或者說是辯證理性化來消解非理性時，也就落入了理性固有的歷史敘事圈套：「只有理性君臨一切，只有理性才能命令一切。合理性的便把它永遠化，絕對化；只有他底理性的範疇，可以解明世界，只有精神的活動可以提高人格。總而言之，歷史之所以進展，社會之所以發達，只是有理性為其指針，精神為其原動力的原故。其餘的一切都應該蔑視，縱不然，也不過只有附帶的僅少的價值和意義罷了。」〔註47〕當年自居為中國左翼文化運動重要哲學家的彭康，依據馬克思主義理論，激烈批判以往理性化理想形式的種種弊端，但是非常可惜的是，並沒有意識到自己秉持的價值理念所存在的內在缺陷，套用大俗話說就是「老鴰飛到豬腔上，只看到別人黑，沒看到自己黑」。其實像彭康一樣，大部分（中國）馬克思主義信徒，都忽視了馬克思主義理性化理想形式難以解決的內在矛盾。

從馬克思主義意識形態解放政治的表現形式來看，中國左翼文學（化）運動是一個重要的「戰野」。當時左翼文人知識分子尤其是激進派，曾經這樣訴說「革命」追求：「真正的無產階級革命乃是喚起民眾自發地將國家權力從統治階級奪來，組織半國家。在這種半階級底政權底下，消滅敵方階級，使社會組織更進於高級階級，一切人民才能獲得真正的自由平等，社會才沒有剝削者與被剝削者。」〔註48〕但是這種理想所希冀的「半國家」、「自由平等」

〔註46〕別爾嘉耶夫：《人的奴役與自由》代序言，貴州人民出版社1994年版。
〔註47〕彭康：《哲學地任務是什麼？》，載1928年1月15日《文化批判》創刊號。
〔註48〕《革命》，載1928年5月15日《文化批判》第5號。

狀態，無論當時還是現在都沒有真正實現過。左翼文人知識分子們通過文學藝術的意識形態化幫助革命成功的願望，不過是一種為社會急劇變革而奮鬥的理性化想像在社會運動和社會心理上的焦灼反映。但是這種理性化想像一旦成為現實社會意識，便成為群眾運動極其重要的驅動力。理性化理想也從思想精神領域轉入實踐領域，並開始主宰人的行為。這一方面是對其行為的肯定，是革命階級群體確認的形式，另一方面帶來的是對事物的扭曲和變形，強調了馬克思主義意識形態理性化想像的功能性，卻忽視了這種理性化理想的認識侷限。周揚曾經這樣回憶實現無產階級理性化理想的「革命」狀態：「左翼文化運動是黨所領導的整個革命運動的一個組成部分。要是你不懂黨怎麼從錯誤路線中發展過來，你就沒辦法解釋很多問題。……『左聯』是在這場論戰結束以後成立的。二八年的『創造社』、『太陽社』，不但反對魯迅，他們自己內部也打，就像文化大革命期間的派性鬥爭一樣（眾大笑）。自己鬥起來，比鬥敵人還厲害。這個我有體驗。派性這個東西很反動，但它開始的時候是革命的。派性鬥爭，打自己人打得厲害，甚至敵人也不打了，就是你一派，我一派，我專門對付你，你專門對付我。根本的敵人反而不打了。……不過那時候沒有實權，你扣帽子也不怕。……什麼叫『左』呢？就是提出目前還不能實行的方針，超過了現實的革命階段。」〔註49〕這種令人啼笑皆非的「革命」狀態的產生，其根源與其說是因為「左」，毋寧說是因為理性化想像極端膨脹之後走向了自己的反面，所謂「錯誤路線」只不過是它在政治領域的具體體現。

事實上「現代社會遠遠不是由理性統治者全盤理性化的社會」〔註50〕，人類靈魂深處的諸多欲望、衝動和情感並不一定服從理性的節制，崇尚發揮理性能力的心理和思維傾向，也並不必然要求將所有事物完全理性化。但是當這種理性化的心理傾向進入公共話語空間後，卻很容易成為思想教條、產生獨立的功能，特別是它在表層上的鼓動和闡述，更容易引導人進入理性的僭妄狀態。中國左翼文學運動以來所形成的意識形態與文學藝術關係的理論框架，從根本上來說，就是理性僭妄的結果。當年就有許多人極力反對左派在意識形態與文藝之間亂點鴛鴦譜，郁達夫就說過：「雖然中國政治上的德謨克拉西是沒有的，但文藝卻不能和政治來比。倘不加研求而即混混然說中

〔註49〕趙浩生：《周揚笑談歷史功過》，載 1979 年 2 月《新文學史料》第 2 輯。
〔註50〕希爾斯：《論傳統》，上海人民出版社 1991 年版，第 388 頁。

國的文藝和中國的政治一樣，那是不對的。」〔註51〕被視為「狂人」的高長虹對政治與文藝的認識不但不張狂，反而較為理智：「文藝與政治，也許不能夠脫離了相互的關係，但它們終是兩件事。什麼文藝是不是革命文藝，不必要問它合不合於什麼政治理論。革命不是政治所能專有的。革命可以解作這一個時代對於那一個時代的革命，不止是政治的，而也是經濟的，教育的，藝術的，兩性的，而是全個生活的。這一種政治上的革命理論也許不同於那一種政治上的革命理論，但藝術上自有它自己的獨立的革命理論，不必受政治上的理論的支配。講革命文藝，而要借助於政治上的理論，即便不使這所謂革命文藝做成借的文藝，至少也縮小了文藝的範圍，減少了他的生命。」〔註52〕左翼文人知識分子尤其是激進派，由於極力強調意識形態理想，卻反而陷入理性的張狂狀態，就只能「從錯誤路線中發展過來」，當年韓侍桁就取笑說：「左聯認錯的態度，以我私人的經驗看來（因為我一度曾是參加過其組織的），可以列成這樣的公式：有了某種錯誤，若被一個較不重要的本身的分子提出來，必定不能得到公認，這錯誤仍要儘量地維持其存續，非要到了社會環境不能再允許，而指謫的人日見增多起來，這錯誤是不被接受的。……像這樣『認錯』的態度，我們可以預定，左翼團體在將來——在現今也罷——還必定是隱藏著錯誤，固執著錯誤，進行著錯誤的路，然後再來修正錯誤。」〔註53〕

中國左翼文學運動所建構的意識形態與文藝的關係框架，毫無疑問的確在共產黨政治革命和鞏固政權方面發揮了巨大的作用。但是無庸諱言，這不但是以文藝的自律性生命為代價，而且是以勝利的果實鞏固和強化了理性的僭妄。其是是非非、風風雨雨人們都有目共睹。今天人們對理性化理想的質疑早就提上了議事日程，人們普遍認識到把思想和觀念當成事實本身、把關於世界的模式當成世界本身的理性化想像有多麼可笑，人們已經認識到「意識並不真正是統率一切的主人，有更為深刻的諸種因素在直接有意識的經驗和思考這一表象的背後起作用；也就是說，人們逐漸相信，正如太陽系中的情形一樣，現實世界並不圍繞著人類理智或意識運作，而是後者遵循著地球

〔註51〕郁達夫：《復愛吾先生》，載1928年11月20日《大眾文藝》第3期。

〔註52〕高長虹：《大眾文藝與革命文藝》，載1928年12月1日《長虹週刊》第8期。

〔註53〕韓侍桁：《論「第三種人」》，載《文學評論集》（侍桁著），上海現代書局1934年版。

引力及其他規律」〔註 54〕，認為一切社會領域和社會生活都服從於理性化理想的宰制，不過是一種典型的現代理性錯覺。儘管人類的社會生活似乎已變得理性化，但迄今為止發生的所有理性化都只是部分性的、區域性的，我們社會生活許多最重要的領域，比如情感、欲望、意志等，迄今為止可能依然滯留在非理性之中而難以理性化。

理性的霸權和僭妄，無視主宰人與他的世界之關係的基本的非理性機制。對人類本質上具有的理性的信仰和無限度的運用理性的能力，使人們忽視了那些更深一層的、無意識或非理性的力量，而正是這種無意識、非理性的力量驅使著大量的人群的「盲目」的存在。理性化理想的自我神聖化，帶來的是理性對人的整體力量的僭妄，一相情願的把人類歷史過程置於自動控制之下的願望，只能導致後患無窮的災難。理性的無限度擴張，最終使自己從理性走向非理性、從有意識走向無意識，自己成為自己的敵人。

人類所處的歷史和發展困境，在於人們自身都陷身於理性化想像之中，包括反對理性擴張的人，也必須依仗理性化的自我調節能力，進行理性霸權的祛魅。我們無法想像一種沒有理性想像參與的社會狀態。排除理性化想像的參與無異於飲鴆止渴，其災難性後果更為可怕。祛除理性的霸權和理性的僭妄，不但要限制理性的越位和泛濫，還需依靠理性的自我革新能力，「一旦人們拒絕一種絕對理念的虛構來解釋人是如何隨著各種科學的進步而建構了它的理性的，這時，人們便會明白到，理性思想的進步的法則，就是充滿危機的運動，甚至是充滿巨大危機的運動，在理性的歷史中，同樣有革命」〔註 55〕，因此，理性化想像必須同時具有自我分析、自我意識、自我批判和自我革新的形式和力量。

文人知識分子由於掌握知識權力和文化資本而自恃為理性的代言人，所以文人知識分子的自我反思就成為理性革新的重要主體環節。我們應當仔細品味保羅・約翰遜研究文人知識分子得出的結論：「在我們這個悲劇的世紀，千百萬無辜的生命犧牲於改善全部人性的那些計劃——最主要的教訓之一是提防知識分子，不但要把他們同權力槓杆隔離開來，而且當他們試圖集體提供勸告時，他們應當成為特別懷疑的對象。……任何時候我們必須首先記住知識分子慣常忘記的東西：人比概念更重要，人必須處於第一位，一切專制

〔註 54〕 杰姆遜：《後現代主義文化理論》，陝西師範大學出版社 1987 年版，第 198 頁。
〔註 55〕 韋爾南：《神話與政治之間》，三聯書店 2001 年版，第 218 頁。

中最壞的就是殘酷的思想專制。」〔註56〕理性的僭妄是異化在意識或思想領域內所採取的形式，是異化了的思想和意識形態。而思想或精神專制，恰恰就是理性的無限度泛濫、膨脹和越位之後產生的必然結果，「我們所作的是，我們向理性本身要求它所是的理性。為了理解理性思想的本質和作用，我們在某種意義上用它的武器反過來對準它自己」〔註57〕。因此，理性的革新必須永遠含有一種爭取自身解放的努力，必須為懷疑和批判精神保留一塊領地，這是理性自身的解放政治。

四、戰勝精神專制的，正是精神的革命

康德在《答覆這個問題：「什麼是啟蒙運動？」》中，區別了理性的公開運用和私下運用（理性的公開運用是指任何人像學者那樣在全部聽眾面前所能做的那種運用，私下運用是指一個人在其公職崗位或職務上所能運用的自己的理性，理性在其公開運用中必須是自由的，在其私下運用中必須是服從的），並立言：「必須永遠有公開運用自己理性的自由，並且唯有它才能帶來人類的啟蒙。」〔註58〕20世紀後半葉最偉大的思想家福科，繼續闡述和發揮了康德的偉大命題，他在《什麼是啟蒙？》中寫到：「康德把啟蒙描述為人類運用自己的理性而不臣屬於任何權威的時刻；就在這個時刻，批判是必要的，因為它的作用是規定理性運用的合法性條件，目的是決定什麼是可知的，什麼是必須作的，什麼是可期望的。理性的非法運用導致教條主義和它治狀態，並伴隨著幻覺。另一方面，正是在理性的合法運用按它自己的原則被清楚規定的時候，它的自主性得到保障。在某個意義上，批判是在啟蒙運動中成長起來的理性的手冊，反過來，啟蒙運動是批判的運動。」〔註59〕今天，當我們力圖超越理性的霸權和理性的僭妄的時候，這兩位大哲先賢關於理性運用的告誡，依然是震古爍今的曠世希聲。

人類從啟蒙時代到革命時代，乃至今天所謂的後現代（或後後現代），理性的自我拷問依然是一個未完成的歷史主題。正如福科所歎息的那樣：「我不知道是否我們將達到成熟的成年。我們經驗中的許多事情使我們相信，啟蒙的歷史事件沒有使我們成為成熟的成人，我們還沒有達到那個階

〔註56〕約翰遜：《知識分子》，江蘇人民出版社1999年版，第470頁。
〔註57〕韋爾南：《神話與政治之間》，三聯書店2001年版，第215頁。
〔註58〕康德：《歷史理性批判文集》，商務印書館1990年版，第24頁。
〔註59〕福科：《什麼是啟蒙？》，載《文化與公共性》，三聯書店1998年版。

段。」〔註60〕不但啟蒙運動沒有使人類達到成熟階段，20世紀的革命運動沒有做到這一點，後革命時代依然沒有完成人類成熟的使命。而且，人類由於對理性能力的自我崇拜，使理性在無限擴張的慣性機制中滑向深淵，往往在每一個時代都以血的慘痛代價，換來自身的警醒。

恩格斯曾經強調：「人們通過每一個人追求他自己的、自覺期望的目的而創造自己的歷史，卻不管這種歷史的結局如何，而這許多按不同方向活動的願望及其對外部世界的各種各樣影響所產生的結果，就是歷史。……在歷史上活動的許多個別願望在大多數場合下所得到的完全不是預期的結果，往往是恰恰相反的結果，因而它們的動機對全部結果來說同樣地只有從屬的意義。……探討那些作為自覺的動機明顯地或不明顯地、直接地或以思想的形式、甚至以幻想的形式反映在行動著的群眾及其領袖即所謂偉大人物的頭腦中的動因，——這是可以引導我們去探索那些在整個歷史中以及個別時期和個別國家的歷史中起支配作用的規律的唯一途徑。」〔註61〕對理性化理想及其具體形式意識形態想像的分析，目的在於尋求對理性化理想內在結構和外在功能的理解，獲取衡量現實選擇和未來趨向的準繩。理性的霸權和僭妄所蘊含的人類歷史本身的痼疾，充分展示了歷史發展和人類意志的對抗。人們相信可以依靠自己獨有的理性光芒就可以重新塑造世界的革命夢想，已經隨著20世紀那些悲劇事實的出現而日漸式微，但理性霸權依然以其他形式左右人的精神世界。

馬克思在《評普魯士最近的書報檢查令》中說：「精神的普遍謙遜就是理性，即思想的普遍獨立性，這種獨立性按照事物本質的要求去對待各種事物。」〔註62〕但理性的運用又往往獨尊其大，將獨立性演繹為普遍性，以理性的專制和獨裁，控制人的精神世界的方方面面。對於一切形式的專制和獨裁，馬克思滿懷激情的大聲申辯：「你們讚美大自然悅人心目的千變萬化和無窮無盡的豐富寶藏，你們並不要求玫瑰花和紫羅蘭散發出同樣的芳香，但你們為什麼卻要求世界上最豐富的東西——精神只能有一種形式呢？……每一滴露水在太陽的照耀下都閃耀著無窮無盡的色彩。但是精神的太陽，無

〔註60〕福科：《什麼是啟蒙？》，載《文化與公共性》，三聯書店1998年版。
〔註61〕《路德維希·費爾巴哈和德國古典哲學的終結》，載《馬克思恩格斯選集》第4卷，人民出版社1972年版。
〔註62〕《評普魯士最近的書報檢查令》，載《馬克思恩格斯全集》第1卷，人民出版社1956年版。

論它照耀著多少個體，無論它照耀著什麼事物，卻只准產生一種色彩，就是官方的色彩！精神的最主要的表現形式是歡樂、光明，但你們卻要使陰暗成為精神的唯一合法的表現形式；精神只准披著黑色的衣服，可是自然界卻沒有一枝黑色的花朵。」〔註63〕精神的專制和獨裁，往往就是讓五彩繽紛的世界只有一種顏色，讓精神的諸種形式都披上黑色的衣服，讓「陰暗」成為精神的唯一合法的形式。這種專制和獨裁的普遍性的可怕之處，就在於它在人類精神的諸種形式中，都能找到合理、合法的體現者和代言人，讓一切自由的精神形式都成為它的奴僕，讓一切都圍繞著它獨享的「自由」運轉（中國左翼文學運動就身不由己的遵循了理性專制和獨裁的召喚）。面對理性自我膨脹形成的專制與獨裁，只有精神的革命，才能摧毀它，才能重建理性的尊嚴。我們對理性的期待，不但是要遵循並堅守理性運用的合法性條件，而且仍然必須堅信理性正在逐漸擺脫不成熟狀態，因為人類不斷朝著改善前進！讓我們相信明天太陽照常升起，因為世界在太陽的照耀下將會更加色彩斑斕、悅人心目。

如果讓我說：中國左翼文學運動最值得我們紀念的是什麼？我會毫不猶豫地說：正是那些文人知識分子不屈不撓反抗一切形式的專制、獨裁和黑暗的大無畏革命精神！每當遙想 70 多年前那場轟轟烈烈的左翼文化（學）運動，總是忍不住想起托克維爾對法國大革命的評價：

> 這是青春、熱情、慷慨、真誠的時代，儘管它有各種錯誤，人們將千秋萬代紀念它，而且在長時期內，它還將使所有想腐蝕或奴役別人的那類人不得安眠！〔註64〕

〔註63〕《評普魯士最近的書報檢查令》，載《馬克思恩格斯全集》第 1 卷，人民出版社 1956 年版。
〔註64〕託克維爾《舊制度與大革命》，商務印書館 1992 年版，第 32 頁。

中編　在作家領地追尋創造奇蹟

第一章 從虛妄返歸真實：魯迅生命盡處的「夢與怒」

　　大約七、八年前，寫過一篇《魯迅生命盡處的自我理性審視與調整——從〈關於太炎先生二三事〉〈因太炎先生而想起的二三事〉說起》。〔註1〕該文主要圍繞魯迅臨終前懷念太炎先生的精神動機展開：1、魯迅懷念太炎先生的文章，隱藏多重心理動機和深刻精神線索，具有濃重的自我評價和自我確證色彩；2、進化論和階級論是一種理性的認知邏輯和闡釋工具，在魯迅的精神世界中具有互文性特點，但均非魯迅的本源動力與終極信仰；3、在現實境遇尤其是革命陣營內部問題的刺激下，魯迅寂寞心境中的不寬恕姿態，是他一貫直面黑暗的不屈戰鬥精神的展現；4、魯迅在生命的最後歲月，又開始了一個精神界戰士新一輪自我形象的理性審視和思想信仰的自我調整。對前三個層面的命題，拙作的論述較為透徹。但因種種限制，最後一個命題未能說透：這就是臨終前的魯迅，將如何調整自己的政治信仰？如何重塑自我的精神動力？如何再造作為社會人和政治人的自我形象？

一、再談魯迅的「轉變」

　　遺憾的是，那場規模罕見的「國防文學」大論戰不久，〔註2〕魯迅就去世了。他沒能來得及將生命盡處的自我理性審視與調整，更全面、更真切地落

〔註1〕 賈振勇：《魯迅生命盡處的自我理性審視與調整——從〈關於太炎先生二三事〉〈因太炎先生而想起的二三事〉說起》，《魯迅研究月刊》2009 年第 1 期。
〔註2〕 僅據人民文學出版社 1982 年出版的《兩個口號論爭資料選編》統計，在他們能查閱到的 300 餘種刊物上，就發現了有關的論戰文章 485 篇。

實到有生之年。魯迅生命的終結，使這一命題具有了事實的難以確定性、理解的多重可能性和闡釋的多維開放性。

因為魯迅自我理性審視與調整的戛然而止，我們只能依據他生前的種種「跡象」，在感同身受中進行一種設身處地的分析、判斷與推論。悖論與循環之處在於，這種分析、判斷與推論，又因魯迅自我理性審視與調整的未完成性，而缺乏最終的實證性和確定性。我們所能確證的，是諸多「跡象」的存在與支撐，使這一命題無法被證偽。解決這個命題面臨這樣一種學術困境，並不能掩蓋和否定該命題對於我們理解魯迅尤其是後期魯迅的重要性。

其重要性更在於：因為魯迅精神的典型性和輻射性、符號化和儀式化，這個命題常常以直接或變形的方式，再現於後來者的精神視野和價值場域；不但屢屢勾起後來者對歷史的沉重記憶與痛切反思，而且深刻影響著後來者的精神構成、價值傾向與人文訴求。魯迅身後留下的這個命題，仍然在拷問我們的靈魂。它不但關乎我們對魯迅整體形象的認識、理解、建構與闡發，而且關乎那段文學歷史的敘事的真實性和準確性。魯迅雖死，但他依然而且必將長久在場。

筆者對這一命題的關注，最初源於對瞿秋白關於魯迅從「進化論」到「階級論」這個所謂「定論」的疑問。大約 2001 年左右，承蒙杰祥兄寄贈夏濟安《黑暗之門：中國左翼文學運動研究》英文版複印件，又引發了我對這個問題的進一步思考。後來，越來越清晰地意識到這個命題對我們理解魯迅尤其是後期魯迅的重要性、不可迴避性、不可替代性。正如李歐梵為《劍橋中華民國史》寫的《文學趨勢：通向革命之路，1927～1949》對夏濟安觀點的進一步闡發：「如已故的夏濟安生動地概述魯迅晚年時所說，左聯的解散『引發了他生活中最後一場可怕的危機。不但要他重新闡明自己的立場，就連馬克思主義，這麼多年來他精神生活的支柱也岌岌可危了』。左聯的解散，突然結束了反對右翼和中間勢力的七年艱苦鬥爭，魯迅現在被迫要與從前的論敵結盟。更有甚者，『國防文學』這個口號以其妥協性和專橫性向他襲來，既表示他的馬克思主義的信仰受挫，又表示他個人形象受辱。」〔註3〕顯然，即使我們不考慮這個命題對後世的影響性與牽連性，魯迅生命盡處的自我理性審視與調整，也足以凸顯魯迅和左聯核心成員在人事、組織與具體觀點方面發生糾葛

〔註3〕〔美〕費正清、費維愷編：《劍橋中華民國史》（下），劉敬坤等譯，第 502 頁，北京：中國社會科學出版社，1994 年。

的深層原因所在。這個命題背後，隱藏著魯迅精神世界一個重要而又內在的價值傾向與立場選擇問題，亦即魯迅後期社會理想和政治信仰究竟如何、將會如何的問題。

關於這個命題的通俗而又「歷史」的說法，我認為是魯迅的「轉變」問題。從這個視野和角度來看，這個命題的前身，在 1928 年革命文學論戰時代就已鬧得沸沸揚揚。1928 年革命文學論戰，是新文化運動後當時中國思想文化界最重要也是最熱鬧的事件，左翼的鄭伯奇和右翼的李錦軒均有生動形象的描述。新文化運動中那些叱吒風雲的人物，此時或高升或退隱，可是魯迅依然站在中國思想文化界的潮頭，自然也就更加引人側目。由於魯迅先是和創造社、太陽社激烈論戰，後又「聯合」成立中國左翼作家聯盟；那麼魯迅的加入左聯，則被時人視為「轉變」。「轉變」問題不僅成為當時文壇的焦點，甚至成為街談巷議的話題。北平的東方書店，敏銳抓住這個文壇乃至社會的熱點現象，在 1930 年底 1931 年初迅速出版了黎炎光編輯的《轉變後的魯迅》。該書上編是「魯迅近作及其答辯」，中編是「擁魯派言論集」（包括郭沫若的《「眼中釘」》、錢杏邨的《魯迅》等大作），下編是「反魯派言論集」（主要是梁實秋的文章）。至於散見在各類文章尤其是花邊新聞中的相關言論，更是不絕如縷。私下的議論，也就可想而知了。

魯迅死後不久，不少人又炒作當年的這段公案。1936 年 11 月 9 日上海的《申報》，刊登了一篇新聞報導《平文化界悼念魯迅》。這篇新聞報導，綜合社會各界對魯迅去世的種種反響，提煉了當時人們聚焦魯迅的四個熱點問題，均矚目於如何評價魯迅。其中第二個，就是關於「轉變」問題的描述與概括：「魯迅於民國十六年後之二三年內，曾因創作態度問題，與當時屬於前進之分子之創造社、太陽社等人物，從事筆戰。其後民國十八年左右，氏之態度變更，左翼作家大同盟成立，前進文人，紛紛加入。宣言發表時，署名其首者，赫然為魯迅氏。此後，即一貫的社會主義思想立場，發表言論，文壇上謂氏此時期態度之變更，為『轉變』。意謂由人道主義立場，轉向社會主義立場也。」〔註4〕

因為這篇報導，以及《質文》上郭沫若的文章、《中流》上雪葦的文章均論及「轉變」問題，王任叔專門寫了一篇為魯迅辯護的文章《魯迅的轉變》。

〔註4〕《平文化界悼念魯迅》，《1913～1983 魯迅研究學術論著資料彙編》第 2 卷，第 148 頁，北京：中國文聯出版公司，1986 年。

這篇文章的結論是：「魯迅先生自始至終是個歷史的現實主義者，一九二七年以後與一九二七年以前，他並沒有什麼『轉變』，或『轉變』得『遲緩』。自然，隨著歷史的進展，魯迅先生也邁徵了，但那不是一般意義上說來的『轉變』，我以為。」〔註5〕王任叔的文章，表面上是否定「轉變」命題的存在，但實際上不過是否定來自「左」和「右」兩個陣營對魯迅「轉變」或「投降」的嘲諷與指控。這篇文章所特意著墨的，實際上是以魯迅思想、精神的一貫性和連續性，來證明魯迅「轉變」的歷史必然性與邏輯合理性；尤其「邁徵」一詞，看似異於「轉變」或「投降」，其實終究離不開一個「變」字。

如果說「轉變」尚屬中性詞，那麼另一個深含貶義的詞「投降」，更是在當時的文人圈子中廣為散播，幾近貫穿魯迅生命的最後十年；魯迅死後依然波瀾迭起，迄今常常漣漪泛起。只不過因為言論空間的逼仄，今之褒貶者均淺嘗輒止而已。應該看到，與「轉變」說的中性色彩相比，「投降」說滿含貶損與刻薄，是對魯迅的一種惡意嘲諷與嚴厲指控。當時有一篇為魯迅辯護的文章說：「代表資產階級作家們，異口同聲地說魯迅在投降。與其說他們是侮辱魯迅，不如說是挑撥離散普羅文學運動的實力。」〔註6〕其實，諷刺與指控魯迅「投降」者，並不是「資產階級作家們」的專利；考諸史實，有不少左聯核心成員們，在私下乃至公開場合，就曾得意洋洋宣稱「魯迅向我們投降」，甚至偉大領袖有了欽定後還津津樂道。現在回過頭去再看這段公案，個中的前因後果、是非曲直、餘波所及，頗值得回味。尤其是再看看那些將魯迅視為「同路人」或「黨外的布爾什維克」的論調，歷史的幽暗與複雜則更加發人深省。

且不論關於「轉變」的那些褒與貶。無論是出於尊重歷史真相的誠實，還是出於準確理解、闡釋魯迅的需要，由進化論轉向階級論、由人道主義立場轉向社會主義立場，亦即魯迅最後十年的社會理想、政治信仰與價值取向等問題，確乎是他生命歷程中的一個重要精神事件。與之相關的還有許多不能忽視的衍生問題，比如魯迅接受馬克思主義、認同革命、加盟左聯之後的藝術創造力問題。在魯迅活著的時候，李長之對此就有敏銳的感覺：「魯迅在

〔註5〕王任叔：《魯迅先生的「轉變」》，《1913～1983 魯迅研究學術論著資料彙編》第 2 卷，第 136 頁，北京：中國文聯出版公司，1986 年。
〔註6〕於因：《魯迅的投降問題》，《1913～1983 魯迅研究學術論著資料彙編》第 1 卷，第 618 頁，北京：中國文聯出版公司，1985 年。

這一個階段裏，一方面是轉變後的新理論的應用了，一方面卻是似乎又入於蟄伏的狀態的衰歇。在這一時期，他的著作是不多的，他的文章，也又改了作風，並沒能繼續在上一階段裏所獲得的爽朗開拓的氣度。……大體上看，魯迅時時刻刻在前進著，然而，這第六階段的精神進展，總令人很容易認為是他的休歇期，並且他的使命的結束，也好像將不在遠。」〔註7〕事實上，這個問題不但關涉魯迅個人的藝術創造力問題，更關涉著人們長期難以直抒胸臆的文學與革命、文學與政治的複雜關係命題。

有關「轉變」命題的研究，迄今沒有得到專門的梳理。不但依然眾說紛紜，更由於言論空間的有限性而步履蹣跚。從該命題研究的歷史與現狀看，大多數著述對這一命題的探討，思路和邏輯與當年的王任叔大致類似；即使異於「轉變」的歷史必然性與邏輯合理性的相關研究，比如一些海外現代中國文學研究者的相關研究，也大多著眼於具體現象，就事論事地分析魯迅與左聯核心成員的矛盾衝突，在更深層因素的揭示上往往是點到為止，或許在他們看來這不是一個問題。今天我們需要充分而明確地意識到，魯迅「轉變」的歷史必然性和邏輯合理性，固然是魯迅精神世界的重要一維；但理想與現實的不一致性、理論與實踐的不協調性，尤其魯迅與左聯核心成員之間的對抗性，由此引發的魯迅晚年精神世界的內在矛盾性和差異性，更是需要我們深入思考並加以辨析的問題關鍵。至於衍生的魯迅接受馬克思主義、認同革命、加盟左聯之後的藝術創造力等命題，因為長期以來人們對革命是什麼、政治是什麼、文學又是什麼等基本問題都難以穿透壁壘，那麼這一研究能否進入問題的核心地帶、真相地帶和實質地帶就可想而知了。

需要我們嚴肅思考的，或如阿倫特所說：「理解現代革命最難以捉摸然而又最令人刻骨銘心的地方，那就是革命精神——重要的是牢記，創新性、新穎性這一整套觀念，在革命之前就已經存在，然而革命一開始這套觀念就煙消雲散了。」〔註8〕真相往往發生在革命的第二天。魯迅在生命的最後十年涉足「革命」，是不是同樣也要面對革命精神、創新性和新穎性的煙消雲散呢？再由此透視魯迅的「轉變」及其衍生問題，尤其是魯迅生命盡處的自我理性

〔註7〕李長之：《魯迅批判》，《1913～1983魯迅研究學術論著資料彙編》第1卷，第1287～1288頁，北京：中國文聯出版公司，1985年。

〔註8〕〔美〕漢娜‧阿倫特：《論革命》，陳周旺譯，第34頁，南京：譯林出版社，2007年。

審視與調整，魯迅自我的內在豐富性和複雜性，革命真相的豐富性和複雜性，文學與政治關係的豐富性和複雜性，可否進一步清晰而準確地呈現在我們眼前？

二、「懂世故而不世故」

之所以再回首魯迅「轉變」這個歷史話題，自然是將魯迅生命盡處的自我理性審視與調整，視為魯迅「轉變」歷程的一個尾聲。這是一個未完成的「轉變」，但「轉變」的種子毫無疑問已經萌芽。儘管魯迅沒有留下類似從「進化論」到「階級論」那樣自我闡釋的文字，但從他生命最後幾年對「友軍中的從背後來的暗箭」的憤怒、指責和抱怨來看，尤其是在「國防文學」論戰中的公開決裂，以及生命盡處彷彿迴光返照般的高亢創作熱情與昂揚鬥志，足以顯示一個新的「轉變」已經處於乃至突破了臨界點。由於人間魯迅很快為死亡所捕獲，由於魯迅的公開決裂還只是呈現為具體的人與事，由於魯迅臨終前幾年的文字更多側重感性述說，因此得出一個簡單的「轉變」結論自然顯得武斷。問題的關鍵，不是「轉變」這個結論本身，而在於我們如何理解與闡釋魯迅生命盡處的那些「轉變」跡象及其可能的走向。

以魯迅思想、精神的一貫性和連續性，來證明魯迅「轉變」的歷史必然性與邏輯合理性，至今已覺不新鮮。且不說坊間的那些闡釋如何五花八門，僅從人的存在的連續性這樣一個基本事實看，這種論證也具有重複論證的嫌疑，某種意義上只是證明了一個本來是不證自明的現象。正如有的心理學家所看到的：「我們人類在自己的一生當中，可以改變許多，然而卻永遠還是原來的自己——這一點最讓我們驚歎。儘管自我同一性在不斷更新、在一切關係領域不斷拓展，儘管我們與周遭世界的關聯不斷變幻，我們的骨子裏始終有不變的本色。」〔註9〕從一個人一生的事蹟和史蹟中，尋找大量現象來說明一個人思想與精神的「同一性」，難道不是輕而易舉的事情嗎？這類研究當然不是可有可無，而且依然還可以豐富和深化我們對研究對象的認知與理解。但對魯迅這樣一個獨特而重要的歷史人物而言，在類似的論證已經比較豐富與充分的狀態下，需要我們另闢蹊徑，去更多關注魯迅思想和精神世界中的那些矛盾性、差異性乃至斷裂性的因素與現象。

〔註9〕〔瑞士〕維蕾娜·卡斯特：《依然故我》，劉沁卉譯，第 7 頁，北京：國際文化出版公司，2006 年。

　　就一個人的存在而言，無論是轉變還是固守、是斷裂性還是連續性、是同一性還是差異性，除了那些來自於外在事物和現象層面的影響與刺激外，還應該有一個更為內在、更為隱蔽的立足點和動力源起著關鍵的支點作用。對魯迅而言，這個更為內在、更為隱蔽的立足點和動力源，我以為就是他的「天真」。之所以有此印象，除了來源於閱讀大量褒揚魯迅的文字外，還來源於那個曾引起魯迅誤解和不屑的沈從文。沈從文在魯迅的生前身後，儘管留下了不少對魯迅的「微詞」，但這並不妨礙他內心深處某層面對魯迅的認同和共鳴。尤其那篇寫於天地玄黃、改朝換代之際的《一個人的自白》，沈從文刻意模仿魯迅《〈吶喊〉自序》的那段自傳性敘事，難道不是處於文學理想國轟然倒塌臨界點的沈從文，在魯迅的命運中感受到了自我的某種相似性？難道不是在魯迅因「天真」而與世相違的那種寂寞、無奈和痛苦中，尋找到了高度的認同與共鳴？

　　事實上，沈從文對魯迅「天真」個性的認同與共鳴，不僅僅是自己將要落難之際的某種心理應激，而是有著一貫性和連續性的穩定認知與評價。眾所周知，因「丁玲信」事件，魯迅與沈從文互有「微辭」。魯迅在 1925 年 4 月 30 日「得丁玲信」，爾後將這封信判斷為沈從文的化名來信：「且夫『孥孥阿文』，確尚無偷文如歐陽公之惡德，而文章亦較為能做做者。然而敝座之所以惡之者，因其用一女人之名，以細如蚊蟲之字，寫信給我」。〔註10〕這一事件經過後人的研究，已經證明是魯迅誤判。但魯迅之所以是魯迅、沈從文之所以是沈從文，在於他們不以私人之好惡抹煞對方之光彩。比如魯迅在 1936 年與埃德加・斯諾談話中，將沈從文列為新文學運動以來「中國湧現出來的最優秀的作家」、「最優秀的短篇小說家」之一。說如果「丁玲信」事件是引發沈從文對魯迅頗多「微詞」的原因，那也屬人之常情。但沈從文同樣能「避免私人愛憎和人事拘牽」，公正、客觀地看待並充分肯定自己看到的魯迅的「可愛處」和「可尊敬處」。

　　在 1926 年發表的《北京之文藝刊物及作者》中，沈從文就評價魯迅說：「把他四十年所看到的許多印象聯合起來，覺得人類──現在的中國，社會上所有的，只是頑固與欺詐與醜惡，心裏雖並不根本憎恨人生，但所見到的，足以增加他對世切齒的憤怒卻太多了，所以近來雜感文字寫下去，對那類覺

〔註10〕魯迅：《250720　致錢玄同》，《魯迅全集》第 11 卷，第 452 頁，北京：人民文學出版社，1981 年。

得是虛偽的地方抨擊，不惜以全力去應付。文字的論斷周密，老，辣，置人於無所脫身的地步，近於潑剌的罵人，從文字的有力處外，我們還可以感覺著他的天真。」〔註11〕

在 1934 年出版的《沫沫集》裏的那篇《魯迅的戰鬥》中，沈從文不但認為「對統治者的不妥協的態度，對紳士的潑辣態度，以及對社會的冷而無情的譏諷態度，處處莫不顯示這個人的大膽無畏精神」，更認為魯迅的戰鬥「還告了我們一件事，就是他那不大從小厲害打算的可愛處。從老辣文章上，我們又可以尋得到這個人的天真心情。懂世故而不學世故，不否認自己世故，卻事事同世故異途，是這個人比其他作家名流不同的地方」；而且將之與他認為趨時、世故、懂得獲得「多數」的郭沫若相比較，認為「魯迅並不得到多數，也不大注意去怎樣獲得，這一點是他可愛的地方，是中國型的作人的美處。這典型的姿態，到魯迅，或者是最後的一位了。……使『世故』與年青人無緣，魯迅先生的戰略，或者是不再見於中國了！」〔註12〕

還應該看到，判定魯迅「天真」，不僅是沈從文的一種理性判斷與陳述，還是他閱讀魯迅的一種心理體驗與藝術感悟。比如，在 1940 年發表的《從周作人魯迅作品學習抒情》中，沈從文就說周氏兄弟：「一個充滿人情溫暖的愛，理性明瑩虛廓，如秋天，如秋水，於事不隔。一個充滿對於人事的厭憎，情感有所蔽塞，多憤激，易惱怒，語言轉見出異常天真。」〔註13〕

可以說，無論是在「為人」層面還是「為文」層面，沈從文都將「天真」這項桂冠戴在魯迅頭上。從某種意義上看，沈從文堪稱魯迅的一個「另類」知音。在沈從文的字典中，「天真」這個詞意味著什麼？過多的推斷或許有妄作解人之嫌。但沈從文用「天真」一詞來評價「五四精神」，則是一個重要的價值參照系。比如他在 1940 年發表的《「五四」二十一年》中說：「世人常說『五四精神』，五四精神的特點是『天真』和『勇敢』。」〔註14〕在 1948 發表的《紀念五四》中，更是用「天真」這個詞進行深度闡釋：「五四精神特點是『天真』和『勇敢』，如就文學言，即生命青春大無畏的精神，用文字當成一個工具來改造社會之外，更用天真和勇敢的熱情去嘗試。幼稚，無妨，受攻

〔註11〕 《沈從文全集》17 卷，第 27 頁，太原：北嶽文藝出版社，2009 年。
〔註12〕 《沈從文全集》16 卷，第 165～170 頁，太原：北嶽文藝出版社，2009 年。
〔註13〕 《沈從文全集》16 卷，第 259 頁，太原：北嶽文藝出版社，2009 年。
〔註14〕 《沈從文全集》14 卷，第 135 頁，太原：北嶽文藝出版社，2009 年。

擊，也無妨，失敗，更不在乎。大家真有信心，鼓勵他們信心的是求真，毫無個人功利思想夾雜其間。要出路，要的是信心中的真理抬頭。要解放，要的是將社會上愚與迷丟掉！改革的對象雖抽象，實具體。一切出於自主自發，不依賴任何勢力。」〔註15〕過多的聯想或許容易引發誤判，正如魯迅將「丁玲信」誤認為是沈從文扮作女人來信一樣。但沈從文用同樣的「天真」一詞，來評價魯迅和「五四精神」，是否蘊含著他眼中魯迅超越常人的真正價值所在呢？

「天真」一詞固然有多重含義，但在沈從文那個性十足、絕不流俗的語言運用中，絕非是圖樣圖森破之類，而是表徵和形容來自人之天性的真實、真誠、本真、純真、善良、正直、赤誠、坦蕩等類含義，與《老子》所謂「含德之厚者，比於赤子」、《孟子》所謂「大人者，不失其赤子之心者也」等古之論述，含義取向大致類同；與世故、圓滑、虛偽、投機、欺詐、矇騙、狡詐、無特操等品格，毫無疑問是截然相反。具體到魯迅，則主要指涉其在人格、個性、品行、節操等方面的特徵和品質，尤其是這些特徵和品質在精神境界層面所抵達的高度。其實，不僅僅是沈從文慧眼獨具。

用「天真」或類似詞語來評價魯迅個性、品質和人格者，在魯迅的時代不乏其人。僅列舉幾例有代表性的評價。比如張定璜認為：「魯迅先生不是和我們所理想的偉大一般偉大的作家，他自己也知道自己的狹窄。然而他有的正是我們所沒有的，我們所缺少的誠實。」〔註16〕比如張申府對魯迅的「真」，是只嫌其少不嫌其多：「他的東西，實在看了令人痛快。他不是一般的文人。他的東西似乎有時過損。也不是一般文人的損法。人的最不可恕的毛病是虛偽。魯迅是恰與這個相反的。……魯迅的文章只應向更真切處作。」〔註17〕魯迅去世後，上海《時事新報》刊登了一篇特寫《蓋棺論定的魯迅》，專闢一節「不知世故是天真」，直言：「我以為『天真』是魯迅的本性。」〔註18〕

〔註15〕《沈從文全集》14卷，第298頁，太原：北嶽文藝出版社，2009年。
〔註16〕張定璜：《魯迅先生（下）》，《1913～1983魯迅研究學術論著資料彙編》第1卷，第88頁，北京：中國文聯出版公司，1985年。
〔註17〕張申府：《終於投一票》，《1913～1983魯迅研究學術論著資料彙編》第1卷，第146頁，北京：中國文聯出版公司，1985年。
〔註18〕《蓋棺論定的魯迅》，《1913～1983魯迅研究學術論著資料彙編》第2卷，第145頁，北京：中國文聯出版公司，1986年。

人之「本性」，通常狀態下要展現於人之言行和日用人倫，從而為他人所感知與評價。源自「本性」又體現於日用人倫的「天真」，不但為魯迅贏得了如沈從文這樣「睽違已久」的「另類」知音的高度認同，更在友善者那裡獲得深切共鳴，比如曹聚仁將之比於伊尹：「孟子說伊尹將以道覺斯民，自任以天下之重，但一面說：『伊尹耕於有莘之野，非其義也，非其道也，祿之以天下，弗顧也。繫馬千駟，弗視也，非其義也，非其道也，一介不以與人，一介不以取人』。這才是魯迅先生人格的寫照。魯迅先生和胡適先生的分野正在於此，胡適先生愛以他的學問地位『待價而沽』，魯迅先生則愛受窮困的磨折，並不曾改變他的節操，至死還是『非其義也，非其道也，一介不以與人，一介不以取人』（見《遺囑》）。」〔註19〕再比如李長之感慨魯迅的坦誠和擔當精神：「在中國，自己敢於公開承認是左翼（《南腔北調集》，頁四六）而又能堅持其立場的，恐怕很少很少，許多怕落伍，又怕遭殃，就作出一種依違兩可的妾婦狀了，即此一端，也可見魯迅的人格。」〔註20〕

我們不難發現，在沈從文和魯迅的其他同代人眼中，「天真」不是口無遮攔的率性或者固執己見的任性，而是魯迅審慎之思想、自由之精神、獨立之人格、天然之良知、自我之意志、處世之倫理、耿介之情操在為人、為文等層面展現出來的特性，是魯迅個性、人格、品質、品行的代名詞，是魯迅精神一個彌足珍貴的象徵。在「天真」背後所矗立的，是魯迅對「赤子之心」的葆有與秉持，對真實和獨立自我的矢志不移的堅守。這種展現、葆有、秉持和堅守，不但與趨時、趨利、媚世、媚勢、媚權、世故、虛偽、圓滑、投機等品性無緣，而且絕不屈服於外在的任何壓力與誘惑；只會聽從自己內心深處的召喚，只會服從真理、正義和良知的引導；至少也得經過深思熟慮，才會走向自己認為是「真」的那一面，亦即黑格爾所謂的「由自己決定自己是什麼」。〔註21〕

由此來看，別人眼中的那個魯迅的「轉變」或「投降」，表面看是來自某種主義、思想、理論的魅力、蠱惑或者「圍剿」；但根本的立足點和動力源，

〔註19〕曹聚仁：《論多疑》，《1913～1983 魯迅研究學術論著資料彙編》第 2 卷，第 527 頁，北京：中國文聯出版公司，1986 年。
〔註20〕李長之：《魯迅批判》，《1913～1983 魯迅研究學術論著資料彙編》第 1 卷，第 1286 頁，北京：中國文聯出版公司，1985 年。
〔註21〕〔德〕黑格爾：《美學》第二卷，朱光潛譯，第 175 頁，北京：商務印書館，1979 年。

來自於魯迅精神世界的某種深層自我心理需要，來自於魯迅自身道德標準、倫理規範和價值情操的內在支撐，來自於魯迅人格建構和自我意志的訴求、延伸與擴展，是魯迅的「由自己決定自己是什麼」。所以，如果與那些闡釋魯迅「轉變」必然性與合理性的宏篇大論對照看，倒是魯迅死後的一篇新聞特寫，更簡潔明快地凸顯了魯迅的個性、人格與品質：「魯迅的自信力很強，舊的東西他看不來，新的東西因為願心許得太過，他又不相信，他只要他要說的話，罵他所要罵的人。他執筆為文，自由自在，不受別人的拘束，不受什麼旗幟的哄騙。」〔註22〕

可以化繁為簡地認為，「天真」既是魯迅人生選擇與價值取向的內在立足點和動力源，又是魯迅自我堅守在日用人倫領域的具體展現。換句話說，「天真」的本性是魯迅思想和精神的一個原點；一切來自本性之外的思想、理論、觀念等精神元素和心理體驗，最終都要經過「天真」這個自我本性標尺的認同或者拒絕，然後才外化為日常言行和日用人倫中的取捨。由此來看，魯迅所接受和信奉的，必定是經過「自我」深思熟慮、審慎思辨而獨立選擇的；讓他再逾越真理哪怕是一步，都需要他重新進行分析和判斷。

對於魯迅的堅守自我的本性，敵對陣營的直言不諱，有時比同一陣營的諛辭更接近事實本身。1937年1月25日，葉公超在《晨報》發表了一篇《魯迅》。該文因為頗有諷刺、攻擊之嫌疑，遭到了左翼陣營的抨擊。逆耳之言固然並非全是「忠言」，但「忠言」也並非不能來自對立面。葉公超是否有指謫之意暫且不論，但他的確抓住了魯迅精神中「自我本性的堅守」這樣一個重要的命題：「他實在始終是個內傾的個人主義者，所以無論他一時所相信的是什麼，尼采的超人論也好，進化論也好，階級論也好，集體主義也好，他所表現的卻總是一個膨脹的強烈的『自己』。」〔註23〕

倘若這個「自我本性的堅守」，採取「躲進小樓成一統」的姿態，倒也與世無爭。問題的關鍵在於：當這個「膨脹的強烈的『自己』」，採取積極入世的姿態，在「由自己決定自己是什麼」之後，加入一個不需要有「自己」、僅僅需要「自己」去「服從」和「服務」的組織或團體時，會遭遇到什麼呢？漢

〔註22〕《蓋棺論定的魯迅》，《1913～1983魯迅研究學術論著資料彙編》第2卷，第147頁，北京：中國文聯出版公司，1986年。
〔註23〕葉公超：《魯迅》，《1913～1983魯迅研究學術論著資料彙編》第2卷，第663頁，北京：中國文聯出版公司，1986年。

娜‧阿倫特在論及某些主義及其作為時說,它「宣傳的真正目的不是說服,而是組織──『無須擁有暴力手段而能累積權力』。出於這個目的,意識形態內容的創新只能被看做是一種不必要的障礙。」〔註24〕魯迅有沒有意識形態內容方面(比如文學與階級、政治等等的關係)的創新或可不論,就是保持自我的獨立性與自我的主體性這麼一件事關個體自由之事,難道是可能的嗎?會不會被視為一種障礙呢?

三、「一生不曾屈服,臨死還要戰鬥」

章乃器的輓聯「一生不曾屈服,臨死還要戰鬥」,堪稱道盡魯迅悲壯生命歷程的神來之筆。可是這悲壯的戰鬥姿態,何嘗不是魯迅的無奈和痛苦所在?沈從文曾為已死的魯迅感慨:「對工作的誠懇,對人的誠懇,一切素樸無華性格,尤足為後來者示範取法。……至於魯迅先生那點天真誠懇處,卻用一種社交上的世故適應來代替,這就未免太可怕了。因為年青人若葫蘆依樣,死者無知,倒也無所謂,正如中山先生之偉大,並不曾為後來者不能光大主義而減色。若死者有知,則每次紀念,將必增加痛苦。//其實這痛苦魯迅先生在死後雖可免去,在生前則已料及。」〔註25〕其實,這痛苦死後雖可免去,生前又何嘗只是料及?魯迅最後十年尤其是臨終前的幾年,在自我心理的體驗上,難道不是飽嘗了「痛苦」的煎熬與折磨?而這「痛苦」的不堪忍受,又豈是「謬託知己」、「沽名獲利」的「敲門磚」所能形容?

魯迅最後的十年,雖然是他的地位和聲望如日中天的時代,但在精神和心理上又有多少悠閒、愜意和舒適呢?尤其是臨終前那幾年所遭受的精神壓力與心理傷害,應該絲毫不亞於他生命中的其他「黑暗」時期。許廣平記載過一件令人黯然的事:1936 年的夏天,魯迅已經病入膏肓,病症稍有減輕後,「在那個時候,他說出一個夢:他走出去,看見兩旁埋伏著兩個人,打算給他攻擊。」〔註26〕指責魯迅者,或許說這是他有「迫害狂」的佐證。但如果尊重史實、瞭解魯迅當年處境者,不能不承認:這個夢,主要就是簡單的日

〔註24〕〔美〕漢娜‧阿倫特:《極權主義的起源》,林驤華譯,第 463 頁,北京:三聯書店,2008 年。

〔註25〕沈從文:《學魯迅》,《沈從文全集》16 卷,第 287～288 頁,太原:北嶽文藝出版社,2009 年。

〔註26〕景宋:《最後的一天》,《1913～1983 魯迅研究學術論著資料彙編》第 2 卷,第 362 頁,北京:中國文聯出版公司,1986 年。

有所想、夜有所思，是過多的焦慮、壓力乃至恐懼在夢境中的變形和回響；真正的來源絕非出於魯迅的向壁造車，實乃縈繞在魯迅身邊的那些來自外界的種種「攻擊」。

一個人面對來自外部世界的「攻擊」，首先觸發的是心理的應激和精神的防衛，是感覺、直覺、情緒、情感、潛意識等層面的本能自我保護反應，其後才是知性和理性的分析與判斷。即使後發的知性分析和理性判斷，對「攻擊」的性質做出「合理」的解釋與認定，在思想與觀念上化解和諒解「攻擊」的攻擊性質；也難以代替和消除感覺、直覺、情緒、情感、潛意識等層面的心理應激和精神防衛的高度緊張印跡。

解鈴還須繫鈴人，「攻擊」的化解和消除，最終要依靠日用人倫中基本的、正面的日常事實體驗和心理感受進行累積式修復與改善。簡單概括，對「攻擊」性質的評判或者說是否「敵人」的最終判斷，既來自於自我理性的審視、分析與認定，更來自精神和心理底層的感覺、直覺、情緒、情感、潛意識等層面的更基礎、更內在的切身感受與體驗；既來自於價值領域的參照與指引，更來自於經驗領域的印證和支撐。

說一千道一萬，外人的評價終究是隔岸觀火，最權威的認定當然要來自當事人。即使當事人的認定從價值領域或理性判斷上看是錯誤的，也不能代替和抹煞當事人在精神和心理層面的那些負面的切身體驗與實際感受的客觀存在性和真實性。簡單說，是否是攻擊，是否是對手，是否是敵人，最終要取決於當事人最終的綜合理解與判斷；因為「攻擊」不是指向你我，而是引發了當事人的應激與防衛，主要針對當事人產生影響、發生意義。魯迅一生所面對的攻擊和敵人，的確數不勝數。那麼最後十年尤其臨終前的那幾年，魯迅自己認定的主要的攻擊和敵人是什麼呢？熟讀魯迅最後十年的著述和書信者，從魯迅的無奈、不滿、厭惡、諷刺、抱怨、指責乃至最終發難來看，自然不難發現魯迅在經驗領域和精神、心理層面遭受壓力、折磨和痛苦的主要來源所在。僅舉幾例就可一葉知秋：

> 今之青年，似乎比我們青年時代的青年精明，而有些也更重目前之益，為了一點小利，而反噬構陷，真有大出於意料之外者，歷來所身受之事，真是一言難盡，但我是總如野獸一樣，受了傷，就回頭鑽入草莽，舐掉血跡，至多也不過呻吟幾聲的。只是現在卻因

為年紀漸大，精力就衰，世故也愈深，所以漸在回避了。〔註27〕

我之退出文學社，曾有一信公開於《文學》，希參閱，要之，是
在寧可與敵人明打，不欲受同人暗算也。〔註28〕

但，敵人是不足懼的，最可怕的是自己營壘裏的蛀蟲，許多事
都敗在他們手裏。因此，就有時會使我感到寂寞。但我是還要照先
前那樣做事的，雖然現在精力不及先前了，也因學問所限，不能慰
青年們的渴望，然而我毫無退縮之意。〔註29〕

叭兒之類，是不足懼的，最可怕的確是口是心非的所謂「戰友」，
因為防不勝防。例如紹伯之流，我至今還不明白他是什麼意思。為
了防後方，我就得橫戰，不能正對敵人，而且瞻前顧後，格外費力。
身體不好，倒是年齡關係，和他們不相干，不過我有時確也憤慨，
覺得枉費許多力氣，用在正經事上，成績可以好得多。〔註30〕

或說，魯迅樹敵多多，來自同一陣營的不能算做敵人，只能算是「人民
內部矛盾」。俗語說的好，站著說話不腰疼。給當事人造成的精神壓力和心理
傷害，可是只有當事人去承擔！廉價的理解、同情和開導無濟於事。在魯迅
眼中，敵人不足懼，叭兒不足懼；那麼，是誰讓他感到焦慮、疲憊、可怕和難
以名狀的憤怒呢？難道不是那些精明的「青年」、「自己營壘的蛀蟲」和口是
心非的「戰友」？難道不是那些「元帥」、「工頭」、「英雄」、「指導家」、「狀
元」們？如果尊重魯迅的個體經驗和心理感受的話，那麼給魯迅造成精神壓
力和心理傷害的，難道不是一目了然嗎？熟知魯迅最後十年經歷者，尤其熟
知魯迅與左聯關係史者，更不難看到真正或者主要給魯迅造成精神壓力和心
理傷害的，究竟來自於誰、來自於何方。

問題的嚴重性更在於，這種精神壓力和心理傷害不可避免地要給魯迅
的精神世界和思想領域，帶來理性和感性、理論和經驗等諸多層面的矛盾

〔註27〕 魯迅：《330618 致曹聚仁》，《魯迅全集》第 12 卷，第 185 頁，北京：人民
文學出版社，1981 年。

〔註28〕 魯迅：《340501 致婁如瑛》，《魯迅全集》第 12 卷，第 399 頁，北京：人民
文學出版社，1981 年。

〔註29〕 魯迅：《341206 致蕭軍、蕭紅》，《魯迅全集》第 12 卷，第 584 頁，北京：
人民文學出版社，1981 年。

〔註30〕 魯迅：《341218 致楊霽雲》，《魯迅全集》第 12 卷，第 606 頁，北京：人民
文學出版社，1981 年。

感和混亂感，很容易引發他內在精神世界的矛盾、差異乃至斷裂，使他對自我本性的堅守常常處於進退失據的尷尬困境。當年一篇嘲諷魯迅的文章，或許充滿惡意，但至少在現象層面點出了魯迅的困境所在：「既然做了 CP 在文學上的『旗手』，當然一切文學上的理論都須跟著 CP 的政治主張走，於是由『普羅列塔列亞文學』而走到『民族革命戰爭的大眾文學』，縱然受到了同志們以及社會人士們的誹笑責難，也只有硬著頭皮作『韌性』的鬥爭，這種『啞子吃黃蓮』的苦悶，我們也應該替死了的人坦白申訴的。……魯迅在後期文壇生活中，最淒慘的無過於由『普羅文學』轉變到『民族革命戰爭的大眾文學』這一段。」〔註 31〕事實上，對於這種「啞子吃黃連」的境地，作為當事者的魯迅本人，比誰都清楚；個中甘苦，可謂冷暖自知：「今天要給《文學》做『論壇』，明知不配做第二，第三，卻仍得替狀元捧場，一面又要顧及第三種人，不能示弱，此所謂『啞子吃黃連』——有苦說不出也。」〔註 32〕

　　魯迅生命的最後十年，飽受病痛的折磨；最後的幾年，更是病入膏肓。他在抵抗疾病、衰老等不可抗力的同時，還要去迎戰來自外界的「攻擊」。那時的魯迅，該是怎樣的力不從心與苦不堪言呢？對於魯迅自身來說，如果真能如他所說的去「迴避」，那麼這些也就不會構成精神和心理層面的壓力、折磨和痛苦。但他又「毫無退縮之意」，既不想放棄對自我本性的堅守，又不肯扭曲自己的意志；寧可「橫站」，也要直面這慘淡的人生。魯迅的同代人、俄羅斯的別爾嘉耶夫曾說：「革命是使人貧乏也使人豐盈的一種重要體認。」〔註 33〕毋庸多言，造成魯迅既想「迴避」又「毫無退縮之意」狀態的根源，來自於他最後十年所投身的「革命」領域，來自於他對「革命」的期冀和切身的體驗與感受，亦即來自於革命的「誘惑與奴役」。

　　考諸魯迅一生的史蹟，對於革命、對於馬克思主義，無論是在經驗和現象層面，還是在理性和理想領域，魯迅的獨特之處在於，始終都能秉持自己內在的認識和獨立的判斷，絕難接受政治勢力、社會團體、領袖權威、人情

〔註 31〕梅子：《魯迅的再評價》，《1913～1983 魯迅研究學術論著資料彙編》第 3 卷，第 1114～1115 頁，北京：中國文聯出版公司，1987 年。

〔註 32〕魯迅：《350912　致胡風》，《魯迅全集》第 13 卷，第 212 頁，北京：人民文學出版社，1981 年。

〔註 33〕〔德〕尼古拉‧別爾嘉耶夫：《人的奴役與自由》，徐黎明譯，第 173 頁，貴陽：貴州人民出版社，1994 年。

世故等外部因素的左右與擺佈。需要注意的是，魯迅對革命的認識、理解、判斷和感覺，具有整體性思考和經驗主義特徵，即立足於人類社會的總體視野來衡量革命的理想、事實、價值和意義。

他在生命的最後十年，對革命現象與革命本質的打量與審視，儘管主要側重於共產黨的革命，但這也只是他所思考的人類社會革命鏈條中的一環。當然，這一環畢竟是他感受最深切、體會最複雜的一環。所以，當他從理性和理論的領域介入到經驗的和實踐的領域，從革命的旁觀者縱身躍入革命的洪流；理性的、理論的乃至理想的革命形態與經驗的、實踐的和現實的革命形態之間發生的重大差異和矛盾，也就如影隨形般矗立在他眼前。或許，之前的惶惑和疑慮不但沒有消除，反而因為革命實踐的複雜性和矛盾性而日益加重。

應該說，魯迅對共產黨革命的認同與參與，迥異於同一陣營的那些職業、半職業革命文人們的狂熱、獻身與尊奉。王任叔的判斷是恰切的：「他一開始就對於人類有個偉大的理想，而欲實現這理想，他又不欲空談而注重實作。」〔註34〕對魯迅而言，認同和接受共產黨的革命理念與革命理想，是他「不欲空談而注重實作」的具體表現。但認同與接受，只是意味著他將之視為看待社會發展與變革的一種思想框架和理論武器，很難說會構成他自我存在本性的動力源與終極信仰。正如葉公超所言，無論是超人論還是進化論，無論是階級論還是集體主義，這些只不過是魯迅的「自我」在不同人生時段的價值取向的具體選擇而已。尤其是超人論和進化論逐漸喪失自我闡釋、自我推動的能量後，魯迅精神世界在理性認知層面的對比邏輯和經驗事實層面的參照意識，在歷練中必然要漸次增強；魯迅自我堅守與選擇中的警惕性，當然也會水漲船高。

這就不難理解魯迅在逐漸認同與接受「革命」的同時，為何始終保持著冷靜、慎重甚至是懷疑。早在轟轟烈烈的國民革命年代，魯迅對自我與革命就有清醒的定位：「老實說，遠地方在革命，不相識的人們在革命，我是的確有點高興聽的，然而——沒有法子，索性老實說罷，——如果我的身邊革起命來，或者我所熟識的人去革命，我就沒有這麼高興聽。有人說我應該拼命去革命，我自然不敢不以為然，但如叫我靜靜地坐下，調給我一杯罐頭牛奶

〔註34〕王任叔：《魯迅先生的「轉變」》，《1913～1983 魯迅研究學術論著資料彙編》第 2 卷，第 134 頁，北京：中國文聯出版公司，1986 年。

喝，我往往更感激。」〔註35〕到了1928年革命文學論戰時代，在已經基本接受馬克思主義作為理解、闡釋社會發展與變革的一種思想框架和理論武器後，魯迅依然沒有減少對革命前景的憂慮與警醒：「革命被頭掛退的事是很少有的，革命的完結，大概只由於投機者的潛入。也就是內裏蛀空。這並非指赤化，任何主義的革命都如此。但不是正因為黑暗，正因為沒有出路，所以要革命的麼？倘必須前面貼著『光明』和『出路』的包票，這才雄赳赳地去革命，那就不但不是革命者，簡直連投機家都不如了。雖是投機，成敗之數也不能預卜的。」〔註36〕

　　暫且不論魯迅對革命的認識與理解，是否主要來自於經驗主義和現象層面的支撐。即使在理論、理性乃至理想層面，魯迅的認同與接受也不是盲目和尊奉，而是有著極其鮮明的獨立性和悲觀主義色彩。比如他對革命及其前景的憂慮與預估，迄今依然振聾發聵：「古時候一個國度里革命了，舊的政府倒下去，新的站上來。旁人說，『你這革命黨，原先是反對有政府主義的，怎麼自己又來做政府？』那革命黨立刻拔出劍來，割下了自己的頭；但是他的身體並不倒，而變成了僵屍，直立著，喉管裏吞吞吐吐地似乎是說；這主義的實現原本要等到三千年之後呢。」〔註37〕仔細琢磨魯迅這段話的劍鋒所指，我們就不能不聯想起多少年後霍弗的類似看法：「如果一種教義不是複雜晦澀的話，就必須是含糊不清的；而如果它既不是複雜晦澀也不是含糊不清的話，就必須是不可驗證的；也就是說，要把它弄得讓人必須到天堂或遙遠的未來才能斷定其真偽。」〔註38〕

　　人們常說，理論是灰色的，唯有生命之樹長青。假使這種憂慮和預估，只是出自於虛無思想、悲觀主義在魯迅精神世界的慣性作用；那麼，革命的光輝燦爛圖景，自然會用活生生的事實去矯正魯迅的悲觀與虛無。可是，當一種理論和理想僅僅是或者主要是在口頭上蠱惑人心，經常性地無法獲得經

〔註35〕魯迅：《在鐘樓上——夜記之二》，《魯迅全集》第4卷，第30頁，北京：人民文學出版社，1981年。

〔註36〕魯迅：《鏟共大觀》，《魯迅全集》第4卷，第106頁，北京：人民文學出版社，1981年。

〔註37〕魯迅：《透底》，《魯迅全集》第5卷，第104頁，北京：人民文學出版社，1981年。

〔註38〕〔美〕埃里克·霍弗：《狂熱分子》，梁永安譯，第109頁，桂林：廣西師範大學出版社，2008年。

驗和現實層面的支撐；或者說經驗和現實層面的觀感，足以架空乃至解構理論和理想時，會對一個認同者、接受者造成怎樣的震盪、衝擊和精神困擾呢？僅從魯迅對同一陣營革命文人們的觀感中，就可以印證理想與現實、理論與實踐的差異和矛盾，在魯迅眼中的的確確是存在著。比如王平陵曾諷刺和攻擊左翼作家說：「大多數的所謂革命的作家，聽說，常常在上海的大跳舞場，拉斐花園裏，可以遇見他們伴著嬌美的愛侶，一面喝香檳，一面吃朱古力，興高采烈地跳著狐步舞，倦舞意懶，乘著雪亮的汽車，奔赴預定的香巢，度他們真個消魂的生活。明天起來，寫工人呵！鬥爭呵！之類的東西，拿去向書賈們所辦的刊物換取稿費，到晚上，照樣是生活在紅綠的燈光下，沉醉著，歡唱著，熱愛著。像這種優裕的生活，我不懂先生們還要叫什麼苦，喊什麼冤，你們的貓哭耗子的仁慈，是不是能博得勞苦大眾的同情，也許，在先生們自己都不免是絕大的疑問吧！」〔註 39〕王平陵是不是污蔑革命文人暫且不論，關鍵是魯迅怎樣看待這些現象呢？

魯迅在諸多公開場合雖較少點名指謫，但私下裏卻毫不掩飾自己的厭惡和鄙夷：「創造社開了咖啡店，宣傳『在那裡面，可以遇見魯迅郁達夫』，不遠在《語絲》上，我們就要訂正。田漢也開咖啡店，廣告云，有『瞭解文學趣味之女侍』，一夥女侍，在店裏和飲客大談文學，思想起來，好不肉麻煞人也。」〔註 40〕對於革命實踐中諸如此類違背革命理想和革命倫理的人與事，魯迅的鄙夷、不屑與不滿，更有眾所周知的「梯子論」可以佐證：「梯子之論，是極確的，對於此一節，我也曾熟慮，倘使後起諸公，真能由此爬得較高，則我之被踏，又何足惜。中國之可作梯子者，其實除我之外，也無幾了。所以我十年以來，幫未名社，幫狂飆社，幫朝花社，而無不或失敗，或受欺，但願有英俊出於中國之心，終於未死，所以此次又應青年之請，除自由同盟外，又加入左翼作家連盟，於會場中，一覽了薈萃於上海的革命作家，然而以我看來，皆茄花色，於是不佞勢又不得不有作梯子之險，但還怕他們尚未必能爬梯子也。哀哉！」〔註 41〕由具體而實際的革命現象得來的這類經驗和體會，在魯

〔註 39〕王平陵：《「最通的」文藝》，《1913～1983 魯迅研究學術論著資料彙編》第 1
　　　　卷，第 772 頁，北京：中國文聯出版公司，1985 年。
〔註 40〕魯迅：《280815　致章廷謙》，《魯迅全集》第 11 卷，第 633 頁，北京：人民
　　　　文學出版社，1981 年。
〔註 41〕魯迅：《300327　致章廷謙》，《魯迅全集》第 12 卷，第 8 頁，北京：人民文
　　　　學出版社，1981 年。

迅最後十年的著述尤其是書信中，可謂比比皆是。相信識者能察，自不必多言。

四、「在夢與怒之間是他文字最美滿的境界」

　　如果說理論、理性和理想層面的疑惑和矛盾，不足以給魯迅帶來精神壓力和心理傷害；那麼在現實和經驗領域遭遇的「革命」之種種「真相」，尤其是他那獨立的自我所遭受的種種「圍剿」，如果在日積月累中達到了觸目驚心的地步，他認識、理解和判斷革命的整體性視野與經驗主義思維模式，顯然要遇強則強，足以引發他再次乃至多次的重新審視他所認同和接受的思想框架和理論武器。魯迅置身其中又難以擺脫的革命之種種矛盾、種種糾葛與種種鬥爭，當然也會再次乃至多次誘發和強化他在理性和理想層面本來就已存在的懷疑主義和虛妄感。

　　從外到內的如此種種，如果量變累積到質變階段，則足以「轟毀」魯迅在思想和精神領域的連續性和一貫性，進而導致差異性、矛盾性乃至斷裂性的產生。魯迅那個獨立的、膨脹的、強烈的「自己」，在尋求新的存在動力源層面上，勢必又會要求「自己」開始新的一輪「從新做過」。

　　1928 年革命文學論爭之後，魯迅之所以在理性層面接受馬克思主義並懷著理想主義精神投入到革命事業，必定有著來自歷史、現實與理想等諸多層面的深刻複雜原因。在眾多的闡釋中，大眾哲學家艾思奇的理解可謂高人一籌：「『五四』以後魯迅先生所以終於能夠走到辯證唯物論的方面來，接受了馬克思主義，也正是由於他在戰鬥中看見了真正民主的現實力量（不是借多數以壓制別人，而是以創造多數人和全社會的友愛合作自由發展的高級社會為目的，以爭取一切人能以同志關係相待而又不妨礙相互的個性發展的合理社會為目的的現實力量）——即無產階級力量的緣故。」〔註 42〕艾思奇的解釋堪稱高屋建瓴，尤其是括號裏面的解釋，不但符合原典馬克思主義的真實內涵，而且將實現人類社會理想模型的巨大可能性（亦即革命的誘惑性）突出出來，切合了魯迅「對於人類有個偉大的理想」一貫憧憬與自我訴求。問題在於，魯迅在理性和理想層面接受馬克思主義，是否意味著他在文學的和革命的實踐領域完全認同與信任這一主義的實踐者們呢？

〔註42〕艾思奇：《魯迅先生早期對於哲學的貢獻》，《1913～1983 魯迅研究學術論著資料彙編》第 3 卷，第 432 頁，北京：中國文聯出版公司，1987 年。

顯然，魯迅並沒有將那些革命文學鼓吹者尤其是自封的革命者等同於革命事業本身，反而是在歷史經驗和現實刺激的基礎上，一直帶著濃重的懷疑精神和憂慮意識，去審視他的新同盟者們。正如王任叔所說，魯迅是個歷史的現實主義者，歷史和現實的經驗與教訓，時時刺激和提醒他去察其言觀其行。應該說，魯迅的評判標準，更多的是經驗的、歷史的與現實的，而非理論的、理想的和虛擬的。比如左聯成立大會，本應是一個團結的大會、勝利的大會，可是魯迅不肯扭曲自己的意志去說冠冕堂皇、鼓舞人心的話，反而根據歷史經驗和切身體會大潑冷水、大唱反調，尤其說左翼作家很容易成為右翼作家，致使不少人會後火氣衝衝去責難斡旋者馮雪峰。再比如合作了一年多後，當魯迅對「友軍」們又增添了新的經驗與體會，就舊賬新賬一起算，不但將左聯的骨幹力量創造社「極左傾的兇惡的面貌」推上前臺，斥之為「翻筋頭」、「才子＋流氓」；而且一針見血地借題發揮說：「這情形，即在說明至今為止的統治階級的革命，不過是爭奪一把舊椅子。去推的時候，好像這椅子很可恨，一奪到手，就又覺得是寶貝了，而同時也自覺了自己正和這『舊的』一氣。……奴才做了主人，是決不肯廢去『老爺』的稱呼的，他的擺架子，恐怕比他的主人還十足，還可笑。」〔註43〕

魯迅對革命實景的警醒、對革命前景的憂慮，尤其是對諸多「友軍」的不屑與不滿，和別爾嘉耶夫對「革命創造新人」的焦慮異曲同工：「馬克思在青年時的論著中曾說，勞工不具有人的高質，他們是更加非人性、更加喪失人的本性的生存。但後來，在馬克思主義的歷史中卻產生出關於無產階級的神話，其影響甚大。這種彌賽亞論認為，勞工群眾比有產者群眾更優秀，更少墮落，更贏得同情。其實，勞工也一樣被依賴感、仇恨和嫉妒所支配，一旦勝利，他們也會成為壓迫者、剝削者。……馬克思的無產階級缺乏經驗的真實，僅是知識分子構想的一項觀念和神話而已。就經驗真實來說，無產者彼此就有差異，又可以類分，而無產者自身並不具有圓滿的人性。」〔註44〕魯迅當然深諳革命摧枯拉朽又泥沙俱下的道理，當然知道再神聖的事業也必須由具體的個人去承擔與實踐，當然明白革命的預言與承諾往往迥異於革命的

〔註43〕 魯迅：《上海文藝之一瞥》，《魯迅全集》第 4 卷，第 301～302 頁，北京：人民文學出版社，1981 年。
〔註44〕 〔俄〕別爾嘉耶夫《人的奴役與自由》，貴州人民出版社 1994 年版，第 187頁。

現實與後果。所以，面對來自歷史的濃黑經驗與教訓，他只能「夢墜空雲齒髮寒」：「中國革命的鬧成這模樣，並不是因為他們『殺錯了人』，倒是因為我們看錯了人。」〔註45〕可是，這沉重而肅然的感歎，並不僅僅來自於剛剛過去的革命歷史；正在發生的革命的錯綜複雜景觀，日益積累的負面經驗與體會，更足以使他擔心這一革命的歷史將會重演。

魯迅很清楚，自己終究不過是革命的一個同路人。當他向馮雪峰抱怨說「你們到來時，我要逃亡，因為首先要殺的恐怕是我」，〔註46〕難道不是意味著自己並不屬於「你們」？難道不是在內心深處已經深切感受到「你們」一詞的幽暗？如果說，因為與馮雪峰、瞿秋白等人的良好關係，魯迅和前期左聯的合作，大致還算順利。可是，隨著他們的離去、新的掌權者登上舞臺，魯迅和左聯的衝突越積越多，雙方漸行漸遠，終致勢如水火了。鄭學稼曾說：「『中國的高爾基』對於文化政策的執行者，不是完全服從的，也有反抗。但聰明的他，把反抗的事件，化為對付個人。」〔註47〕如果說在左聯的前期，魯迅「把反抗的事件，化為對付個人」之說尚能成立，那麼面對左聯後期發生的越來越多的「攻擊」事件，他還會把問題的根源僅僅定位在「個人」嗎？

他給兩蕭抱怨說：「敵人不足懼，最令人寒心而且灰心的，是友軍中的從背後來的暗箭；受傷之後，同一營壘中的快意的笑臉。因此，倘受了傷，就得躲入深林，自己舐乾，扎好，給誰也不知道。我以為這境遇，是可怕的。我倒沒有什麼灰心，大抵休息一會，就仍然站起來，然而好像終究也有影響，不但顯於文章上，連自己也覺得近來還是『冷』的時候多了。」〔註48〕他對胡風訴苦說：「最初的事，說起來話長了，不論它；就是近幾年，我覺得還是在外圍的人們裏，出幾個新作家，有一些新鮮的成績，一到裏面去，即醬在無聊的糾紛中，無聲無息。以我自己而論，總覺得縛了一條鐵索，有一個工頭

〔註45〕魯迅：《〈殺錯了人〉異議》，《魯迅全集》第5卷，第95頁，北京：人民文學出版社，1981年。
〔註46〕李霽野：《憶魯迅先生》，《1913～1983魯迅研究學術論著資料彙編》第2卷，第115頁，北京：中國文聯出版公司，1986年。
〔註47〕鄭學稼：《魯迅正傳》，《1913～1983魯迅研究學術論著資料彙編》第3卷，第1181頁，北京：中國文聯出版公司，1987年。
〔註48〕魯迅：《350423　致蕭軍、蕭紅》，《魯迅全集》第13卷，第116頁，北京：人民文學出版社，1981年。

在背後用鞭子打我，無論我怎樣起勁的做，也是打，而我回頭去問自己的錯處時，他卻拱手客氣的說，我做得好極了，他和我感情好極了，今天天氣哈哈哈……。真常常令我手足無措，我不敢對別人說關於我們的話，對於外國人，我避而不談，不得已時，就撒謊。你看這是怎樣的苦境？」〔註49〕仔細琢磨魯迅的話，雖然不必過度闡釋，但也決不可忽略魯迅用語背後的複雜含義，比如說「友軍」究竟意味著怎樣的心理距離？「裏面」是不是一個蘊含壁壘森嚴意味的指稱代詞？他又為何「冷」而處於「苦境」呢？如果設身處地考慮他的遭遇和切身體驗，那麼魯迅這些用語背後有沒有顯示出他潛意識層面的心理界限乃至精神防衛呢？

鄭學稼曾經勾畫過「左聯」的文藝運動路線圖：「在一九二七年，中共的『八七會議』以後，它的文藝政策，就是要建立以成仿吾、李初梨們為代表的『普羅文學』。到一九三二年『紅軍』有了根據地，並建立『蘇維埃政府』後，它的文藝政策，是呼喊創造『社會主義的寫實文學』，因為中共把江西的『天國』，成為『社會主義』的社會。但這只算是過去的陳跡。歷史告訴我們，自從希特勒上臺，第三國際的主席由史米特洛夫充當起，中共執行它的決議：從事『民族陣線』的運動，不需要那『蘇維埃政府』，並高掛『國防政府』的大牌。既然在政治上有了激變，那在文化中也不能沒有與之相適應的變更。由於產生了『國防文學』。」〔註50〕無論怎麼說，具體的「個人」是沒有能力決定這一文藝運動路線圖的，除非掌握足夠的權力，更何況這一路線圖的設計與規劃來自於蘇俄的遙控。正如魯迅看到了「你們」，問題的根源並不在於「個人」，而在於由無數那樣的「個人」構成的一個所謂的「裏面」，乃至「裏面」的「裏面」。「裏面」的個人，也必須按照「裏面」的最高政治意志去執行組織的路線、方針、政策和計劃；自行其是必然會被視為嚴重違背組織的背叛行為。一般的「個人」之於群體、組織和運動，實在是可以微不足道。

關於當年「聯合」的原因和內幕，魯迅必定比今天的我們知道和感受的

〔註49〕魯迅：《350912　致胡風》，《魯迅全集》第13卷，第211頁，北京：人民文學出版社，1981年。
〔註50〕鄭學稼：《魯迅正傳》，《1913～1983魯迅研究學術論著資料彙編》第3卷，第1181頁，北京：中國文聯出版公司，1987年。引文最後一句中的「由於」，按前後邏輯來看，疑為「於是」之誤。

更多。曾經和魯迅和左聯論戰的梁實秋，後來譏諷說：「我離開上海到青島，『普羅文學』也不久便急劇的消滅了，其消滅的原因是極有趣味的，是由於莫斯科的一場會議，經過的情形具見於美國伊斯特曼所著《穿制服的藝術家》一書中。沒有貨色的空頭宣傳當然不能持久，何況奉命辦理的事當然也會奉命停辦！」〔註51〕當年創造社、太陽社成員們放下「武器」，向魯迅舉起橄欖枝，實乃執行組織命令而非內心的心甘情願；倒是前前後後的一系列「圍剿」，頗能代表他們的真實意願和個人意志。如果說矛盾、糾葛和鬥爭僅僅來源於「個人」，那問題反而好解決，等著真正的革命者到來就是。但魯迅知道，他面對的是「友軍」，是「你們」。「友軍」們能夠「奉命辦理」，但「由自己決定自己是什麼」的魯迅，能夠「奉命辦理」嗎？

或許正如革命文學論戰時對手們對他的嘲諷與抨擊，不放棄獨立性和理想主義的魯迅，勢必會成為「中國的堂吉訶德」。假如魯迅沒有在 1936 年死去，而是依然活著，結局又將如何呢？在魯迅死後的第六年，有人把他和王實味做了一個比較，頗令人遐想：「魯迅畢竟比王實味的運氣好，他畢竟沒有到過革命聖地，過去的『蘇區』或現在的『邊區』。如果像王實味那樣倒楣鬼到了『邊區』，在這『歌囀玉堂春』『舞回金蓮步』的氣氛中，依他老人家那種對於黑暗特別敏感和嫉視，他的筆底下恐怕比王實味還要感到黑暗而無望。……如果魯迅也到了延安之類的地方，是否能夠避免王實味的感到寂寞空虛，因而憤怒，更尖銳地搜索生活的缺點，在文藝創作上暴露黑暗面，依魯迅過去的作品看來，誰也不能保險？幸得魯迅沒有到過這種『新生活環境』中，所以他沒有象王實味那樣套上『托派』罪名。」〔註52〕然而，這終究是假設，因為魯迅倒在了病魔和攻擊中。他當然不會去「聖地」，也不會知道後來的「毛羅對話」，更不會知道那句流傳甚廣的「倘若魯迅依舊在，天安門前等殺頭」。但在見到馮雪峰的大約兩年前，他就已經預測著命運的某種可能：「倘當崩潰之際，竟尚幸存，當乞紅背心掃上海馬路耳。」〔註53〕

郁達夫評價魯迅說：「當我們見到局部時，他見到的卻是全面。當我們熱

〔註51〕梁實秋：《魯迅與我》，《1913～1983 魯迅研究學術論著資料彙編》第 3 卷，第 734 頁，北京：中國文聯出版公司，1987 年。
〔註52〕秋水：《魯迅與王實味》，《1913～1983 魯迅研究學術論著資料彙編》第 3 卷，第 1111 頁，北京：中國文聯出版公司，1987 年。
〔註53〕魯迅：《340430　致曹聚仁》，《魯迅全集》第 12 卷，第 397 頁，北京：人民文學出版社，1981 年。

衷去掌握現實時,他已把握了古今與未來。」〔註54〕此評價用之於魯迅如何對待革命,誠乃不刊之論。之所以說魯迅認同與接受馬克思主義,只是他視之為看待社會發展與變革的一種思想框架和理論武器,而不能構成他自我存在本性的動力源與終極信仰,就在於他是在中外古今的格局中、在歷史與現實的錯綜複雜中、在人類革命鏈條的視野中,來認同與接受這一事業的。這種認同和接受,只能是他「對於人類有個偉大的理想」的一個「中間物」。差異、矛盾和斷裂之處在於,當革命陣營裏的「蛀蟲」充斥在他四周,當革命之種種遭遇逾越了他的心理承受閾限,當這個「中間物」的現實形態嚴重違背和扭曲了他心目中的理論模型和理想建構,他還會將問題的根源僅僅歸結為作為「個人」的「元帥」、「工頭」、「英雄」、「指導家」和「狀元」嗎?

在生命的臨終歲月,他為何不顧朋友的勸告、不顧組織的疏通,執意暴露「某一群」?他為何毫不顧及徐懋庸們的安危與恐懼:「這初看不過是『含血噴人』的手段,是平常的,殊不知這其中有著非常惡毒的一手,那就是暴露左聯的秘密,咬實我和左聯的關係,揆其目的,豈不是同時要使另外一種人來迫害我麼!」〔註55〕用宗派主義、內部矛盾、右傾機會主義、左傾幼稚病等原因來解釋魯迅的執意決裂,顯然不是糊塗就是欲蓋彌彰了。魯迅的執意決裂,自然更不是一時的忍無可忍。徐懋庸來信只不過是壓垮駱駝的最後一根稻草。當組織的前進路向,由理想主義轉向實用主義,魯迅面臨的就不僅僅是理想主義訴求的失落了。如果說之前的大多數矛盾、糾葛、衝突,還可以歸因於人事糾紛和具體觀念分歧;那麼在左聯解散和國防文學論戰事件中,儘管表面上魯迅已經認同和接受組織的決定,但卻再也無法掩蓋魯迅和「友軍」在革命的理論建構和理想形態層面存在的根本性分歧。只不過這種根本性分歧,是以文學論爭和人事糾葛的面貌呈現出來罷了。

作為一個文人的魯迅,當然無法左右革命的偉力。但他的衝冠一怒,為他那來自於存在本性的「天真」自我,劃上了濃重而悲壯的一筆。仔細看看他在生命最後幾年的文章、書信,就能深切地感受到新一輪的「從新做過」,在執意決裂前就已經開始了。在《我的第一個師傅》這樣充滿溫暖記憶的文

〔註54〕 郁達夫:《魯迅的偉大》,《1913～1983 魯迅研究學術論著資料彙編》第 2 卷,第 700 頁,北京:中國文聯出版公司,1986 年。
〔註55〕 徐懋庸:《一封真的想請發表的私信》,《1913～1983 魯迅研究學術論著資料彙編》第 1 卷,第 1460 頁,北京:中國文聯出版公司,1985 年。

章中，魯迅都忍不住隨手寫入「中國的邪鬼，是怕斬釘截鐵，不能含糊的東西的」。尤其值得回味的，當屬臨死前一個月所寫的《女弔》，其結尾更是令人深長思之：「被壓迫者即使沒有報復的毒心，也決無被報復的恐懼，只有明明暗暗，吸血吃肉的兇手或其幫閒們，這才贈人以『犯而勿校』或『勿念舊惡』的格言，——我到今年，也愈加看透了這些人面東西的秘密。」

執意決裂，當然不是最終目的。決裂後，他將如何調整自己的政治信仰、如何重塑自我的精神動力、如何再造作為社會人和政治人的自我形象？如果他繼續活著並依舊保持自我的獨立，那麼他最後十年所經歷的一切，是否會成為他創作更深刻文學作品的絕妙素材？然而，後人無法替魯迅作答。昔人已去，空留一個未能完型的命題。魯迅生命盡處的遭遇和「轉變」跡象，不能不令人深深警醒：「催生群眾運動的知識分子的悲劇根源在於，不管他們有多麼謳歌群體運動，本質上都是個人主義者。他們相信有個人幸福可言，相信個人判斷和原動力的重要性。但一個群眾運動一旦成形，權力就會落入那些不相信也不尊重個人者之手。」〔註56〕

天不假魯迅以時日，卻留下了一個「臨終還要戰鬥」的悲壯身影。上蒼沒有給他更多的時間去「從新做過」。但即使再一次「從新做過」，他又如何避免革命偉力的秋風掃落葉呢？如果不是他的「友軍」們在他活著時聽命於王明，那麼還會有以後偉大領袖的推崇嗎？值得慶幸的是，魯迅到死都依然保持了「一生不曾屈服」的姿態，從沒有喪失那個來自存在本性的「天真」自我。葉公超嘗言：「他的思想裏時而閃爍著偉大的希望，時而凝固著韌性的反抗狂，在夢與怒之間是他文字最美滿的境界。」〔註57〕如果細細體會魯迅生命最後幾年的文字，我們難道不可以更深切地感受到他的「夢與怒」嗎？在那些滿溢著「夢與怒」的文字中，我們難道不是更深切地感受到他從虛妄又回歸了真實？

〔註56〕〔美〕埃里克·霍弗：《狂熱分子》，梁永安譯，第172頁，桂林：廣西師範大學出版社，2008年。
〔註57〕葉公超：《魯迅》，《1913～1983魯迅研究學術論著資料彙編》第2卷，第665頁，北京：中國文聯出版公司，1986年。

第二章　詩與真：1940年代的郭沫若及其抗戰歷史劇

　　郭沫若完成文人和政治活動家雙重角色定位，是在抗戰期間。儘管北伐時期投筆從戎、縱情戰場，但因國共分裂、堅決反蔣，旋即流亡日本。政治舞臺的大幕剛剛開啟就關閉了。亡命日本10年，詩人、革命家的激情轉換為學者的沉毅和堅忍，郭沫若徜徉於中國古代社會的漫漫典籍、埋首於青銅甲骨堆中，在江戶川畔櫻花樹下成就了名動天下的一代學術。如果不是無恥日寇進犯中華，或許郭沫若就此不再涉足險惡政壇。

一、「憤怒出詩人」：政治遇挫與藝術移情

　　都說造化弄人，可時勢亦造英雄，沈從文曾言：「讓我們把郭沫若的名字位置在英雄上、詩人上，煽動者或任何名分上，加以同情和尊敬」〔註1〕，話音剛落數年，日寇的入侵就將郭沫若推向政治的風口浪尖，歷史英雄的位置再次向他招手。這就是被一些學者稱之為頗具邦德007色彩的郭沫若秘密歸國和此後八年抗戰期間的政治周旋。

　　關於郭沫若秘密歸國抗戰，學界尚有不同認識。一般認為，中日戰端一觸即發，國民政府內部親日派亟需對日談判渠道，而當時傳聞郭沫若因學術影響受知於日本政界一些重量級人物，故而被納入國民政府的政治視野。比如1934年上海《社會新聞》第七卷第四期就刊出《郭沫若受知西園寺》，稱日本政界元老西園寺公望十分讚賞郭沫若的《中國古代社會研究》《兩周金文

〔註1〕沈從文：《論郭沫若》，載李霖編《郭沫若評傳》，上海現代書局1932年版。

大系》和《甲骨文字研究》等著作，並在別墅設宴招待郭沫若。日本報界和民間也流傳「二‧二六事件」中，西園寺公望曾庇護過郭沫若。1932 年「五‧一五事件」中遇刺的日本首相犬養毅，亦醉心於郭沫若的《兩周金文大系》和《甲骨文字研究》。

　　儘管郭沫若歸國抗戰的前前後後尚有很多謎團〔註2〕，但可以肯定，郭沫若在日本的學術影響提升了自身的政治分量。必須指出，郭沫若是應國民政府召喚秘密歸國抗戰的。所以就有了郁達夫兩封信中「委員長有所藉重」之語（張群、陳布雷、陳儀、錢大鈞、邵力子等均係為郭歸國向蔣進言者），也就有了國民政府住日使館和間諜網（參與其事者主要有許世英、王芃生、錢瘦鐵、金祖同等人）多方協作護送郭沫若秘密歸國的驚心動魄。當然也就有了郭沫若抵滬之後共產黨方面李初梨、夏衍、錢杏邨等人才獲知消息一說。

　　「登舟三宿見旌旗」後以什麼樣的方式「投筆請纓」？這是郭沫若歸國後面臨的重大人生抉擇。是在國民政府謀職（在朝）還是從事青年教育工作（在野）？抑或如沈尹默所建議的繼續研究古代文化？面對複雜政局，儘管有些猶疑，但從政念頭應該始終佔據上風，他那首秘密歸國途中步魯迅七律寫就的《又當投筆請纓時》就已表明心跡。1937 年 9 月下旬寫就的《在轟炸來去》〔註3〕，不但記載了他和國民政府黨政軍諸多高層大員的頻繁接觸，而且屢屢提及 1921 年在上海城隍廟算卦先生預言他 46 歲「交大運」之事（1937年正值虛歲 46），並感慨萬分：「我自己近來都有點相信命運了，就是我自己託福的事實在很多，這怕是託的國家民族的福吧？」

　　應該說，他對自己的前途有著相當高的政治期冀。但戰局的迅速發展不允許這一願望順利實現。9 月份南京見蔣時，蔣希望他留在南京並許諾一個「相當的職務」，可日寇的快速推進使一切充滿變數。11 月上海淪陷後，他在「情緒相當寂寞中」準備去南洋募集款項從事辦報和其他文化工作。這只是無奈之舉，所以到了香港就踟躕不前。「前途的渺茫，不免增加了自己的

〔註2〕　關於郭沫若歸國抗戰過程，目前有三份資料值得重視：一是殷塵（金祖同）《郭沫若歸國秘記》（言行出版社 1945 年版），二是武繼平《「日支人民戰線」諜報網的破獲與日本警方對郭沫若監視的史實》（載《郭沫若與中國知識分子在民族解放戰爭中的文化選擇》，巴蜀書社 2006 年版），三是蔡震《文化越境的行旅：郭沫若在日本二十年》（文化藝術出版社 2005 年版）。參照郭本人的記述和其他事實，這一事件的大致脈絡可以基本還原，因不是本文重點，故不贅述。
〔註3〕　載《郭沫若全集》文學編第 13 卷，人民文學出版社 1992 年版。

惆悵」，戰亂流離中的郭沫若長歎「大業難成嗟北伐，長纓未繫愧南遷」，追問自己「臨風思北地，何事卻南來？」〔註4〕百般思慮和聽取朋友建議後，他又返回廣州準備復刊《救亡日報》。1938 年元旦，焦灼期待中的郭沫若接到陳誠電報「有要事奉商，望即命駕」，在前途未卜的疑慮中，於 6 日晚乘火車奔赴武漢。此後他不但站在了中國文化抗戰的潮頭，而且也捲入了國內黨派紛爭的政治旋流。

在國共兩黨角逐政壇的複雜局面下，郭沫若的從政之路並非一帆風順。一般認為，他歸國不久就和共產黨取得組織聯繫，並最遲在 1938 年夏天恢復黨籍。〔註5〕儘管對這一問題學界尚有爭議，但無論是從政治理想層面還是現實政治選擇來看，郭沫若和黨保持密切聯繫與協作是毋庸置疑的事實。無論從哪個角度說，黨和郭沫若都不會公開宣示，郭沫若需要以自由人身份發揮政治作用。或許郭沫若有自己的政治主見，但對於他這樣一個中國文化界舉足輕重的人物，兩黨都無法視為等閒之輩，在合作抗戰的大前提下爭相展開了對他的「禮遇」。因為郭沫若的政治選擇，將會影響一大批文人知識分子的黨派政治傾向，而文人知識分子黨派背景的抉擇，將影響一個政黨的道統、學統乃至政統的合法性。

國民黨方面對郭沫若的安置蠢笨至極，除了加官進爵鮮有其他作為，即使加官進爵也不到位。郭沫若應陳誠之邀剛到武漢就曾以國民革命軍總政治部副主任（軍銜中將）頭銜唬走防護團，而蔣介石許諾的那個相當的職務，不過是國民政府軍事委員會政治部第三廳廳長，軍銜還是中將。郭沫若加入國民黨比陳誠都早，同級別的賀衷寒、康澤等人政治資格更遠遜於他，而且安排復興社頭目劉健群出任副廳長。無論是出於政治不信任還是黨內派系平衡，蔣介石的安排顯然「委屈」了郭沫若。和周恩來微妙溝通後，「實在是不愉快」的郭沫若不辭而別轉赴長沙。彼時的郭沫若心情相當複雜，以至於在長沙「使酒罵座」，醉酒後罵別人是政客，更罵自己是「混帳的政客」，並連打自己三記重實的耳光。之後主要在周恩來的斡旋下，郭沫若才同意出任廳長一職。

〔註4〕郭沫若：《洪波曲──抗日戰爭回憶錄》，載《郭沫若全集》文學編第 14 卷，人民文學出版社 1992 年版。以下本節引文未加注釋者，均出自該文。
〔註5〕重慶時期擔任周恩來聯絡員的吳奚如在《新文學史料》1980 年第 2 期發表《郭沫若同志和黨的關係》，認為郭是「特別黨員」。有學者表示質疑。也有學者表示見過郭沫若恢復黨籍的鐵證，即郭為于立群入黨介紹人之一，限於保密制度這份材料尚未公開。

應該說，這是郭沫若歸國後和共產黨的第一次重大政治合作。即使這樣，國民黨也不放心，在經費、人員、審查等各方面處處掣肘，使三廳工作無法按郭沫若的意志正常運轉。蔣介石、陳誠、張群、陳布雷等人除了常常給與暗示和警告，要他注意政治傾向、遠離共產黨外，還授意中間派的張季鸞、王芸生「專訪」郭沫若，告誡他不要「腳踏兩邊船，應該死心塌地踏上一邊」。

國民黨蠢笨的政治運作不但沒有拉攏到郭沫若，反而將他遠遠推離。1940年9月蔣介石免去郭沫若第三廳廳長一職，轉任文化工作委員會主任以示慰留，但只能做研究工作不得從事對外政治活動。歸國之初寄希望於蔣介石領導全國抗戰並意圖有所作為的郭沫若，和國民政府漸行漸遠。曾經反蔣而且與國民黨政治理念背道而馳的郭沫若，和共產黨在抗戰的洪流中愈走愈近。標誌事件就是1941年11月16日那場在重慶、桂林、延安、香港和新加坡同時舉行的聲勢浩大的郭沫若50壽辰暨創作25週年紀念活動，特別是周恩來那篇文章《我要說的話》。

這次祝壽活動和這篇文章，之所以在郭沫若評價史上舉足輕重、意義重大、意味深長，關鍵在於將「新文化」、「革命」視野中的郭沫若生命流程，納入到共產黨建構的革命文化譜系即新民主主義文化體系中，通過對郭沫若50年人生行徑進行總結性的政治歷史敘事，不但奠定了他在革命文化中的卓越地位，而且鮮明昭示了郭沫若努力的方向，就是中國革命文化的方向，是其他人尤其是文人知識分子學習的榜樣和典型。共產黨通過這次祝壽活動，實施了一次對黨內外文人知識分子的號召和集結，意圖為自己的政治綱領和目標的實現，吸引和網羅文化人才。

文人知識分子是現代思想精神資源的重要佈道者，在以「黨治」為主要政治運作形式的現代中國，文人知識分子與現代革命的互動關係，對現代中國思想文化體系的形成意義重大。政治革命成功的關鍵，在於民心向背。一個政黨一個階級不可能完全依靠暴力獲得社會各階層的廣泛贊同，必須有一套宣傳、說服機制，向社會各階層言說政治革命的合理性、合法性，獲得大眾的理解與支持。文人知識分子是最有資格實踐這一功能的社會力量。共產黨政治革命依據列寧社會主義意識只能依靠知識分子從外部灌輸進去的理論，高度重視和利用文人知識分子宣傳馬克思主義意識形態的作用。一旦文人知識分子支持社會政治革命，意味著他們將會在自己熟悉和擅長的領域，履行宣傳、教育和說服職能，以專業權威身份將他們所接受的信仰學說和價

值觀念，向社會各階層廣泛傳播和推廣。

這類文人知識分子，兼具知識人和政治人的雙重社會角色。成為這類文人知識分子，基本條件有二：一是必須擁有和掌握那些被社會評判系統所認可的知識和精神資源，成為一個或多個領域的精英，具有向社會發言的專業權威；其次，自願加入到政治鬥爭的行列，成為某一黨派的工作人員，為該黨派實現政治理想服務。用葛蘭西的話來說是「有機知識分子」，用茲納涅茨基的術語來說是「黨派聖哲」，即依賴一種或多種專業的知識和精神資源，為某一黨派或集團的政治實踐和目標，提供意識形態闡釋和評判的文人知識分子，其基本任務和職責在於證明和宣傳新秩序相對於舊秩序的絕對優越性，從而使該黨派或集團的政治鬥爭達到思想精神上的合法化、合理化，以謀求社會大多數成員的認同、贊成和支持。這類文人知識分子即使獨立自足的品行如何堅強，在政治洪流的挾裹下，也會慢慢改變自己的原則和品格，往往也就具有了霍弗所說的「狂熱分子」的特徵。

50 壽辰之際的郭沫若，完成了人生中最重要的政治抉擇。這顯然不能僅僅從政治行為角度考量，更遠非政治機會主義所能解釋。郭沫若以「士」入「仕」，以文人知識分子和社會政治活動家的雙重身份活躍於社會政治舞臺，功名利祿絕非終極目的，為服膺的社會政治理想前赴後繼，應是主要精神動力。1941 年前後抗戰已進入戰略相持階段，國內黨派之爭日趨激烈，尚未禦侮於外兄弟就閱于牆。國民黨作為執政黨，尚未將日寇逐出國門就叫囂一個政黨、一個領袖，溶共、限共、反共，置民族大義於不顧加緊滅共、鏟共，極端事件即「皖南事變」。國民黨謀求一黨專制、壓制民主自由的惡浪再創歷史新高。這是晚清「五四」以來接受啟蒙理想洗禮的大多數文人知識分子所無法容忍的。在國民政府親歷政治挫折，又加以黑暗現狀印證，激發了郭沫若對這一反動政權的徹底厭惡。

《女神》時代就表白自己是一個「無產階級者」、「共產主義者」的叛逆者郭沫若，豈能甘做鄉愿？高長虹曾言：「皖南事變發生的時候，他曾有一次公然對張治中說：他當然是同情葉挺的。這都是他勇敢過人的地方。把重慶的文化界比作雞，他是雞頭上美麗的花冠。」[註6]「五四」激情未泯、政治理想湧動的郭沫若，在黑暗政治的中心重慶，壓抑不住久埋的憤怒，終於像一隻雄雞那樣引吭高歌——在現實世界，和國民黨政治生態徹底決裂，與共

〔註 6〕載《百家論郭沫若》，成都出版社 1992 年版。

產黨一道向國民黨專制發出強烈的抗議，發出對自由民主最強烈的呼籲；在虛幻世界，叛逆詩人的藝術靈感再次附體，憤怒的詩人在戲劇的王國實現了一次詩與政治的激情相遇。

二、「政治檄文中的一個高峰」：審美對黑暗政治的抗議

顧仲彝曾評論《三個叛逆的女性》「全是為所謂革命思想和反抗思想而作的」〔註7〕，從 1920 年起就有心將聶氏姐弟故事戲劇化的郭沫若，在山城重慶陰暗壓抑的政治氛圍中，抑制不住政治遇挫的憂憤，於 1941 年 11 月又因「革命思想和反抗思想」將之改就成《棠棣之花》，並於 20 日作為祝壽活動的重要一環在抗建堂開演。這是抗戰期間郭沫若憑藉審美激情向黑暗政治抗議的開端，「《棠棣之花》的政治氛圍是以主張集合反對分裂為主題，這不用說是參合了一些主觀的見解進去。望合厭分是民國以來共同的希望，也是中國自古以來的歷代人的希望。」〔註8〕《棠棣之花》的公演，不但印證了狂飆詩人的創造激情依舊，更天衣無縫的配合了共產黨抨擊國民黨的專制與分裂。

人們或許來不及細細品味戲劇更多的內涵，但在劇作激情上演的有限時空，卻找到了宣洩政治焦慮和鬱積的契機。短短兩月內該劇三度公演達 4、50 場次，依然無法滿足觀眾尋找政治共鳴的渴望，以至於劇團在《新華日報》刊發啟示，「敬向連日向隅者道歉」並「敬告已看過三次者請勿再來」。參與其事的周恩來竟然連看七遍，並指出劇作特別強調了「士為知己者死」的主題。這既是政治與藝術的相互移情，又是政治與藝術的心有靈犀。

且不說普通觀眾如何在劇作中尋求共鳴，也不說黨派人士如何看待劇作的政治命意。僅就戲劇藝術水準而言，獨立批評家李長之可謂一語中的：「這是一個經過了 22 年（從民國 9 年到現在）的改作的藝術品，其中包括了作者無數次的人生體驗，無數次的詩的衝動，無數次的舞臺的技術的斟酌，所以結果能那樣美備，劇的效應能那樣強大。……文藝創作原不只是暴露黑暗，而且更重要的，乃是創造光明！」〔註9〕《棠棣之花》是青春和熱情的象徵，

〔註7〕 顧仲彝：《今後的歷史劇》，載《郭沫若研究資料》，中國社會科學出版社 1986 年版。

〔註8〕 郭沫若：《我怎樣寫〈棠棣之花〉》，載《郭沫若全集》文學編第 6 卷，人民文學出版社 1986 年版。

〔註9〕 李長之：《〈棠棣之花〉》，載《郭沫若研究資料》，中國社會科學出版社 1986 年版。

這青春和熱情已經不是單純的浪漫詩人對世界的單純嚮往，而是步入政治成熟期的詩人憑藉再度勃發的青春與熱情，向黑暗複雜的世界表達鮮明的政治抗議和期望。

該劇不但掀起了文人知識分子配合共產黨抗議國民黨黑暗專制的浪潮，而且煥發了詩人《女神》時代的風采——《屈原》的創作在《棠棣之花》第 2 次公演期間就已納入作者藝術視野。山城重慶也在期待一次更加激情的政治與藝術的共鳴，以至於作者尚未動筆消息就不脛而走，在《屈原》創作開始的前一天也就是 1942 年元旦，報章開始公開預告「今年將有《罕默雷特》和《奧賽羅》型的史劇出現」。

各方都在關注著蓄勢待發的郭沫若。志同道合者在期待，敵對的論客譏諷他早已「失去了創造社第一期的光輝」、「扶著竹竿趕不上時代」。他在 1941 年 9 月 6 日寫就的《今天創作的道路》〔註 10〕中宣稱：「中國目前是最為文學的時代，美惡對立、忠奸對立異常鮮明，人性美發展到了極端，人性惡也有的發展到了極端。這一幕偉大的戲劇，這一篇崇高的史詩，只等有耐心的、歉抑誠虔、明朗健康的筆來把它寫出。」不出 3 個月，他就將預言變為了現實。正如田漢所說「江入夔門才若盡，又傾山海出東方」，從 1 月 2 日到 11 日不到 10 天的時間，大氣磅礴、文筆充沛的《屈原》就來到世間。而且這 10 天他做過 4 次演講，每天平均會客 10 人，還替別人看稿、應酬、看電影，每天平均寫作不到 4 小時，也就是說總共用了不到 40 個小時。天官府 4 號逼仄的蝸廬內，處於創作高熱狀態的郭沫若難以平緩高亢的政治激情與藝術衝動，甚至急切粗放到完全打亂了原先預定的寫作屈原一生的步驟，「提筆寫去，即不覺妙思泉湧，奔赴筆下。此種現象為歷來所未有」，「各幕及各項情節差不多完全是在寫作中逐漸湧現出來的。不僅在寫第一幕時還沒有第二幕，就是第一幕如何結束，都沒有完整的預念。實在也奇怪，自己的腦識就像水池開了閘一樣，只是不斷地湧出，湧到平靜為止。」〔註 11〕作者激情難抑、文思泉湧、一氣呵成，峻急時竟然將墨色頭號派克筆筆尖斲斷，完稿之後還處於興奮和陶醉狀態達 3 週之久。可以想像，作者奮筆疾書、筆走龍蛇之際，更是何等的斯文旺盛、激情充沛！

〔註 10〕載《郭沫若全集》文學編 19 卷，人民文學出版社 1992 年版。
〔註 11〕郭沫若：《我怎樣寫五幕歷史劇〈屈原〉》，載《郭沫若全集》文學編 6 卷，人民文學出版社 1986 年版。

　　這噴薄而出的激情，還屬於政治陰霾中的山城重慶，屬於心機各異的各色人等。《屈原》完稿後諸多報刊紛紛索求，最終經孫伏園之手刊載於《中央日報》。國民黨中宣部副部長潘公展一眼就看出劇作的皮裏陽秋，破口大罵：「怎麼搞的？我們的報紙公然登起罵我們的東西來了！」可是即使撤掉孫伏園，也無法挽回山城重慶壓抑已久的政治宣洩。在共產黨全力支持下，《屈原》終於在柴家巷國泰影劇院粉墨登場。諸多報刊連篇累牘報導「上座之佳，空前未有」、「堪稱絕唱」，《新華日報》廣告「中華劇藝社空前貢獻　沫若先生空前傑作　重慶話劇界空前演出　音樂與戲劇空前試驗」，還應該加上「空前的政治影響」。因為那雷電轟鳴的演出盛況背後，是久埋心底的政治鬱悶雷霆般的爆發。

　　三十六年後該劇主要演員依然難忘那「政治爆炸」般的演出場景和效果：「36 年前，《雷電頌》在重慶引起了強烈的政治反響，轟動了整個山城。特別是在青年、中年以及老年的知識界中，人們在教室內外，在馬路上，在輪渡上，常常會發生『爆炸了吧……』的怒吼聲」，「它像『利劍』一樣刺痛了國民黨反動派。他們曾召集文藝界跳腳大罵，說這是要造反。但觀眾卻冒著重慶的炎熱，擠坐著和靠牆站立著，在 40 多度高溫的劇場裏揮汗如雨地看戲。臺上臺下強烈的互相感應著，共鳴著。」〔註 12〕本是戰亂流離歲月，山城重慶的 1942 年卻因為《屈原》的上演而成為「最為文學的時代」。這文學不是風花雪月、淺唱低吟，更非心曠神怡、靜穆高遠，它是民眾蓄勢已久的政治欲望的集體上演，是曲折表達被壓抑者政治情感的一種政治行為藝術，當然也成為黨派力量所倚重的一篇特殊的政治檄文，無怪乎毛澤東數年後說「有大益於中國人民」，周恩來因回延安述職未觀看演出而感到「殊為遺憾」。

　　《屈原》的確是一聲驚人的霹靂、一道燦爛的閃電。文學史家王瑤評述說：「他對史實考證得很精確，筆力博大渾融，而且感情豐富激越，尤其在發掘這位偉大詩人的性格和愛國憂時的悲憤感情上，獲得了驚人的成功。……尤其是屈原的「獨白」──那雄渾壯美的《雷電頌》，傾瀉出摧毀黑暗勢力、追求光明新生的火一般的激情。它既符合特定劇情中人物性格的需要，又是震撼現實中『黑暗王國』的革命風雷。」〔註 13〕這是對歷史精神的真切追復

〔註 12〕金山：《痛失郭老》、張瑞芳：《郭老，我們的一代宗師》，載《中國當代文學研究資料　郭沫若專集（一）》，上海師範大學中文系編，1980 年 4 月印行。
〔註 13〕王瑤：《中國新文學史稿》，上海文藝出版社 1982 年修訂版，第 516～517 頁。

而非溢美之詞。恰如徐遲所言：《屈原》劇本的創作與公演，不是一般舞臺上一般的歷史劇，而是我國政治歷史舞臺的自身場景，憑藉文本效應和舞臺效應，郭沫若及共鳴者紛紛登上政治的藝術象徵舞臺，「發出了摧毀『一切沉睡在黑暗裏』的腐朽事物的憤怒的語言之光，語言之火」。〔註14〕這是在洶湧澎湃的藝術象徵空間，政治鬱悶者憑藉藝術進行移情和宣洩，向古今中外一切橫暴者發出的憤怒吼聲。恰如郭沫若所說：「人類的文學藝術活動，在它的本質上，便是一種戰鬥；對於橫暴的戰鬥，對於破壞的戰鬥，對於一切無秩序、無道理、無人性的黑暗勢力的戰鬥。」〔註15〕《屈原》有如時代精神傳聲筒和戰鬥號角，發出了詩人最為強烈的政治控訴和示威，發出了中國文人自古以來鐵肩擔道義的狂妄之鳴。詩人再度勃發的青春熱情和批判怒火終於達到了頂峰。

　　詩人的審美怒火一旦點燃就會熊熊燃燒。由《棠棣之花》《屈原》盛況演出帶來的政治移情和審美宣洩更加昂揚，那種在戲劇王國裏才能體驗到的極度共鳴和陶醉，進一步喚起了詩人藝術創造的欲望。《屈原》完稿後一個月，從2月2日到11日，郭沫若書案上的一個「銅老虎」催生了才氣卓絕的《虎符》；5、6月間，影射色彩比《虎符》更具針對性的《高漸離》脫稿了。短短半年時間，文氣縱橫的郭沫若一口氣創作了關於戰國時代史事的四個劇本：《棠棣之花》中桃花吐豔，春光和煦；《屈原》中橘柚已殘，雷霆咆哮；《虎符》中桂花芬芳，颯爽倜儻；《高漸離》中初雪來臨，寒冬即至。以春夏秋冬天時運轉來做戲劇的時空情調，或許是一種藝術心緒的暗合，可是卻彷彿顯露出「天命」在人心：「戰國時代，整個是一個悲劇時代，我們的先人努力打破奴隸制的束縛，想從那鐵的桎梏中解放出來，但整個的努力的結果只是換成了另一套的刑具。」兩千多年前的桎梏重現、打碎枷鎖的精神復活，「所差就只有使用者的用意和對象之不同」。〔註16〕

　　彷彿意猶未盡，借歷史精神和戲劇舞臺宣洩審美激情和政治欲望的衝動並沒有戛然而止，《孔雀膽》《南冠草》兩部歷史劇又順勢而來。至此，郭沫若

〔註14〕徐遲：《郭沫若、屈原和蔡文姬》，載《郭沫若研究資料》，中國社會科學出版社1986年版。

〔註15〕郭沫若：《中國戰時的文學與藝術》，載《郭沫若全集》文學編19卷，人民文學出版社1992年版。

〔註16〕郭沫若：《獻給現實的蟠桃──為〈虎符〉演出而作》，載《郭沫若全集》文學編19卷，人民文學出版社1992年版。

抗戰六大歷史劇悉數降臨到那個「最為文學的時代」。「一例傷心千古事，荃茅那許別薰蕕」，儘管時空轉換、物是人非，但歷史悲劇精神的感悟和當代藝術再現，應和了那個時代最廣大人群內心的要求和良知的吶喊，使郭沫若成為那個時代最為批判現實、最為豪放大氣的文人。政治和藝術在歷史精神展現中水乳交融，向黑暗世界譜就了既是審美的也是政治的檄文。

三、「把人當成人」：人文頌詩與烏托邦想像

文心源於時運，時運關乎文運。審美激情和政治鬱積憑藉舞臺藝術的集體宣洩和上演，反證了那並不是一個文人的自由時代，而是一個文禁森嚴、黑暗壓抑的腐朽時代。所以當《棠棣之花》《屈原》以強烈的舞臺效應震撼重慶後，《虎符》問世一年後才被批准上演而且不能重演；《高漸離》送審時未獲通過，也就沒有上演機會；《孔雀膽》走上舞臺連演 8 天，儘管觀眾熱烈專家卻集體沉默；《南冠草》上演時無論作者、演出者還是觀眾彷彿都已激情過去。徐遲曾言《屈原》中的《雷電頌》有一點像席勒的單純時代精神號角，後世多數論者也多從政治、文化層面評價郭沫若抗戰歷史劇的價值和意義，論及藝術內涵往往也難以引起更多共鳴。彷彿那「雷電轟鳴」的戲劇場景，只是一個過去時態的象徵，劇本和舞臺效應也停留在那個逝去的時代。或許那「爆炸了吧」的怒吼聲過於強大，遮蔽了郭沫若抗戰歷史劇更豐富的藝術包孕性。

古往今來大凡傑出的文學作品，不僅包含和受眾閱讀期待視野產生共鳴的現時體驗，更應有豐富、細膩、多維的歷史文化信息積澱。審美體驗是感覺、知覺、情感、意志、理性甚至是欲望、潛意識等人類各種精神能力在面對審美對象時的一種總體反應。如果將審美體驗降格為純粹的感性體驗、簡單的知覺感應和美的情感體驗，忽視或排斥審美體驗過程中不可或缺的認知功能、道德體驗和理性判斷作用，只會造成對文本的狹隘化封閉化理解。儘管審美體驗最初來源於感覺、知覺和情感的愉悅與快感，但審美體驗之所以最終要高於這種愉悅與快感，就是因為它還熔鑄著認知的滿足、理性的判斷、道德的評價、欲望的宣洩、意志的擴展甚至是潛意識的浮現等元素。

文學審美體驗的多元、複調式結構所包容的，是人的全部精神力量在另一個虛幻世界的真實展現。對於真實世界而言它是虛幻的，但對於人的精神世界而言則是真實可靠的。這個虛幻的世界是一種創造，是真實世界的延伸、

補償或替代。在這個充滿張力和豐富可能性的虛幻世界，體驗者獲得的是一種擺脫現實世界庸常限制的精神自由。在這樣一個「心造的幻影」中，體驗者既可以沉湎於這個非實然的虛構世界，放任在日常現實生活中遭受重重壓抑的自我，也可以欣賞、留連於虛幻世界的美妙體驗、實現共鳴與昇華，還可以任精神天馬行空、肆意嬉笑怒罵，從而賦予自己知識、感覺、情感、意志、欲望、道德體驗和價值判斷等等一系列範疇的想像自由。更為重要的是，通過文學審美體驗活動，人們能夠形成新的對於真實世界的感覺、知覺、情感、意志、道德評價和理性判斷，改變人們心靈世界對於真實世界的價值判斷標準，進而促使人們為了「理想」的模型而激活自身改變現實世界的能量。

文學審美體驗的多維內涵，體現了文學實踐及其功能的全部可能性要求。當然，在文學創造、接受和審美效應的產生與傳播狀態中，文學審美體驗的多維內涵並不總是得到等量齊觀、完整和諧的總體展現，也不可能產生均衡的審美效應。文學審美體驗內涵的實質意義與可能意義有一種距離，這一距離因歷史變遷、理解方式、闡釋視野的差異而發生變化，往往隨歷史境遇的不同而有所側重，往往因時代的特殊要求而展現某一維度的內涵。實質意義與可能意義之間的可變距離，使文藝作品成為一個複雜、多維、歷時性的張力系統，包蘊和展現的生活與生命內涵極為複雜、深邃。

文學審美體驗作為一種精神形式的獨特性在於，它使人們以「文學審美」的體驗與形式理解自身的存在以及存在的這個世界，以文學審美的方式提出人類其他精神形式所無法提出和解答的命題。如果從文學審美體驗整體視野審視郭沫若抗戰歷史劇，它之所以在現代文學長河中依然熠熠生輝，就在於它以文學審美體驗為中樞，建構了一個多維度、多層面的複合型戲劇藝術結構。通過對庸常歷史和現實世界的重新規劃與設計，劇本及其舞臺效應創造了一個嶄新的虛幻藝術張力世界，使作者與受眾在真實世界和審美世界的間離效果中，達到自我本質的確證、精神的移情，激發出改變現狀的生命衝動，它的戲劇審美張力和詩性智慧也就會走出所謂公認的戲劇主題的遮蔽。

如果說借審美宣洩政治憂憤是郭沫若抗戰歷史劇最顯在的價值旨向，那麼詩性衝動則堪稱是其首當其衝的藝術神靈。郭沫若浪漫不羈的詩人氣質和情懷在劇作中充分張揚，使劇作充盈著詩性的靈動與激昂。當年的許多親歷者，對劇作或許多有微詞，但對劇作眩目的詩意卻多讚賞，比如老舍曾根據自己的審美趣味指出《棠棣之花》的諸多不足，但是也公正地指出「全劇富

於詩意，如柳子厚文章，清麗堅俏」，〔註17〕還有人直接讚美《屈原》「整個的劇本便是一首淳美崇高的詩」；〔註18〕讚美者更是推崇備至，比如說《屈原》「對《橘頌》的應用簡直創造了極善之美的藝術品，晶瑩的清光將直照耀到人類的靈魂」。〔註19〕之所以引用前人意見，實在是筆者有諸多共鳴，特別是讀至《棠棣之花》盲叟自白「啊，桃花落地的聲音，都可以聽得見呀」，更是感慨良多。

閱讀郭沫若抗戰歷史劇最直接的感受，或許正如多少年後曹禺所說「詩和戲揉成了一體，別開了生面」。〔註20〕然而，詩性、詩意不僅僅是一種藝術感悟和體驗，還是最直覺化的人的精神的此在藝術展現，瀰漫於人的靈魂世界、引發人的精神想像與追求。恰如郭沫若劇作賦予盲叟的意義：「人類社會中有無形的一種正義感與同情心，此人即其綜合之象徵」，郭沫若抗戰歷史劇本身即是一種象徵，就是運用詩性、詩意，賦予劇作內涵豐富的包孕性和多向性，激發出此在世界更多的精神底蘊和衝動。

對郭沫若本人而言，這種詩性、詩意一旦和他的政治訴求相結合，就不但催生審美對黑暗政治的抗議，還會包孕他更多的對人生、對世界、對歷史、對社會、對未來的諸多願景。考諸郭沫若一生，其行為浪漫、傳奇而順勢，其思想博大、駁雜而多變，但文人的郭沫若和政治活動家的郭沫若──士與仕雙重品格的奇妙組合，卻是其內在精神品格和文化心理結構中一個不變的顯著特徵，即使在啞然失語的晚年，這一品格也以詭異的形式展現。應該說，郭沫若士與仕雙重品格最為張揚的時期就是1940年代，那時他有名言：「史學家是發掘歷史精神，史劇家是發展歷史精神」，並引證亞里士多德的話說：「詩人的任務不在敘述實在的事件，而在敘述可能的──依據真實性、必然性可能發生的事件。史家和詩家不同！」〔註21〕抗戰歷史劇是他一生中不多見的將自己精神世界中的政治資源和政治願景進行藝術化表達的一次文學創造高峰，是在歷史精神的再現和演繹中抒發暢想、展望未

〔註17〕老舍：《看戲短評》，載《郭沫若研究資料》，中國社會科學出版社1986年版。
〔註18〕劉遽然：《評〈屈原〉的話劇與演出》，載《郭沫若研究資料》，中國社會科學出版社1986年版。
〔註19〕柳濤：《談〈屈原〉悲壯劇》，載《郭沫若研究資料》，中國社會科學出版社1986年版。
〔註20〕曹禺：《郭老活在我們心中》，載1978年6月20日《光明日報》。
〔註21〕郭沫若：《歷史·史劇·現實》，載《郭沫若全集》文學編19卷，人民文學出版社1992年版。

來的一次藝術大爆發。

艾思奇祝賀郭沫若 50 壽辰時在延安《解放日報》撰文稱讚「他是自由，民主，真理的謳歌者，也是勇敢的實踐的追求者」。〔註 22〕後人或許對此不以為然，但這一評價用於 1940 年代的郭沫若可謂知人論世。以抗戰歷史劇中影響最大的《屈原》為例，郭沫若以屈原自比的意圖已是眾所周知，限於當時惡劣的政治環境郭沫若猶抱琵琶半遮面，但多年後就不再遮掩在屈原身上找到的共鳴：「他不是單純的詩人，而同時是一位有深刻的思想和正義感的政治家」。〔註 23〕正是沿著對歷史人物、歷史精神的這種自比，郭沫若獲得了獨立「發展歷史精神」的思想和藝術平臺。當年獨立人士孫伏園撰文說：「郭先生的《屈原》劇本上滿紙充溢著正氣。有人說郭先生的《屈原研究》的態度和方法是『新樸學』，那麼他的《屈原》劇本實在是一篇『新正氣歌』。……這是中國精神，殺身成仁的精神，犧牲了生命以換取精神的獨立自由的精神。」〔註 24〕

郭沫若作為「新正氣歌」的吟誦者，絕非政治機會主義者順風使舵，從創造社時代就本著內心要求從事文藝活動的郭沫若，依據多年來對社會人生的理想期冀，在激情飛揚的歷史劇中，憑藉成熟的、獨立的內心要求和藝術良知，將現代文人知識分子抗議黑暗專制的義憤之詩推向了高潮，將中國自古以來文人知識分子的天性和正義感發揚到了一個時代巔峰。彼時外患未除、黨爭難見分曉，中國的政治前途還徘徊於黑暗與光明的角逐中，敢於發出抗議暴政的怒吼，需要莫大的勇氣。

自古文人多浪漫，浪漫文人多左傾。這種浪漫和左傾體現為政治思想，往往將人民作為言說的終極本位、將未來理想世界作為言說的終極目的。郭沫若抗戰歷史劇中的人物，大多善惡分明、忠奸對立、正反對壘，具有強烈的象徵意義和符號化特徵，劇中正面人物也往往以大段獨白表達對正義、良知、忠誠、道義、美、善、愛、自由等等人類崇高價值理念的呼告，更不吝惜筆力以濃彩重墨強烈譴責反面人物假、醜、惡的本性。儘管劇中人物思想單純化、性格單一化、形象平面化、臉譜化，劇情發展有時過於浪漫化、簡單

〔註 22〕載《百家論郭沫若》，成都出版社 1992 年版。
〔註 23〕郭沫若：《序俄文譯本史劇〈屈原〉》，載《郭沫若全集》文學編 17 卷，人民文學出版社 1989 年版。
〔註 24〕孫伏園：《讀〈屈原〉劇本》，載《郭沫若研究資料》，中國社會科學出版社 1986 年版。

化，劇本也凸現了作者本人有意無意的精英視角和立場，但是劇作採取簡潔明快、黑白分明的人物塑造和敘事方式，恰恰強烈突出了悲劇的壯烈內涵和戲劇藝術背後的政治立場。

郭沫若對自己政治資源和政治願景的梳理，可能不如政治家理論家們那樣清晰明瞭，但是在 1940 年代兩種相互支撐的政治思想取向已經完型，這就是民本思想和馬克思主義者們夢想的未來世界，而且作為思想精神底色蘊藏在絢爛多彩、大氣磅礴的戲劇藝術衝動之中。這一政治理想轉換為戲劇敘事藝術，即是對人的自由本質的呼籲、對人的高尚品格的讚美與期冀。郭沫若抗戰歷史劇為後世留下了「一個明天的『乾淨世界』之希望」。〔註25〕

郭沫若在闡釋自己歷史劇創作動機時曾說：「把人當成人，這是句很平常的話，然而也就是所謂仁道。我們的先人達到了這樣的一個思想，是費了很長遠的苦鬥的。」儘管思想達到這樣一個高度，但是「人的牛馬時代」並沒有真正結束，坐穩了奴隸的時代和暫時坐穩了奴隸的時代不過循環交替，即使在進步思想已經比較完備的現代社會。然而人追求真善美、鞭撻假醜惡的崇高嚮往並未止息，所以「要真正把人當成人，歷史還須得再向前進展，還需得有更多志士仁人的血流灑出來，灌溉這株現實的蟠桃」。〔註26〕這種歷史精神既是悲劇精神更是崇高精神，超越了悲劇藝術的單純審美體驗進而激發人們抗斗方死的成分、獲取方生的成分。

可以說，郭沫若抗戰歷史劇對戲劇藝術悲劇價值、崇高價值的領悟和敘事，應和了人類社會及其歷史、人的本質存在的諸多應然性等命題，不僅在當時因為時代共鳴而大放異彩，而且具有超越敘述歷史往事、影射黑暗現實的藝術品位和藝術高度，不僅突破了歷史真實與藝術真實的邏輯範式，較深刻展現了悲劇藝術內在的美學品格和哲學風範，而且較全方位的展現出文學審美精神的豐富包孕性和獨特性。

「人們應該從審美開始，關注純粹美學的、形式的、問題，然後在這些分析的終點與政治相遇。人們說在布萊希特的作品裏，無論何處，要是一開始碰到的是政治，那麼在結尾你所面對的一定是審美；而如果你一開始看到

〔註25〕翦伯贊：《關於〈孔雀膽〉》，載《郭沫若研究資料》，中國社會科學出版社 1986 年版。

〔註26〕郭沫若：《獻給現實的蟠桃——為〈虎符〉演出而作》，載《郭沫若全集》文學編 19 卷，人民文學出版社 1992 年版。

的是審美，那麼後面遇到的一定是是政治。」〔註 27〕對郭沫若抗戰歷史劇當如是觀。郭沫若抗戰歷史劇從歷史史實、民族精神中演繹出對人的自由本質、人性崇高價值的呼喚，堪稱是獨具一格的政治人文頌詩和浪漫烏托邦想像。從戲劇藝術的詩性角度而言，郭沫若抗戰歷史劇實現了審美與政治的較完美融合，這對中國現代文學而言更具有特殊的價值和意義。

審美與政治的關係，既非必然聯繫也非必然對立，二者分屬不同精神領域，聯繫與否主要取決於作家本人的自主意願，取決於作家融合二者的能力。難點在於是以政治目的要求審美，還是以文學目的要求審美。如果是後者，那麼必須尊重審美的獨立性和自律性，在審美的限度內來抒發政治目的，「藝術不能為革命越俎代庖，它只有通過把政治內容在藝術中變成元政治的東西，也就是說，讓政治內容受制於作為藝術內在必然性的審美形式時，藝術才能表現出革命。」〔註 28〕郭沫若抗戰歷史劇之所以具有超越性戲劇藝術品格，無疑深刻把握住了審美藝術與元政治的辯證法。

後人論及郭沫若及其文學，往往以整體代替局部、以後事論說前事。一位日本學者的看法很是公道：「『郭沫若作為文學家，過於政治化了』，這種批評在日本是很普遍的；可是我認為，郭沫若的政治性，無論從好的意思還是壞的意思說，它只不過是文學家的政治性。不用說，就是我自己，如果連這種程度的政治性都沒有，那就是所謂自欺欺人。」〔註 29〕1940 年代郭沫若的政治傾向已經昭然若揭，但是在藝術領域依然葆有獨立、自足、自由的品性，這是文人知識分子本著內心要求實踐其天職的必然原初衝動：「無論任何能發生價值的活動沒有不是本著內心的要求。最積極的革命活動，假如不是本住內心的要求，即是沒有深切的自覺，那你，會不能持久，你會得不到結果或生出反結果。……藝術是價值的創造，它根本是為人生的。怎樣的生活，無論是內心的或外在的，才可以使人生美滿，怎樣的自然和社會才適合美滿的人生，如何而後可以創造那些美滿者適合者或消滅那些相反的部分，這是藝術的一些基本命題。……為了大眾，為了社會的美化與革新，文藝的內容斷

〔註 27〕詹明信：《晚期資本主義文化邏輯》，三聯書店、牛津大學出版社 1997 年版，第 7 頁。
〔註 28〕馬爾庫塞：《審美之維》，廣西師範大學出版社 2001 年版，第 163 頁。
〔註 29〕丸山升《郭沫若——他的一個方面》，載《中國當代文學研究資料　郭沫若專集（一）》，上海師範大學中文系編，1980 年 4 月印行。

然無疑地是以鬥爭精神的發揚和維護為其先務。目前的中國乃至目前的世界，整個是美與惡、道義與非道義鬥爭得最劇烈的時代，也就是最須得對於鬥爭精神加以維護而使其發揚的時代。」〔註30〕通過戲劇的審美效應，郭沫若既將自己戲劇藝術創作的水準推向巔峰，又將自己的人文理想和政治想像發揚到時代極致。

「他沉默的努力，永不放棄那英雄主義者的雄強自信，他看準了時代的變，知道這變中怎麼樣可以把自己放在時代前面，他就這樣做。」〔註31〕沈從文的話雖不無譏諷郭沫若趨時趨勢的意味，但是1940年代郭沫若勇於把自己放在時代前面的根本精神動力，毫無疑問應該就是在「人的牛馬」時代，對人的自由本質、高尚品性的堅定信仰與訴求：「我主要的並不是想寫某些時代有些什麼人，而是想寫這樣的人在這樣的時代應該有怎樣合理的發展。」〔註32〕郭沫若抗戰歷史劇儘管成為一時的政治武器，但是一個文人知識分子的良知和天性，使他在藝術世界保持了獨立、自尊、嚴肅的品格，更使他通過雄渾壯美的戲劇藝術，把握住了歷史的真理、人之存在的真理，達到了海德格爾所謂的人的存在的境界：「真理的本質揭示自身為自由。自由乃是綻出的、解蔽著的讓存在者存在。」〔註33〕

〔註30〕郭沫若：《今天創作的道路》，載《郭沫若全集》文學編19卷，人民文學出版社1992年版。

〔註31〕沈從文：《論郭沫若》，載李霖編《郭沫若評傳》，上海現代書局1932年版。

〔註32〕郭沫若：《獻給現實的蟠桃──為〈虎符〉演出而作》，載《郭沫若全集》文學編19卷，人民文學出版社1992年版。

〔註33〕海德格爾：《路標》，商務印書館2000年版，第221頁。